Mauritius Much
Testament liegt im Handschuhfach

PIPER

Zu diesem Buch

»Kannst Du mich mitnehmen …?« – Was als Zweckgemeinschaft beginnt, endet nicht selten mit einer großartigen Anekdote. Wo sonst entpuppt sich die biedere Beifahrerin schon mal als Domina oder wird aus dem Rücksitz-Flirt die Liebe fürs Leben? Mauritius Much hat die schönsten und schlimmsten Geschichten vom Mitfahren zusammengetragen. Ein authentischer Roadtrip der ganz besonderen Art.

Mauritius Much (34) nutzt Mitfahrgelegenheiten aus Überzeugung. Wenn er nicht in fremden Autos sitzt, schreibt er als freier Journalist für das SZ-Magazin, Neon und die Financial Times Deutschland. 2010 wurde er mit dem Henri-Nannen-Preis ausgezeichnet.

Mauritius Much

TESTAMENT LIEGT IM HANDSCHUHFACH

Unterwegs mit der Mitfahrzentrale

Piper München Zürich

Mehr über unsere Autoren und Bücher:
www.piper.de

FSC
www.fsc.org
MIX
Papier aus verantwortungsvollen Quellen
FSC® C083411

Originalausgabe
Juli 2012

Umschlaggestaltung: semper smile Werbeagentur GmbH, München
Umschlagmotiv: Tony Garcia / Getty Images
Satz: Kösel, Krugzell
Gesetzt aus der Stone Serif
Papier: Munken Print von Arctic Paper Munkedals AB, Schweden
Druck und Bindung: CPI – Clausen & Bosse, Leck
Printed in Germany ISBN 978-3-492-27423-4

1 Vor Fahrtantritt

»Hast du schon dein Testament gemacht?« – »Bist du lebensmüde?« – das sind üblicherweise die ersten Reaktionen, wenn man erzählt, dass man regelmäßig mit der Mitfahrzentrale reist. Für viele ist es unvorstellbar, sich zu fremden Leuten ins Auto zu setzen und sein Schicksal in fremde Hände zu legen. Schließlich ist so eine Fahrt im überfüllten ICE – bei dem nur hin und wieder die Klimaanlage ausfällt – auch viel schöner.

In der Tat weiß niemand, wer beim Mitfahren neben einem Platz nimmt. Ein Draufgänger, in dessen Auto man um sein Leben fürchten muss? Stinkt der Nachbar auf der Rückbank so nach Schweiß, dass man vier Stunden lang nur durch Schnappatmung überlebt? Oder textet einen der Beifahrer nonstop zu, bis die Ohren qualmen?

Gleichzeitig macht aber genau das den Reiz aus: Man trifft Leute, denen man sonst niemals über den Weg laufen würde – einen unbeholfenen jungen Priester, eine als medizinisch-technische Assistentin getarnte Domina oder einen echten Weltenbummler. Nicht selten ereignen sich an Bord aber auch die verrücktesten Sachen: Die Sitznachbarn prügeln sich, gefährliches Gepäck taucht auf, und manch einer soll schon die große Liebe gefunden haben.

Ich habe meine Freundin zwar nicht an Bord kennen gelernt, aber trotzdem war sofort klar, dass ich sie mit der Mitfahrzentrale besuchen würde. Sie wohnte in Straßburg, ich in München. 360 Kilometer. Zwei Jahre Fernbeziehung – und ich fuhr jedes Mal mit fremden Leuten zu ihr. Das ist billiger als der Zug und umweltfreundlich sowieso, weil sich dabei bis zu fünf Leute zusammentun.

Außerdem ist die Mitfahrzentrale unkompliziert. Bei mehreren Anbietern im Internet kann man sich eine Fahrt aussuchen, ruft den Fahrer an und vereinbart einen Treffpunkt. Aber Mitfahrzentralen gibt es nicht erst seit dem Internetzeitalter, sondern schon seit den 1950er-Jahren. Damals hießen sie allerdings noch »Benzingast-Organisation«. Fahrer und Mitfahrer trafen sich im Büro der Mitfahrzentrale, wofür diese eine Vermittlungsgebühr kassierte. Solche stationären Anbieter gibt es vereinzelt auch heute noch.

In den zwei Jahren habe ich viele schöne, lustige, skurrile, aber auch traurige Geschichten beim Mitfahren erlebt. Und nicht nur ich, sondern auch Freunde, Bekannte und alle meine Fahrer und Mitfahrer.

Seit ein paar Monaten hat meine Freundin einen neuen Job in München, wir wohnen in einer gemeinsamen Wohnung. Die Zeit der Fernbeziehung ist vorbei – und damit auch die regelmäßigen Mitfahrgelegenheiten. Doch immer wenn wir Freunde in Hamburg, Berlin oder Straßburg besuchen, nehmen wir Mitfahrer mit. Denn die krassesten Geschichten erlebt man nunmal an Bord einer Mitfahrgelegenheit …

2

Showtime!

Ordentlich Party machen in Hamburg – das ist genau das, worauf Jupp so richtig Bock hat. Raus aus der Kleinstadt im Rheinland, rein ins Spaßgetümmel der Hansestadt. Sofort hat er seine Kumpels Harry und Christian für seinen Plan gewonnen. Jetzt brauchen sie nur noch einen Fahrer. Denn die drei sind erst 17, keiner hat einen Führerschein. Aber Jupps Schwester Katharina schon.

Erst ziert sie sich. Ein Wochenende mit ihrem jüngeren Bruder und dessen beiden Kumpels? Das endet doch sowieso nur in einer üblen Sauferei. Und sie ist mittendrin und darf sich um ihren besinnungslosen Bruder kümmern. Schließlich lässt sie sich doch überreden. In Hamburg studiert nämlich eine ihrer besten Freundinnen. Die hat sie schon seit vier Monaten nicht mehr gesehen. Höchste Zeit, sie mal zu besuchen. Sollen sich die Jungs derweil ruhig auf der Reeperbahn abschießen.

Ein Platz in Katharinas altem Golf ist noch frei. Die vier beschließen, über die Mitfahrzentrale noch einen Mitfahrer zu suchen. Dann wird's für alle billiger. Am Tag vorher ruft eine Steffi bei Jupp an. Sie studiert in Köln, kommt aber aus Hamburg, sehr gerne würde sie mitfahren. Gebongt. ›Die zahlt nicht nur für die Fahrt, sondern hört sich auch ganz nett an‹, denkt Jupp. Perfekt.

Doch nicht nur das. Als Steffi in den Golf steigt, machen die drei Jungs ganz große Augen. ›Die ist ja ultraheiß‹ – ›So ein Gerät habe ich noch nie gesehen.‹ In der Tat, Steffi ist wirklich äußerst attraktiv. Sie hat schulterlange, blonde Haare, trägt ein enges, figurbetontes Top mit Spaghettiträgern und einen recht kurzen Rock. Ihre ellenlangen Beine und die Arme sind braungebrannt. Für Jupp und seine Kumpels ist Steffi die absolute Traumfrau.

Sofort ist klar, dass die drei Jungs ihr verfallen sind. Vor allem als sie auch noch ganz unverkrampft mit den spätpubertierenden Teenagern quatscht und keine Spur arrogant ist. Steffi erzählt von ihrem Anglistikstudium und von Hamburg, dann hört sie sich Jupps Kiffergeschichten und Schulstreiche an – und hat wirklich Spaß dabei. Mal lächelt sie Jupp an, so dass dem ganz heiß wird. Dann zwinkert sie Harry zu, der daraufhin nur noch stottert.

Die ganze Fahrt über grinst Jupp bis über beide Ohren. Definitiv hat er den besten Platz ergattert, er sitzt in der Mitte auf der Rückbank – und direkt neben ihm hockt die schärfste Frau, die seine Jungs und er je gesehen haben. Sie muss sich nur ein wenig im Sitz bewegen, schon berühren ihre Beine seine – und Jupps Puls geht schlagartig nach oben. ›Manchmal ist das Leben einfach wunderbar!‹ Jupp ist glücklich.

Der rauschhafte Zustand liegt einerseits an Steffi. Sie ist wirklich der Hammer. Andererseits kommt er aber auch daher, dass die drei Jungs seit Fahrtbeginn einen Wodka-O nach dem anderen trinken. Kaum hat einer seinen weißen Plastikbecher ausgetrunken, schenkt der andere zwei Fingerbreit Wodka nach und gießt O-Saft drüber. Es dauert nicht lange, bis die drei richtig bedudelt sind.

»Willste auch 'nen Wodka-O?«, fragt Jupp und versucht ein Lächeln. Ein ganz zaghafter Annäherungsversuch. Steffi lächelt zurück. Natürlich hat sie kapiert, was

Jupp vorhat. »Nee, lass ma... da wird mir so schnell schlecht.« Auf Alkohol hat sie jetzt ohnehin keine Lust, es ist helllichter Tag. Aber es stört sie überhaupt nicht, dass die Jungs trinken. Sie findet die drei richtig niedlich, gerade weil sie noch so unbedarft sind und sie so hoffnungslos anschwärmen. Außerdem ist es total witzig, wie betrunken sie mit der Zeit werden. Jupp bekommt ganz glasige Augen und eine rote Nase, Christian verstummt und Harry lallt.

Je mehr die drei trinken, desto mehr verfallen sie der schönen Studentin aus Hamburg. Und Steffi merkt natürlich, wie die Jungs sie ansehen. Das genießt sie schon.

Kurz vor Hannover sind die Jungs schon richtig besoffen. Sie merken gar nicht, dass der Golf von Jupps Schwester plötzlich nur noch Schritttempo fährt. Stau. Mal geht fünf Minuten lang gar nichts mehr, dann fahren sie hundert Meter mit 5 km/h, um daraufhin wieder minutenlang zu stehen. Auf der Spur neben ihnen steht, fährt und steht ein alter weißer Toyota. Drei Jungs Mitte 20 sitzen drin. Sofort merken die, dass hinten links im Golf nebenan eine äußerst hübsche Blondine mitfährt ...

Erst winken die drei wie verrückt. Doch im Golf nebenan bemerkt sie niemand. Die Jungs sind zu sehr mit Saufen beschäftigt, Steffi amüsiert sich darüber, und Katharina konzentriert sich auf den Stop-and-Go-Verkehr. Dann drückt der Fahrer des Toyotas lange auf die Hupe. Jetzt drehen sich die Golf-Insassen sofort um. Die drei älteren Jungs winken lächelnd. Steffi grinst zurück. Sie sieht sich die drei an – und bleibt bei dem Typ auf dem Beifahrersitz hängen. Wow, schaut der gut aus. Er hat kurze, dunkle Haare, struppig stehen sie in alle Richtungen – wie Brad Pitt, nur jünger und mit dunkleren Haaren.

Von nun an haben Jupp und seine Kumpels nichts mehr zu melden, Steffis volle Konzentration gilt dem hübschen Typen. Jedes Mal, wenn entweder der Golf am Toyota vorbeifährt oder umgekehrt lächeln sie sich an und winken. Seine Kumpels flirten nicht mehr. Der dunkle Brad Pitt hat ihnen schnell klargemacht, dass die hübsche Blondine genau sein Fall ist. Jupp und seine Freunde merken, dass sie aus dem Rennen sind. Ein bisschen traurig ist er schon. Aber mal ehrlich, landen konnte er bei dem heißen Feger eh nicht. Was will eine Frau Anfang 20 mit einem Teenager wie ihm? Auch Christian nimmt die Niederlage sportlich, Harry jedoch ist vollkommen fertig. Bis über beide Ohren ist er verliebt, und jetzt hat er ein gebrochenes Herz – es bleibt ihm nur noch der Alkohol. Frustriert ext er einen Wodka-O nach dem anderen …

Währenddessen geht das Spielchen zwischen Steffi und dem jungen Brad Pitt weiter. Mal drückt er einen dicken Kuss auf die Fensterscheibe, mal verdreht sie lasziv die Augen. Dann fährt er mit seiner Zunge lüstern an seinen Lippen entlang. Die beiden haben ihren Spaß, auch Brad Pitts Kumpels, Katharina, Jupp und Christian finden das Spielchen mittlerweile richtig lustig. Laut johlen sie auf, wenn der jeweils andere Wagen wieder in Sicht kommt. Nur Harry säuft traurig weiter.

Doch dann ist der Toyota verschwunden. Auf seiner Spur kommen die Autos plötzlich viel schneller voran. Der Golf kommt nicht mehr hinterher. Enttäuschung macht sich breit. Erst nach einer Viertelstunde hat der Golf wieder einen Lauf. Meter um Meter geht es vorwärts. Endlich sehen sie den Toyota wieder. »Wenn wir auf einer Höhe mit denen sind, dann bleib einfach mal stehen«, ruft Steffi. Katharina, Jupp und Christian sind gespannt, was sie vorhat.

Der Golf holt immer weiter auf. Noch 30 Meter. Dann sind es nur noch 15. Schließlich sind sie auf einer Höhe. Sofort bremst Katharina ab. In dem Moment zieht Steffi ihr enges Träger-Top nach oben. Zum Vorschein kommen die schönsten Brüste, die Jupp jemals gesehen hat. Sie sind perfekt, etwas mehr als eine Handvoll, wunderschön geformt. Da hängt aber auch gar nichts. Jupp bringt den Mund nicht mehr zu. Der absolute Wahnsinn. Wie im Paradies …

Brad Pitt und seine Jungs johlen. Sie kurbeln die Fenster runter und pfeifen laut, der Fahrer hört nicht mehr auf zu hupen. Steffi denkt gar nicht dran, das Top wieder überzustreifen. Stattdessen wippt sie ihre Brüste langsam von links nach rechts – immer im Takt der Hip-Hop-Musik, die aus dem Toyota herüberdröhnt. Dann lässt sie ihren Oberkörper kreiseln, der Busen hüpft natürlich mit. Verträumt grinst Jupp. So was hat er noch nie erlebt, die Lady ist so heiß. Seine Schwester Katharina lacht sich tot. Jungs sind aber auch so einfach gestrickt. Einfach mal Titten raus, schon hat man sechs von ihnen um den Finger gewickelt. Steffi hat's echt drauf. Alle Achtung, von der kann man noch was lernen.

Plötzlich hupt es von hinten. ›Jetzt hat der Hintermann auch noch Steffis Brüste bemerkt‹, denkt sich Jupp. Aber er irrt sich, das Hupen hört nicht auf. Katharina merkt endlich, dass die Spur vor ihr schon längst frei ist. Ein letztes Mal lässt Steffi ihre Brüste noch tanzen, dann zieht sie ihr Träger-Shirt wieder runter. »Das war echt geil«, Jupp kann sich nicht mehr zurückhalten. Auch die anderen beglückwünschen Steffi zu ihrer Show. Wie soll Brad Pitt das toppen? Zumal sie immer schneller auf ihrer Spur fahren. Anscheinend hört der Stau langsam auf. Schnell geht es ganz normal weiter.

Der Einzige, der sich die ganze Zeit totenstill verhält, ist Harry. Er ist übelst besoffen, weil er sich aus Frust einen Wodka-O nach dem anderen reingekippt hat. Dann hat er auch noch gesehen, wie »seine« Steffi ihre perfekten Brüste dem anderen Typen hinstreckt. Das ist zu viel für ihn. Die Hormone, der Alkohol, die schlechte Luft im Auto. Harry wird es richtig schlecht, er ist plötzlich ganz weiß im Gesicht.

»Kannste ... ranfahren ... muss kotzen«, stammelt er besoffen. Katharina erschrickt. Der soll sich bloß zusammenreißen und ja nicht ihr schönes Auto vollreihern. Gottseidank kommt gleich ein Parkplatz. Kaum steht das Auto, springt Christian von hinten aus dem Auto und reißt die Beifahrertür auf. Er weiß, ohne Hilfe schafft es Harry nicht mehr aus dem Auto. Der torkelt langsam zum nächsten Abfalleimer und entleert dort seinen gesamten Mageninhalt. Dann trottet er langsam zum Auto zurück. Er kann sich kaum auf den Beinen halten, zittert am ganzen Leib und ist bleich wie eine Leiche.

Zurück auf dem Beifahrersitz schläft Harry sofort ein. Bald hört man nur noch ein lautes Schnarchen. Die anderen atmen auf. Solange er schnarcht, ist alles in Ordnung. ›Der arme Kerl‹, denkt sich Steffi. ›Ich habe ihm wohl ganz schön den Kopf verdreht.‹ Wegen ihr hat er sich so richtig betrunken. Aber irgendwie ist das auch süß. Doch ein wenig ärgert sie sich schon. Hätten sie nicht wegen seiner Kotzerei anhalten müssen, hätten sie den Toyota mit dem süßen Typen sicher noch mal gesehen. Der muss nämlich in der Zeit vorbeigesaust sein, als sie auf dem Parkplatz waren. Bis Hamburg sehen sie den Wagen jedenfalls nicht mehr. Vielleicht hätte sie dann irgendwie geschafft, mit Brad Pitt Telefonnummern auszutauschen ...

›Ach was‹, denkt sie sich dann. Schwamm drüber. Der Typ sah einfach nur gut aus, wahrscheinlich war der total doof. Aber lustig war das Spielchen schon. Und wie die Jungs alle baff waren. Dann grinst sie und blickt auf ihr Dekolleté. Hat schon echt Vorteile, so gut bestückt zu sein ...

3 Was für ein Tag!

Es gibt Leichteres als eine Wohnungssuche in München. Das wissen selbst Leon und Max, obwohl die beiden Studenten aus Karlsruhe erst in die Hauptstadt Bayerns ziehen wollen. Allein ein Besichtigungstermin ist schon ein Erfolg. Seit einer Woche suchen sie im Internet nach Drei-Zimmer-Wohnungen, aber erst heute hat der erste Vermieter ihnen einen Besichtigungstermin genannt. Morgen Nachmittag um 16 Uhr.

Da müssen sie unbedingt hin. Also beschließen sie, am nächsten Morgen um 10 Uhr in Karlsruhe loszufahren. Damit die Benzinkosten sinken, bietet Leon die Fahrt bei der Mitfahrzentrale an. Doch niemand meldet sich. Schließlich gehen die beiden Jungs pennen. Um 23 Uhr läutet Max' Handy. Ein Fritz.

»Hey du, Ihr fahrt doch von Karlsruhe nach München?«

»Äh, ja.« Max braucht einen Moment, bis er wieder voll da ist. Er war schon eingeschlafen. »Willst mitfahren?«

»Nee, nee. Fahrt ihr über Baden-Baden?«

»Wie? Über Baden-Baden?« Das liegt nun wirklich nicht auf dem Weg. Von Karlsruhe werden die beiden direkt nach Osten auf der A8 Richtung München fahren.

Baden-Baden ist 40 Kilometer südlich von Karlsruhe auf der A5. Was für ein Umweg.

»Klar könnt Ihr über Baden-Baden fahren!«

»Äh, nein, wir fahren nicht über Baden-Baden. Das ist ein krasser Umweg.«

»Doch, weil mein Laptop ist in Baden-Baden.«

»Ja und? Du willst jetzt mit uns nach Baden-Baden fahren und deinen Laptop holen?« Max ist verwirrt. Er rafft nicht, was der Anrufer von ihm will.

»Nein, ich will, dass du mir meinen Laptop aus Baden-Baden mitbringst.«

»Ja, aber wir fahren doch nicht nach Baden-Baden, sondern von Karlsruhe nach München.«

»Stopp. Noch mal von vorne.« Der Anrufer merkt, dass Max überhaupt nichts kapiert. »Ich bin in München, mein Laptop ist in Baden-Baden, und du bist in Karlsruhe. Richtig?«

»Richtig. Das heißt, du willst gar nicht mitfahren?« So langsam begreift Max.

»Richtig. Aber könntet ihr eventuell meinen Laptop von Baden-Baden mit nach München bringen?«

»Wieso das denn?« ›Will der Typ mich verarschen? Wieso soll ich denn jetzt einen Umweg von 80 Kilometer machen, bloß um dem Typen einen Laptop zu holen?‹ Max ist sehr skeptisch.

»Ja nee, ich würde dich auch dafür bezahlen. Dann treffen wir uns in München und du gibst mir den Laptop.«

Max ist unschlüssig. »Du vertraust mir, dass ich den Laptop nicht selber einstecke, sondern ihn dir nach München fahre? Und überhaupt, wie kann ich denn sicher sein, dass es überhaupt ein Laptop ist und nicht irgendwelche Drogen?« Ihm ist die Sache nicht ganz geheuer.

»Wenn du die Laptop-Tasche öffnest, siehst du gleich, dass da ein gebrauchter Rechner drin ist. Keine Drogen oder irgendwelche Schmuggler-Ware. Ich brauche den Laptop dringend zum Arbeiten. Ich geb dir 100 Euro dafür.«

100 Euro! Von einem Mitfahrer bekommen Max und Leon sonst 15 Euro von Karlsruhe nach München. Dabei will Fritz gar nicht selbst mitfahren, sondern nur einen Computer haben. Und dafür einen Hunderter zahlen. Max rennt aus seinem Zimmer und weckt Leon. Er erzählt ihm von den 100 Euro, Leon ist sofort einverstanden. Dann sagt er Fritz zu.

Mindestens eine Stunde werden sie für die Fahrt nach Baden-Baden und zurück brauchen, rechnen Leon und Max. Dann müssen sie auch noch den Ort finden, an dem sich der Laptop befindet. Deshalb starten sie am nächsten Morgen schon um acht, zwei Stunden früher als geplant. Am Telefon hat Fritz gesagt, dass sie den Laptop am Flughafen abholen sollen. Doch der Computer wartet nicht direkt am Terminal, sondern an einer Imbissbude. Die wiederum steht an einer Rennstrecke, die sich neben dem eigentlichen Flughafen-Gelände befindet.

Den Kurs hat Fritz zwei Tage vorher gemietet, um ein Rennen für Motorradfahrer auszutragen. Solche Rennen auf Strecken in ganz Europa zu organisieren, ist sein Job. Nach dem Rennen packt er zusammen und reist los zum nächsten Event. Mit ihm sein Laptop, in dem er sämtliche Daten der Teilnehmer oder andere Geschäftskontakte hat. Dumm nur, dass er den Computer einfach stehen gelassen hat, als er gestern nach München zurück gefahren ist. Vor allem, weil er morgen die nächste Veranstaltung hat …

Aber Fritz hat Glück. Denn Gunnar, der die Imbissbude an der Strecke betreibt, hat den Rechner gefunden – und Fritz sofort verständigt. Jetzt muss der Computer nur noch von Baden-Baden nach München. Doch anstatt ihn sich per Express für mehrere hundert Euro schicken zu lassen, fällt Fritz etwas Besseres ein: die Mitfahrgelegenheit. Da fahren meistens junge, arme Kerle mit. Die freuen sich über 100 Euro – und er selbst spart sich auch noch ein paar hundert Euro.

Um Viertel vor neun Uhr biegt Leons VW Passat auf das Gelände des Baden Airparks ab. Langsam fahren sie weiter, bis sie ein Schild zum Driving Center sehen. Hier irgendwo muss der Imbiss-Stand sein. Die beiden steigen aus und schauen sich um. »Da hinten ist er.« Leon deutet auf einen Anhänger, der wie ein quadratischer Wohnwagen aussieht. Er ist offen, die beiden können die Theke und den Wurstgrill sehen. Nichts wie hin. Je näher sie dem Wagen kommen, desto mehr Frittenduft. Es ist zwar erst kurz vor neun Uhr morgens, aber 'ne Runde Pommes könnte Leon schon vertragen.

Ein Mann mit weißer Schürze kommt aus dem Wagen. »Ihr seid die beiden, die den Computer für Fritz mitnehmen. Richtig?« Leon und Max nicken. Der Imbissbesitzer hat den beiden schon angesehen, dass sie keine Rennfahrer sind, die bei ihm Pause machen wollen. »Fritz hat mir schon erzählt, dass ein Max mit einem Kumpel vorbeikommen wird.« Er geht zurück zur Bude und reicht Max eine schwarze Laptoptasche. »Da isser. Da wird sich der Fritz freuen.« Die beiden Computer-Kuriere genehmigen sich noch eine Portion Pommes und quatschen noch ein bisschen mit dem Besitzer.

Nach einer Viertelstunde brechen sie auf und tragen die Tasche zum Auto. Hat alles genauso funktioniert, wie Fritz am Telefon gesagt hat. Die Rennstrecke, der Imbiss, der Besitzer, der ihnen die Laptoptasche gibt. Und doch schwankt Max ein wenig. Was, wenn da gar kein Laptop drin ist? Sondern Drogen, Zigaretten oder sonst irgendwelche Schmugglerware? Wenn die Polizei sie aufhält, sind sie dran. Dann können sie sich nicht auf irgendeinen Fritz rausreden.

Zurück am Wagen beschließt Max, die Tasche zu öffnen. Er will sichergehen und macht den Reißverschluss auf und sieht – einen Laptop. Sonst ist nichts in der Tasche. Genau, wie Fritz gesagt hat. Denn das Ladekabel hat er in München. Stimmt also alles. Dann nichts wie los nach München. Die 100 Euro warten!

Leon fährt, Max sitzt neben ihm. Die Laptoptasche hat er zwischen die Beine gestellt. Sicher ist sicher. Die Kohle soll ihnen auf keinen Fall durch die Lappen gehen. Nicht, dass Leon bremsen muss, die Tasche durch das Auto fliegt und der Laptop kaputtgeht. Dann sehen sie keinen Cent von Fritz.

Vier Stunden später sind sie in München. Max ruft Fritz an, der lotst die beiden zu sich nach Schwabing. Die beiden Studenten klingeln, dann kommt ein Mann Mitte 30 die Treppe runter. Er grinst übers ganze Gesicht, in der Hand wedelt er mit zwei 50-Euro-Scheinen. Das muss Fritz sein. Er schüttelt den beiden die Hand, drückt ihnen die Kohle in die Hand und bedankt sich mehrmals. Dann nimmt er den Laptop.

Leon und Max wollen sich verabschieden, doch Fritz hält sie zurück. »Hey Jungs, habt ihr Hunger?« Die beiden nicken. Es ist halb drei Uhr nachmittags, seit den Pommes haben sie nichts gefuttert. »Habt ihr Lust auf Pizza oder Pasta? Ich kenn' einen netten Italiener ums Eck. Ich lad' euch ein.« Leon und Max machen große Augen. Das wird ja immer besser. 100 Euro *und* ein Mittagessen umsonst. Die beiden bestellen Spezi und Pizza und quatschen mit Fritz. Er ist total nett, erzählt von seinen Rennen und fragt die Jungs nach ihrem Studium.

Eine Stunde später müssen die beiden los. Der Besichtigungstermin steht an. Fritz bedankt sich noch mal bei den beiden, dann düsen sie ab ins Münchner Westend. Die Wohnung ist top, aber mit ihnen schauen sie noch drei Mädels und zwei Pärchen an. Und der Vermieter faselt ständig davon, wie viele Bewerber schon da waren. Als sie die Wohnung verlassen, sind sie sich sicher: Die kriegen wir nie.

Die beiden suchen sich eine Kneipe ums Eck und zücken die 100 Euro von Fritz. Die können sie jetzt gut gebrauchen. Zwei Bier später klingelt Max' Telefon. Außer »ja« und »ja ja« sagt er kein Wort. Nur seine Augen werden immer größer, bis er übers ganze Gesicht strahlt. Er legt auf, dann brüllt er Leon an. »Das war der Vermieter. Wir haben die Wohnung!!!« Die beiden umarmen sich und bestellen noch ein Bier. Erst die 100 Euro von Fritz, dann ein kostenloses Mittagessen und jetzt die Zusage für die Wohnung in München – was für ein geiler Tag!

4 Der Schein trügt

Unscheinbar. Treffender lässt sich Christine nicht beschreiben. Die halblangen, straßenköterblonden Haare hat sie zu einem Pferdeschwanz gebunden. Ein Pony bedeckt die obere Hälfte ihrer Stirn, bis auf die dunklen Augenlider ist sie überhaupt nicht geschminkt. Sie trägt einen grauen Kapuzenpulli, hellblaue Jeans und weiße Chucks. Seit drei Wochen nimmt Kai sie jeden Freitag um sieben Uhr früh vom Hauptbahnhof Karlsruhe mit nach München. Dort bleibt sie bei ihrem Freund, Montagmorgen fährt sie nach Karlsruhe zurück. »Zur Arbeit«, wie Christine sagt.

Doch mehr erzählt seine Mitfahrerin nie. Denn meist schläft die junge Frau, die Kai auf Mitte 20 schätzt, noch auf der Südtangente Richtung Autobahn ein und wacht erst kurz vor der Ankunft am Hauptbahnhof in München wieder auf. Müsste Kai ihren Beruf raten, er würde auf medizinisch-technische Angestellte tippen. Oder technische Zeichnerin. Womit sie ihr Geld wirklich verdient, ahnt Kai bis zu diesem Freitag nicht.

Mit ihrem Kapuzenpulli und der Jeans wirkt Christine auch heute wieder unscheinbar. Aber irgendetwas ist anders. Sie lächelt unentwegt. Und schläft nicht ein, sondern kramt aus ihrer schwarzen Sporttasche auf dem

Rücksitz eine Flasche Cola light heraus. Sie trinkt zwei große Schlucke und lächelt wieder. »Du pennst heute nicht sofort ein. Was ist los? Bist du gar nicht müde?«, fragt Kai. Christine grinst übers ganze Gesicht. »Nein, ich bin einfach nur richtig zufrieden.«

»Darf ich fragen, warum?« Neugierig blickt Kai seine Mitfahrerin an. Christine platzt fast vor Grinsen. »Sagen wir es mal so. Ich habe eine verdammt erfolgreiche Woche hinter mir.« Kai lässt nicht locker, als freischaffender Anwalt bohrt er gerne nach. »Und warum hattest Du so viel Erfolg?« Gespannt schaut er Christine an. Die lässt sich mit ihrer Antwort genüsslich Zeit. Sie wartet ein paar Augenblicke und sagt dann trocken. »Weil im europäischen Parlament in Straßburg Sitzungswoche war.«

»Aha«, sagt Kai. Eine Mitarbeiterin in einem Abgeordnetenbüro also, denkt er sich. Eine graues Mäuschen für alles, das passt zu ihr. Schweigend lenkt er seinen Golf V von der A5 auf die A8 in Richtung Pforzheim und überholt einen Lastwagen. Dann ordnet er sich wieder auf der rechten Spur ein. Christine beobachtet ihn die ganze Zeit und grinst. Sie merkt, dass er bei ihrem Beruf ganz und gar auf der falschen Spur ist.

Für sie ist es jetzt ein Spiel. Sie will Kai helfen, auf die richtige Fährte zu kommen, aber alles will sie ihm nicht verraten. »Bei den Abgeordneten heiße ich übrigens Regina«, sagt Christine. »Regina, die Königin.« Einen Augenblick schaut Kai durch die Windschutzscheibe, dann glotzt er seine Beifahrerin verwirrt an. Warum ändert sie im Parlament ihren Namen? Und wieso betont sie das Wort »Königin« so stark?

Kai ist überfordert, er steht auf der Leitung. Christine hat das sofort bemerkt und hilft nach. »Was könnte eine Königin wie ich denn für meine Untertanen in der schwarzen Tasche auf dem Rücksitz haben?« Kai schüttelt den Kopf. Sie öffnet den Reißverschluss der Tasche.

Im Rückspiegel sieht der Fahrer die Lederriemen einer Peitsche und ein Lackmieder. Jetzt hat er verstanden. Mit großen Augen schaut er seine Beifahrerin an. Das gibt's doch gar nicht. Unglaublich, aber wahr: Die unscheinbare Christine ist in Wahrheit eine Domina namens Regina. Und ihre Untertanen sind Abgeordnete des europäischen Parlaments. Bedröppelt nickt Kai ihr zu.

»Verstehst du jetzt, warum ich so zufrieden bin, wenn Sitzungswoche ist?«, fragt Christine und grinst. Kai nickt. Wenn das Parlament eine Woche im Monat in Straßburg tagt, dann fahren viele Abgeordnete jeden Abend von Straßburg nach Karlsruhe und vergnügen sich in dem Edel-Bordell, in dem Christine arbeitet. Und als Regina ist sie dann ihre Herrin. Ob Separatisten von der italienischen Lega Nord, französische Sozialisten oder österreichische Konservative – gemeinsam pilgern sie zur Domina. »Im Parlament beschimpfen die sich bis unter die Gürtellinie, bei mir sind sie dann kreuzbrav und lassen sich der Reihe nach auspeitschen«, erzählt Christine. Namen der Abgeordneten nennt sie nicht, ihre Untertanen bleiben anonym. Das gehört zum Geschäft. Aber einige seien schon recht bekannt.

Erstaunt hört Kai Christine zu, wie sie von ihren berühmten Kunden und deren Vorlieben erzählt. Der eine steht auf Reitgerten, der andere auf Fesseln, der dritte schaut nur gern zu. »Macht dir das denn Spaß?«, fragt Kai. Christine überlegt einen Moment, dann sagt sie bestimmt: »Privat würde ich so was nicht machen.« Sie trinkt einen Schluck Cola, dann fügt sie hinzu. »Aber ich verkloppe meine Untertanen drei Abende pro Woche, und jeder zahlt mir dafür tausend Euro die Nacht. Das macht mir dann schon Spaß.«

Kai schweigt und grinst. Auch Christine lächelt. »Und was sagt dein Freund dazu?«, fragt der Fahrer nach einer Weile. Plötzlich sieht seine Begleiterin nachdenklich aus.

Sie nimmt einen weiteren Schluck aus ihrer Cola. »Der weiß nichts davon.« Deshalb bringt sie die Tasche mit der Peitsche und dem Lackmieder immer bei einer Freundin in München vorbei, bevor sie zu ihrem Freund geht. Vor der Rückfahrt nach Karlsruhe holt sie ihr Outfit wieder ab. Betreten schaut Kai nach vorne, dann fragt er. »Und was glaubt er, was du in Karlsruhe machst?« Christine schaut ihn an und fängt zu lachen an: »Er denkt, ich bin medizinisch-technische Angestellte.«

5 Die Glückssträhne

Genauso stellt sich Malte einen entspannten Urlaub vor: Einfach mit ein paar Kumpels am Luganer See abhängen. Die meiste Zeit planschen sie im See, manchmal kraxeln sie aber auch in die nahen Alpen, und jeden Abend wird gegrillt. Im Haus der Oma eines Freundes können sie auch noch umsonst wohnen. Es ist wie im Paradies. Leider muss Malte schon nach einer Woche zurück nach Frankfurt, seine Diplomarbeit ruft. Seine Kumpels bleiben noch. Also besorgt sich Malte eine Mitfahrgelegenheit von Lugano nach Zürich, sonderlich viel Geld hat der Mathestudent ohnehin nicht. Von dort kommt er schon irgendwie weiter. Zur Not kann er dann auch den Zug nach Frankfurt nehmen.

Vor Malte hält ein schwarzes Cabrio, drin sitzt ein lässig aussehender, braun gebrannter Italiener mit riesiger Sonnenbrille. Aus den Boxen tönt italienischer Hip-Hop. Es ist Luigi, er nimmt Malte mit nach Zürich. Wie geil ist das denn? Was bin ich für ein Glückspilz, denkt sich Malte. An einem schönen Sommertag Cabrio fahren! Malte freut sich auf das Wahnsinns-Panorama. Denn Luigi hat keinen Bock, bei dem Wetter durch den Gotthardtunnel zu fahren. Stattdessen nehmen sie die Passstraße mitten durch die Schweizer Bergwelt. Vorbei an saftigen Almwiesen, schroffen Felsen und vergletscherten Bergspitzen. Wie im Traum.

»Was machst du eigentlich in Zürich?«, fragt Malte auf Englisch. Der Italiener am Steuer grinst. »Ich treffe dort eine Freundin.« Soso. »*Deine* Freundin oder nur *eine* Freundin?« Jetzt grinst Malte, Luigi lacht zurück. Es ist »nur« *eine* Freundin, sie heißt Christina. Luigi hat sie vor ein paar Tagen in einer Mailänder Disko kennengelernt. Sie haben eine stürmische Nacht verbracht, am nächsten Tag musste sie zurück nach Zürich. Zum Abschied gab Christina ihm ihre Handynummer und sagte: »Hier, ruf mich an, wenn du mal in Zürich bist.« Jetzt hat Luigi zwei Tage frei, höchste Zeit für einen Besuch. »Die Frau ist wirklich heiß«, schwärmt Luigi. Mit der will er noch öfter seinen Spaß haben.

Immer wieder nippt der Italiener an einer Cola, während er erzählt. Dann stellt er die Dose zurück in die Halterung an der Mittelkonsole. Doch als er eine Haarnadelkurve zu ungestüm nimmt, kippt die Cola-Dose um. Luigi kann gar nicht so schnell reagieren – die Cola verteilt sich über seinem Handy. Panisch versucht er, es aus der schwarzen Pfütze zu ziehen. Doch zu spät. Das Handy ist patschnass und ganz klebrig. ›Verfluchte Scheiße‹, denkt sich Luigi. Hoffentlich funktioniert es noch.

Sofort hält er an. Mit dem Brillenputztuch seiner Sonnenbrille versucht er das Handy abzutrocknen. Dann klappt er es auf und entfernt Akku und SIM-Karte. Er trocknet die Einzelteile und setzt es wieder zusammen. Doch als er es anschalten will, bleibt das Display schwarz. »Verdammter Mist. Da ist Christinas Nummer drin!« Luigi hat sonst nichts von ihr. Keine Adresse, keinen Nachnamen – nur die Handynummer.

»Setz doch einfach deine SIM-Karte in mein Handy ein«, schlägt Malte vor. »Das müsste doch funktionieren.« Dankbar nickt Luigi. Dann ruft er die »Freundin«

halt von Maltes Telefon an. Er schaltet das Handy ein, dann muss er seinen PIN eingeben. Akzeptiert. Hurra, es hat geklappt. Schnell drückt er sich durch die Adressliste. »Scheiße«, flucht Luigi dann plötzlich. »Ihre Nummer ist nicht dabei.« Aber warum das denn? Er hatte ihre Nummer doch gespeichert. Nach einem Augenblick klopft er sich an die Stirn. Na klar, er hatte ihre Nummer nicht auf der SIM-Karte, sondern nur direkt auf seinem Handy gespeichert. Das in Cola ersoffen ist. Schöne Scheiße.

»Oben am Pass machen wir mal Pause. Ich muss überlegen, was ich jetzt mache.« Schweigend fahren sie weiter. Am Restaurant auf dem Gotthardpass geht Malte aufs Klo. Als er zurückkommt, steht Luigi achselzuckend neben seinem Auto. »Ich fürchte, ich muss dich hier absetzen. Ich kehre um, ich habe keine Ahnung, wie ich Christina ohne Nachname, Adresse oder Handynummer in Zürich finden soll.« Malte ist konsterniert. Verdammt, wie komme ich jetzt nach Zürich? Aber er kann Luigi total verstehen.

Niedergeschlagen verabschiedet er sich von seinem Fahrer, der zumindest keine Kohle verlangt – sehr anständig. Doch es ist früher Abend, und Malte sitzt auf einem Pass. ›Wie komme ich am schnellsten ins Tal?‹, grübelt Malte. Im Restaurant auf dem Gotthardpass möchte er nicht übernachten. Das ist sicher sauteuer. Also beschließt er, sämtliche Autofahrer auf dem Parkplatz anzuquatschen. Irgendjemand wird ihn doch hoffentlich mitnehmen …

Schon beim ersten Typen hat Malte Glück. Ein älterer Herr Anfang 60, er fährt einen Kastenwagen mit kolossalem Anhänger. Damit transportiert er ein riesiges Segelflugzeug. Der Mann will Malte ins Tal mitnehmen, allerdings nur bis kurz vor Andermatt. Egal, Hauptsache, Malte kommt schnell vom Pass runter. Der ältere Herr erzählt die ganze Zeit vom Segelfliegen, seit 45 Jahren macht er das. Malte kann seine Begeisterung verstehen. Mit seinem eigenen kleinen Flugzeug über die Alpen zu fliegen – hat schon was.

Mittlerweile ist es dunkel geworden. In einem kleinen Dorf vor Andermatt hält der ältere Herr an. »Hier wohne ich«, sagt er. Malte muss sich entweder eine Unterkunft nehmen oder sich weiter durchschlagen. Einen Zug gibt es in diesem Kaff nicht. Dafür sieht Malte am Straßenrand mehrere Schuppen. Vielleicht ist einer offen. Doch wie kommt er dann morgen weiter? Er wird so oder so trampen müssen, zumindest bis Andermatt. Warum es also nicht gleich probieren?

Malte stellt sich an die Straße – und hat wieder Glück. 20 Minuten später hält ein gelber VW-Bus. Es ist erst das dritte Fahrzeug, das an ihm vorbeifährt. Zwei Männer Anfang vierzig sitzen drin. Sie wollen Malte mitnehmen – sogar bis Freiburg im Breisgau. Das ist ja klasse! Da muss er nicht mal in Zürich nach einer Mitfahrgelegenheit suchen. Von Freiburg sind es nur noch 300 Kilometer bis Frankfurt. Schon wieder unfassbar viel Schwein.

Zufrieden schläft er auf der Rückbank ein, erst kurz vor Basel wacht er wieder auf. Sofort quatscht er mit den beiden Männern. Die beiden sind ein schwules Pärchen und fahren gerade aus ihrem Toskana-Urlaub zurück nach Hause, südlich von Freiburg wohnen sie. Die beiden schlagen vor, ihn dort an einer Autobahnraststätte rauszulassen.

Mhmm. Freiburg Hauptbahnhof wäre Malte viel lieber. Andererseits, er hat heute schon so viel Glück gehabt. Malte willigt ein. Er schaut auf seine Armbanduhr, es ist kurz nach Mitternacht. Wahrscheinlich fährt vom Freiburger Hauptbahnhof eh kein Zug mehr. Insofern ist der Rasthof sogar besser. Die Autobahn geht nämlich direkt weiter nach Frankfurt. Vielleicht hat er wieder Glück …?

Er verabschiedet sich von dem Pärchen. War wirklich

sehr nett, ihn mitten in der Nacht durch die halbe Schweiz mitzunehmen. An der Raststätte ist ein großer McDonalds noch geöffnet. Malte wirft einen Blick auf die Schalter, dann auf den großen Raum mit den Tischen. Na ja, sonderlich viel ist hier nicht mehr los. Das Personal putzt den Boden, nur an einem Ecktisch sitzen noch zwei junge Kerle vor ihren Big Mäcs.

Das ist seine Chance. Malte geht auf sie zu, doch die beiden beachten ihn nicht. »Hey, so ne Scheiße, dass uns die Kohle ausgegangen ist, wär' echt gerne noch viel länger in Lloret geblieben«, sagt der eine. Er hat einen Pferdeschwanz. Sein Kumpel mit der struppigen Kurzhaarfrisur nickt. »Ey, fünf Tage sind echt wenig, aber dass die Kohle so schnell weg ist, hätte doch keiner ahnen können.«

Die beiden Jungs haben vor ein paar Wochen ihr Abitur bestanden. Zur Belohnung wollten sie zwei Wochen im katalanischen Partyort Lloret de Mar so richtig die Sau rauslassen. Doch ihr ganzes Geld hatten sie ziemlich schnell versoffen … fünf Tage, mehr war nicht drin.

»Jungs, kann ich mich zu euch setzen?« Erstaunt glotzen die beiden Teenager ihn an und nicken. Malte nimmt Platz. »Ihr fahrt nicht zufällig nach Frankfurt, oder?« Die beiden sehen sich an. »Ja, leider müssen wir zurück. Wären gerne länger im Urlaub geblieben.« Malte grinst die beiden an. »Wie wär's, wenn ich euch noch 'nen Big Mac spendiere, und ihr nehmt mich mit?« Schlagartig hellen sich die Mienen wieder auf. Seit sie in Katalonien losgefahren sind, war der Burger ihre einzige Mahlzeit. Viel zu wenig für die beiden, sie haben noch einen Riesenhunger. »Geilomat, kannst mitfahren«, sagt der Junge mit dem Pferdeschwanz.

Super, heute klappt aber auch wirklich alles. Noch in der Nacht wird er in Frankfurt ankommen. Er hatte damit gerechnet, erst morgen Abend zu Hause zu sein. Malte holt die Burger und verteilt sie an die beiden Abiturienten, zehn Minuten später sitzen sie im Auto. Er traut seinen Ohren kaum, als sie erzählen, in welchem Viertel in Frankfurt sie wohnen: Niederrad. Das ist doch nicht möglich, genau, wo er hin muss! Sie wohnen nur zwei Straßen von ihm entfernt, das sind keine fünf Minuten zu Fuß. Langsam wird ihm seine Glückssträhne unheimlich.

Um vier Uhr steigt Malte vergnügt aus dem alten Ford Fiesta und verabschiedet sich. Der Morgen dämmert schon. »Wie geil ist das denn«, sagt er vor sich hin. In 16 Stunden ist er vom Tessin nach Frankfurt gekommen – in vier verschiedenen Autos mit sechs ganz unterschiedlichen Typen. Und gekostet hat ihn das Ganze nur zwei läppische Big Mäcs. Das hätte er mit der Mitfahrzentrale allein nicht geschafft. Was für ein Glück, dass die dieses Mal versagt hat.

6 Kleine Tasche, großer Ärger

Regel Nummer eins für alle Mitfahrer lautet: Geh aufs Klo, bevor Du einsteigst. Zwar ist das ein *ungeschriebenes* Gesetz, aber jeder sollte sich unbedingt dran halten. Denn nichts ist nerviger für die anderen, als wenn man schon nach einer halben Stunde die erste Pinkelpause einlegen muss. Das hält nur unnötig auf, denn jeder Mitfahrer hat dasselbe Ziel: so schnell wie möglich ankommen und dabei auch noch Geld sparen. Dummerweise muss John gerade richtig dringend aufs Klo. Er ist zwar der Fahrer des Opels und könnte natürlich sofort an einem Rastplatz rausfahren. Doch er selbst regt sich normalerweise furchtbar auf, wenn andere Mitfahrer nach wenigen Minuten schon Pipi machen müssen. Das geht einfach gar nicht. Das ist gegen das ungeschriebene Gesetz. Deshalb kann er jetzt auch für sich selbst keine Ausnahme machen, also beißt er die Zähne zusammen.

Eine Stunde hält er nun schon durch, obwohl er am liebsten sofort die Autotür aufreißen und sich an den Seitenstreifen stellen würde. Aber das geht natürlich nicht. Also rutscht er unruhig auf seinem Sitz umher mit dem Gefühl, dass jeden Moment seine Blase platzt. Zehn Minuten später kapituliert er. »Hey, es ist mir echt peinlich«, sagt John. »Aber ich muss so dringend aufs Klo, dass ich es nicht mehr aushalte. Ich fahre jetzt am nächsten Rastplatz raus, in Ordnung?« Voller Scham blickt er seine drei Mitfahrer an. Doch die nicken total verständnisvoll. John ist angenehm überrascht: Er hätte drauf wetten können, dass er mindestens einen blöden Spruch zu hören bekommt.

An der rechten Fahrbahnseite taucht ein blaues Hinweisschild auf. Der Rastplatz – das wird auch allerhöchste Zeit. Der Opel fährt langsam an der Tankstelle vorbei auf den Parkplatz. Dort sieht John ein Toilettenschild. Was für eine Erleichterung. Doch kaum steht der Wagen, prescht ein weißer BMW von hinten heran und stellt sich quer vor den Opel. Aus dem Beifahrerfenster hält jemand ein Schild mit der Aufschrift. »Stopp Polizei«. Zwei junge Männer in Jeansjacken springen aus dem Wagen und verteilen sich auf beiden Seiten des grauen Opels. »Polizei. Alles aussteigen, aber sofort. Drogenkontrolle!« Die beiden Zivilbeamten wedeln mit ihren Dienstausweisen.

Geschockt steigt John aus. Einen Moment lang hat er sogar seine Blase vergessen, so erschrocken ist er. Was soll das denn jetzt? Wo kommt denn der BMW so plötzlich her? Und warum sind die Typen so hektisch? »Sofort alle Handys her!«, brüllt der eine. Wie bitte? Was soll das bedeuten? Warum soll er denn jetzt sein Handy abgeben, er wollte doch einfach nur aufs Klo? Doch der rüde Polizeiton schüchtert ihn ein. Mechanisch fummelt er sein Handy aus der Hosetasche und reicht es dem Beamten.

Zwei der anderen Mitfahrer sind genauso baff wie John. Sie können überhaupt nicht fassen, was hier gerade abgeht. Nur der Dritte, ein etwas älterer Mitfahrer, ist ganz ruhig. Er ist Ende 50, hat graue Haare und ein faltiges Gesicht. Ihn scheint das völlig kalt zu lassen. Währenddessen räumen die beiden Zivilbeamten den ganzen Kofferraum aus und durchsuchen das Gepäck. »Wem gehört denn die kleine schwarze Ledertasche?«, fragt ein

Beamter. Der ältere Mann grinst. »Jungs, ich glaube, ich muss mich jetzt verabschieden. Herr Wachtmeister, die Tasche gehört mir.« Sofort klacken die Handschellen um die Handgelenke des älteren Herrn. Der Zivilpolizist führt ihn ab. »Tut mir echt leid, aber das wird jetzt kein Spaß für euch«, sagt der ältere Mann, bevor er in den weißen BMW steigt. Der andere Zivilpolizist hebt die schwarze Reisetasche aus dem Kofferraum und fordert über Funk Verstärkung an.

»Keinen Schritt weiter«, brüllt der Mann mit dem Funkgerät. »Sie bleiben alle, wo Sie sind.« Scheiße, was soll das denn?, schießt es John durch den Kopf. Irgendwas muss der Alte in seinem Koffer haben. Drogen? Na klar, hatte der Polizist nicht vorhin »Drogenkontrolle« gerufen? Mit bösen Blicken verfolgen die anderen drei Insassen des Opels den Weg des Übeltäters. Der Typ sieht ganz normal aus, total unauffällig. Nie im Leben hätten sie ihn für einen Drogendealer gehalten. So ein Arschloch. Der vertickt Drogen im großen Stil und zieht uns da mit rein, John ist stinksauer. Was für ein Penner! Bloß, weil er zufällig mit uns fährt, sitzen wir jetzt genauso tief in der Patsche. Wer soll ihnen denn glauben, dass sie sich alle vorher gar nicht kannten, sondern wegen der Mitfahrgelegenheit aus purem Zufall zusammengekommen sind? Weiß die Polizei überhaupt, was die Mitfahrzentrale ist?

John ist sauer, er will sein Handy zurückhaben. Die Polizisten dürfen ihm das doch nicht einfach so wegnehmen. Doch, das können sie. Die Aussage des Beamten war unmissverständlich. Sie wollen sicherstellen, dass niemand einen Komplizen warnen kann. Verdammte Scheiße! Zu allem Überfluss meldet sich plötzlich auch seine Blase wieder. Aber jetzt pinkeln gehen – das kann er mal richtig vergessen.

Neben dem BMW hält jetzt ein zweiter Wagen, heraus

springen vier weitere Zivilpolizisten und ein Hund – Verstärkung ist da. Zwei gehen sofort zum Drogendealer im BMW, die anderen zu den übrigen Mitfahrern. »Hände nach oben und hinter dem Hinterkopf zusammen!«, brüllt ein Beamter. Auch das noch, murmelt John. Die werden uns jetzt ordentlich filzen … Hoffentlich untersuchen sie nicht auch noch sämtliche Körperöffnungen. Darauf, dass irgendwer in seinem Arsch herumfummelt, hat John nämlich überhaupt keinen Bock. Der Griff an seine Hoden bei der Bundeswehr-Musterung hat ihm schon gereicht …

»Beine breit«, ruft ein Beamter und tastet John langsam ab. Zuerst den Oberkörper, dann die Arme, dann die Hüftgegend. Als er Johns Gesäßtasche abklopft, spürt er einen quadratischen Gegenstand, Johns Geldbeutel. »Auf den Boden damit.« Auch seinen Haustürschlüssel muss er auf die Erde werfen. Dann lässt der Polizist von ihm ab. Puh, nicht das volle Programm. John ist richtig erleichtert, dass ihm die Leibesvisitation erspart bleibt. »Sie können Ihre Sachen wieder aufheben. Und zeigen Sie mir bitte Ihren Ausweis.« Nanu, der Beamte spricht in ganzen Sätzen und sagt »bitte«, hat er jetzt kapiert, dass John kein Drogendealer ist?

Doch da meldet sich Johns Blase zurück. Während der Durchsuchung stand er so unter Strom – seinen Harndrang hatte er glatt vergessen. Er traut sich aber nicht, den Polizisten zu bitten, ihn aufs Klo gehen zu lassen. Der Beamte bringt Johns Ausweis zu einem dritten Auto, das mittlerweile angekommen ist. John muss vorangehen, damit er ja nicht abhaut. In dem Wagen sitzt noch ein Polizist, der die Ausweisdaten aller Mitfahrer ins Polizeipräsidium durchgibt. Dort werden die Daten durch den Computer gejagt. Wenn gegen einen von ihnen irgendwas vorliegt, ist er dran – egal, ob er im Supermarkt geklaut hat oder mit Koks erwischt wurde.

»Bitte, zeigen Sie mir Ihr Gepäck.« Ach ja richtig, das haben sie noch gar nicht durchsucht. John holt seinen roten Rucksack aus dem Kofferraum. »Ausleeren, bitte.« Gesagt, getan. John holt erst seinen Laptop heraus und kippt dann den Rest seines Rucksacks auf die Motorhaube. Eine Jeans, zwei T-Shirts, zwei Boxershorts, Socken. Zum Schluss platscht sein Toilettenbeutel auf die Haube, gefolgt von seinem iPod – alles, was man für ein Wochenende bei einem Kumpel in Hamburg braucht. Genau untersucht der Beamte die Hosentaschen der Jeans und den Toilettenbeutel. Er klappt den Deckel der Kontaktlinsenflüssigkeit auf und riecht daran. Fehlanzeige. Keine Drogen.

Jetzt kann John wieder einpacken. Der Beamte gibt ihm den Ausweis zurück und deutet auf eine Sitzgruppe aus Holz neben dem Toilettenhäuschen. »Kommen Sie bitte dahin mit.« John trottet voraus, dann fragt er leise. »Entschuldigung, ich müsste so dringend aufs Klo. Kann ich?« Streng mustert ihn der Beamte von oben bis unten, dann nickt er. »Aber ich gehe mit.« Wenn es sein muss … aber eigentlich passt es John gar nicht, dass ihm ein Bulle beim Pinkeln zusieht. Als würde John Drogen aus Mund oder Po holen und die Toilette hinunterspülen …

John stellt sich ans Urinal, der Beamte sieht ihn von der Seite an. Beschämt fixiert er die gekachelte Wand, nur nicht nach rechts schauen. Wie peinlich. Doch dann steigt langsam eine unheimliche Wut in ihm auf. Das alles nur wegen diesem Arsch. Mitfahrgelegenheiten sind Schicksalsgemeinschaften, da ziehen die Leute doch an einem Strang, und dieser Typ nutzt das schamlos aus. Jetzt hängen sie alle in der Geschichte mit drin. Verdammte Scheiße …

Wenigstens kann er jetzt pinkeln. Das erste Problem ist er los. Aber wie kann er die Polizei überzeugen, dass er kein Komplize des Drogendealers ist? Das ist die Frage.

John setzt sich auf die Holzbank, der Beamte nimmt ihm gegenüber Platz. Das Verhör beginnt. John erklärt, dass er eine Mitfahrgelegenheit von Berlin nach Hamburg gebucht hat. Der Beamte schaut ihn ernst an, mit seiner Antwort scheint er alles andere als zufrieden. »Warum sitzt ein bekannter Drogendealer in Ihrem Auto?« Das ist ja interessant, die Polizisten müssen dem Typen schon länger auf der Spur gewesen sein. Sie sind dem Opel wohl schon seit Berlin hinterhergefahren und haben auf dem Parkplatz zugegriffen. Wahrscheinlich dachten sie, dass hier der Drogendeal stattfinden oder das Päckchen deponiert werden sollte. Wie krass ist das denn? Die verfolgen uns seit Berlin und keiner von uns hat was bemerkt. Die Festnahme und die Razzia waren von Anfang an geplant.

»Antworten Sie bitte auf meine Frage.« John ist so perplex, die Frage hatte er gar nicht mehr auf dem Schirm. »Ich habe eine Mitfahrgelegenheit angeboten, den Typen mit der Tasche habe ich heute zum ersten Mal gesehen.« Der Beamte ist nicht zufrieden, er bohrt weiter. Irgendwie möchte er eine Verbindung zwischen dem Drogendealer und John finden. Doch John beteuert, dass er den Typen noch nie getroffen hat. »Kennen Sie die Mitfahrgelegenheit?« Das tue nichts zur Sache, sagt der Beamte. Eben doch. Nur so ist er in diese beschissene Lage gekommen …

Das Verhört dreht sich im Kreis. Schon eine halbe Stunde sitzt er mit dem Beamten da, aber von seiner Unschuld ist der immer noch nicht überzeugt. Je länger die Vernehmung dauert, desto unwohler fühlt sich John. Das ist so ungerecht. Nur weil so ein Typ neben ihm Drogen dabeihat, ist er selbst doch kein Verbrecher! Wo leben wir denn hier? Gilt hier nicht die Unschuldsvermutung?

Irgendwie muss er dem Beamten beweisen, dass er den Dealer nicht kennt. Aber wie? Da kommt John eine Idee: »Schauen Sie doch im Internet nach bei www.mitfahrgelegenheit.de. Ich bin Premium-Mitglied und habe dort die Fahrt angeboten. Außerdem finden Sie dort den gesamten E-Mail-Verkehr mit meinen Mitfahrern. Damit dürfte klar sein, dass ich niemanden vorher gekannt habe.« Der Beamte horcht auf, dann funkt er den Kollegen im Präsidium an. »Wir prüfen das«, sagt er zu John.

Ein paar Minuten später meldet sich der Kollege über Funk. John hört den Zivilbeamten mehrmals »Ja« oder »In Ordnung« antworten, dann sagt er zu John: »Sie können gehen.« Ungläubig starrt John ihn an. Wie bitte? Eine Dreiviertelstunde lang verhört der Beamte ihn, tausendmal muss er erklären, warum er mit einem Verbrecher im Auto sitzt – und dann reicht ein kurzer Funkspruch?!?

Langsam geht John zurück zum grauen Opel. Das ganze Gepäck liegt am Boden verstreut, der komplette Inhalt des Handschuhfachs mit Hustenbonbons, Parkscheibe und Straßenkarten ist auf dem Beifahrersitz verteilt. Die Rückbank ist umgeklappt, das Ersatzrad lehnt am Kofferraum. Verbandsrollen, Pflaster und Schere aus dem Erste-Hilfe-Kasten liegen daneben auf der Erde. Die Beamten haben ganze Arbeit geleistet und das Auto gründlich auseinandergenommen. Wenn dort irgendwo noch Drogen waren, dann haben sie sie sicher gefunden, das ist mal klar. Aber die Aktion war so was von unnötig. Der Drogendealer hatte doch gar keine Zeit, etwas zu verstecken. Er war ja auch nur ein Mitfahrer …

Am Auto stehen die beiden anderen Mitfahrer, John stellt sich zu ihnen. Dann kommt einer der Beamten auf sie zu. »Tut mir leid, dass wir Sie festhalten mussten. Aber Ihr Mitfahrer hatte in seiner Tasche zwei Kilogramm Heroin, mehrere Platten Haschisch und einen großen Beutel Kokain.« Die drei starren die Beamten fassungslos an. Dass der Typ Drogen an Bord hatte, war ja mittlerweile klar, aber so viel! »Ach ja, lassen Sie sich bei Gelegenheit mal auf Hepatitis B untersuchen. Damit hat sich Ihr Mitfahrer auch noch angesteckt. Ich wünsche Ihnen noch einen schönen Tag.« Dann steigt der Beamte eilig in den weißen BMW und braust davon. Hinten sitzt der Typ.

Grimmig starren seine Mitfahrer ihn an. Das Schwein hat sie alle reingeritten – und vielleicht auch noch mit Hepatitis B angesteckt, am liebsten würden sie ihn verklagen. Aber was soll das bringen? Der wird die nächsten Jahre ohnehin im Knast sitzen. Irgendwann wird er vielleicht auch abgeschoben, denn er kommt nicht aus Deutschland, sondern aus der Dominikanischen Republik. Dorthin wollte er sich auch am nächsten Morgen absetzen. Aber Johns Wut ist schnell verraucht. Ein paar Tage später erfährt er, dass weder er noch seine Mitfahrer sich mit Hepatitis B angesteckt haben.

Nachdem die Polizisten abgedampft sind, sammeln John und die beiden anderen das verstreute Verbandszeug zusammen und verstauen auch den Rest wieder im Wagen. Über zwei Stunden nachdem sie auf den Rastplatz gefahren sind, geht es nun endlich weiter. Schuldbewusst schaut John die beiden anderen an. »Es tut mir echt leid, aber ich musste wirklich total dringend aufs Klo.« Die anderen Insassen winken ab. Die Polizisten hätten sowieso irgendwann zugegriffen. Wenn nicht in der Pinkelpause, dann eben eine Stunde später beim Tanken. John grinst. War schon besser, dass sie gleich gefilzt worden sind. Noch eine Stunde länger hätte er ohne Pinkeln nicht ausgehalten. Da hätte der Beamte dann beim Abtasten wenigstens ordentlich geflucht …

7

Liebe geht durch den Wagen

Schuld an Kurts Glück ist eine Wette. Im Mai 2006 erinnert er sich mit seinem Kumpel Steffen an die totale Sonnenfinsternis sieben Jahre zuvor. Beide hatten zu der Zeit in Passau studiert, waren aber an dem Tag nicht dort. Jetzt fragen sie sich, ob dort 1999 die vollständige Sonnenfinsternis zu sehen war oder nicht. Kurt ist sich sicher, dass die Passauer damals für ein paar Sekunden im Vollschatten standen. Steffen wettet dagegen – und gewinnt. Weil Kurt verloren hat, muss er Steffen eine große Druckgraphik des Fotografen Karl Blossfeldt schenken und zu ihm nach Hannover bringen.

Normalerweise bedeutet Autofahren für Kurt puren Stress. Deshalb nimmt er gerne den Zug. Doch jetzt grübelt er: ›Soll ich wirklich ein gerahmtes Bild am Freitagnachmittag in einem vollbesetzten ICE transportieren? Vielleicht tritt dann noch jemand mit dem Fuß auf den Blossfeldt und zerstört ihn? Das wäre der Super-GAU.‹ Dann das Bild doch lieber sicher im Kofferraum eines Autos verstauen. Doch woher auf die Schnelle einen Wagen nehmen? Von Freunden hat er von der Mitfahrzentrale gehört, also klickt er sich durch die Internetseite und meldet sich bei einer Diana, die eine Fahrt nach Hamburg mit Zwischenstopp Hannover anbietet.

Sie sagt sofort zu – auch für die Rückfahrt zwei Tage später.

Eine Wette hat Diana nicht verloren. Trotzdem muss auch sie an diesem Freitag im Mai 2006 in den Norden Deutschlands. Denn ihre Schwester heiratet in Hamburg – an zwei Wochenenden hintereinander. Einmal feiert sie mit der Familie, das andere Mal schmeißt sie eine Party für ihre Freunde. Klar, dass Diana trotz der 800 Kilometer an beiden Wochenenden von München nach Hamburg fährt. Doch ihr Freund Carsten hat darauf überhaupt keinen Bock. Einmal Hamburg reicht ihm. Weil Diana beim zweiten Mal nicht alleine fahren will, schlägt ihr Carsten vor, Begleiter über die Mitfahrzentrale zu suchen. Kurt meldet sich als erster und klingt sympathisch. ›Den nehme ich mit‹, denkt Diana.

»Oh mein Gott«, denkt sich Kurt, als am Freitagnachmittag ein älterer Opel Astra Kombi mit niederbayerischem Kennzeichen vor ihm hält. An der Antenne weht ein Hochzeitsschleifchen. Sieben Stunden in der Karre mitfahren? In dem alten Auto gibt es bestimmt keine Klimaanlage, außerdem kommt die Fahrerin aus der tiefsten Provinz. Das kann ja heiter werden. Sein erster Eindruck von Diana ist nicht gerade positiv, zumal sie auch noch zu spät dran ist.

Kaum hat es sich Kurt auf dem Beifahrersitz bequem gemacht, fängt er an zu quatschen. Ab und zu wirft Diana ein paar Brocken ein. Was für eine Labertasche, denkt sie sich. Aber nett ist er. Der Opel Astra hat München noch nicht verlassen, da wissen sie bereits, dass beide in Passau studiert haben – allerdings zu unterschiedlichen Zeiten. Dennoch haben sie viele gemeinsame Freunde, schließlich ist Passau mit seinen 60 000 Einwohnern klein, da kennt man sich.

Schnell merkt Kurt, dass sein erster Eindruck vollkommen falsch war. Diana ist nicht nur hübsch, sondern echt sympathisch. Mit der kann man sich gut unterhalten. Die Zeit im Auto vergeht wie im Flug. Kurt fiebert schon der Rückfahrt zwei Tage später entgegen.

Diana ist zwar nicht auf der Suche nach einem Mann, trotzdem freut auch sie sich auf die Rückfahrt mit Kurt. Es war echt nett mit ihm. Blöderweise muss sie in Hamburg eine Stunde auf eine Mitfahrerin warten. Hoffentlich ist Kurt jetzt nicht sauer. Der Arme steht an einer Autobahnraststätte bei Hannover und wartet …

Doch Kurt scheint nicht die Spur wütend zu sein. Im Gegenteil, er ist so lustig wie am Freitag. Beim Tankstopp macht er dann noch die Autoscheiben sauber – einfach so. Wie aufmerksam. Schließlich kauft er auch noch eine Tüte Chips und bietet sie ihr an. Wow, sehr nett, dieser Kurt aus Passau … Moment mal, Kurt … Passau … ihre Studienfreundin Birgit war damals auch kurz mit einem Kurt aus Passau zusammen … der hat sie aber ziemlich schnell abgeschossen, und Birgit war total sauer … er wird doch nicht? … Das muss sie jetzt wissen. Also fragt sie ihn, ob er vor sechs Jahren eine kurze Beziehung mit Birgit Kohlschreiber in Passau hatte.

Volltreffer. Scheiße, diese Frage aus dem Nichts trifft Kurt mitten ins Mark. Ja klar, er hatte was mit dieser Birgit. Einen kurzen Sommerflirt, aber Beziehung? So ein Schmarr'n, für ihn war das ein zwangloses Techtelmechtel. Nach ein paar Wochen hatte er genug und beendete es. Und diese Birgit muss jetzt ausgerechnet eine gute Freundin von Diana sein. So ein saublöder Zufall. Damals war Birgit stinksauer auf ihn, erinnert sich Kurt. Tausend Sachen hat sie ihm an den Kopf geworfen. Sicher wird sie ihn bei Diana richtig schlechtgemacht haben … Und bei der sitzt er jetzt im Auto. Hoffentlich schmeißt sie ihn jetzt nicht raus. Die Kasseler Berge sind eine äußerst unattraktive Gegend, um vor die Tür gesetzt zu werden.

Krass, er ist es. Birgit hatte damals schrecklichen Liebeskummer. Er hatte ihr schon einen Schlüssel für sein Auto gegeben … Doch dann hat er sie einfach abgeschossen, ohne ihr zu sagen, dass Schluss ist, sondern hat sich einfach nicht mehr gemeldet. Langsam fallen Diana immer mehr Details ein. Sie hat Kurt sogar schon mal in einer Kneipe gesehen. Birgit hatte damals mit dem Finger auf ihn gezeigt und übel abgelästert.

Leugnen ist zwecklos, das ist Kurt sonnenklar. Also gibt er zu, dass ein paar Wochen etwas zwischen Birgit und ihm gelaufen ist. Aber vehement bestreitet er, dass die beiden eine richtige Beziehung hatten. Und der Autoschlüssel? Die doofe Birgit hat ihn anscheinend als absoluten Liebesbeweis interpretiert. »Ein Autoschlüssel ist doch kein Verlobungsring.« Er leiht seinen Freunden ständig Schlüssel – ob für seine Wohnung oder den alten Volvo. Das kann der Martin bestätigen, sein alter Kumpel aus Passau, den Diana an dem Abend in der Kneipe auch kennengelernt hat. Kurzerhand ruft Kurt ihn an und erklärt ihm die Situation, dann reicht er das Handy weiter. Martin erklärt Diana, dass so ein Autoschlüssel bei Kurt definitiv kein Liebesbeweis ist. Von Anfang an wollte er nicht mehr von Birgit als eine lockere Affäre.

Macht's das besser? Und wem soll sie glauben? Dem sympathischen Kurt und seinem Kumpel am Telefon oder ihrer alten Freundin Birgit, die sie seit dem Studium aus den Augen verloren hat? Diana schwankt. Sie mochte Birgit wirklich gerne, aber sie weiß auch, dass sie sehr extrem in ihren Gefühlen ist. Himmelhochjauchzend und zu Tode betrübt in Sekundenschnelle. Vielleicht hat Birgit wirklich mehr in die Sache mit Kurt reininterpretiert, als tatsächlich war …

Kurt atmet durch, denn sie quatschen ganz normal weiter. Diana scheint das Techtelmechtel nichts auszumachen, zumindest lässt sie sich nichts anmerken. Was für ein Glück, denn normalerweise verbünden sich Freundinnen gerne miteinander gegen einen Mann. Vielleicht ist doch noch nichts verloren ... In ein paar Tagen wird er sie fragen, ob sie mit ihm Kaffee trinken gehen möchte. Wie praktisch doch so eine Mitfahrgelegenheit ist. Kurt braucht Diana nämlich nicht nach ihrer Telefonnummer zu fragen, er hat sie ja bereits. Wenn sie nicht auf seine SMS reagiert, schickt er einfach eine zweite.

Es war eine echt schöne Fahrt mit Kurt. Er ist wirklich sehr lustig. Nichts weiter. Schließlich hat Diana einen Freund. »Vielleicht sieht man sich ja mal in München?« Mehr hat sie Kurt beim Abschied nicht gesagt. Aber freuen würde sie sich schon über ein Wiedersehen ...

Eine Woche später bekommt sie eine SMS. »Lust auf 'nen Kaffee?« Kurt. Sie würde ihn schon gerne sehen, aber sie ist schon mit zwei Freundinnen verabredet. Doch Kurt ist hartnäckig. Wieder schickt er eine Kurznachricht. Jetzt will er Tipps, was er in die Arbeit anziehen soll. Es ist sein erster Tag in einer neuen Firma, Kurt ist nervös. Wie Süß!

Hauptsache, der Kontakt reißt nicht ab. Das ist Kurts Devise. Blöd nur, dass er für mehrere Tage beruflich in die USA reisen muss. Dann kann er sich wieder nicht mit Diana verabreden. Aber da muss er jetzt durch. Aus den USA schickt er ihr weiter fleißig SMS, mal auf Italienisch, dann wieder mit lauter Goethe-Zitaten. Diana antwortet jedes Mal – aber nicht etwa mit einem netten Text, sondern mit einem Foto der saudischen Fußballnationalmannschaft. Was soll denn der Scheiß? ›Sie soll mir süße Sachen schreiben, aber keine Fußballer schicken!‹, denkt sich Kurt. Okay, es ist WM in Deutschland, und sie war wohl im Stadion, aber da muss man doch nicht so einen Käse senden. Viel lieber wäre ihm ein Bild von Diana selbst. Wenigstens antwortet sie ihm, den Kontakt scheint sie halten zu wollen, wenn auch nur mit so bescheuerten Fußballer-Bildern.

Wieder zu Hause in München, merkt Kurt, wie praktisch so eine WM im eigenen Land ist. Wirklich jeder ist im Fußballfieber, sogar die Mädels wollen plötzlich jedes Spiel sehen. Da ist es doch recht unverfänglich, Diana zu fragen, ob sie nicht mit ihm ein Spiel im Fernsehen anschauen will. Zumal Kurt mit seinem Nachbarn eine Art WM-Studio gegründet hat, in dem in zwei Wohnungen zwei Dutzend Leute tagtäglich alle Spiele glotzen können. Langsam wird's nämlich Zeit, dass die Sache mit Diana vorangeht. Einen ganzen Monat ist es jetzt schon her, dass sie sich kennengelernt haben. Wenn sie sich nicht bald mal treffen, ist der Ofen aus. Das ist klar.

Coole Idee von Kurt, gemeinsam Fußball zu schauen. Aber so ganz alleine möchte Diana dort auch nicht hingehen. Schließlich hat sie Kurt nur im Auto kennengelernt. Was ist, wenn sie sich nicht mehr viel zu sagen haben? Besser, sie bringt ihre Freundin Sina mit. Wenn der Abend scheiße verläuft, kann sie sich immer noch mit Sina unterhalten – oder mit ihr verduften. Doch ihre Vorsicht ist unbegründet. Diana hat richtig Spaß. Mit einem von Kurts Freunden quatscht sie den ganzen Abend. Mit Kurt dagegen spricht sie kaum. Das scheint dem aber überhaupt nicht zu passen. Ständig scharwenzelt er um Diana und seinen Kumpel herum. Am liebsten würde er ihm wohl die Meinung geigen. Aber Kurt soll sich nicht so haben. Schließlich hat Diana einen Freund. Na gut, ihre Beziehung läuft gerade alles andere als gut, aber das heißt noch lange nicht, dass sie schon wieder auf der Suche ist …

Sind wir hier im Kindergarten? Kurt ist fassungslos. Diana bringt doch tatsächlich eine Freundin mit als Anstandswauwau. Sie ist über 30, tut aber so, als wäre sie ein Teenager ... Und dann unterhält sie sich die ganze Zeit mit Hannes. So ein verdammter Penner, der soll mein Freund sein? Kurt ist sauer. Seit vier Wochen arbeitet er darauf hin, Diana endlich wieder zu sehen. Und dann kommt er gar nicht zum Zug! Na warte! Den wird er sich ordentlich zur Brust nehmen. Gesagt, getan. Kaum hat sich Diana verabschiedet, faltet Kurt ihn zusammen. Der ist ganz kleinlaut und entschuldigt sich. Er hat tatsächlich nicht gerafft, dass Kurt bei Diana landen will. Jetzt muss mit Diana aber langsam wirklich mal was passieren. Kurt muss einen Gang zulegen, damit es nicht ewig bei den albernen SMS bleibt. Dauernd muss er was Neues, Lustiges, Süßes fabulieren. Also fährt er schweres Geschütz auf: die Oper.

Volltreffer. Sie freut sich schon total auf Glucks *Orpheus und Eurydike*. Wie immer hat Kurt nur Stehplätze für die Oper. Er ist gespannt, wie Diana darauf reagiert. Nimmt sie das hin, oder ist sie eingeschnappt? Diva oder nicht? Aber sie kommt und kommt nicht. Noch fünf Minuten bis zum Beginn. Sonderlich pünktlich ist sie wirklich nicht, das hat Kurt schon bei der gemeinsamen Fahrt in ihrem Opel Astra erlebt. Noch zwei Minuten. Dann sieht er sie auf das Operngebäude zurennen. Na endlich.

Diana ist ganz außer Atem. Sie hat sich richtig abgehetzt. Sie ist extra früher aus der Arbeit gegangen, aber es dauert, bis sie von ihrem Büro in einem Münchner Vorort zu Hause in der Innenstadt ist. Dann umziehen und schminken. Kurt scheint es nicht zu passen, dass sie so spät dran ist. Aber ihr elegantes blaues Kleid gefällt ihm offenbar ... Jedenfalls mustert er sie ständig von oben bis unten ... Diana lächelt. Lohnt sich doch, wenn man zeigt, was man hat ... Dann erfährt Diana, dass er nur Stehplatzkarten hat. Ist wahrscheinlich ein Test. Er will wohl herausfinden, ob sie eine Zicke ist. Ist sie nicht. Ihr macht es nämlich wirklich nichts aus, stundenlang in der Oper zu stehen. Macht sie auch immer.

Toll! Es ist Diana wohl wirklich egal, dass sie nicht unten im Parkett sitzt. Die Frau ist echt cool. Die muss Kurt erobern, koste es, was es wolle. Diana scheint es sehr zu gefallen, sie lächelt Kurt die ganze Zeit an. Unbedingt will er mit ihr heute noch weiterziehen. Am besten in seine Lieblingskneipe, ganz in der Nähe der Oper – und ganz zufällig zwei Häuser neben seiner Wohnung ... Wer weiß, was der Abend dann noch bringt ...

Kurt ist schon ein Gentleman. Wie er ihr die Tür aufhält. Und dann in der Opernpause sagt, dass er aufs Klo geht, aber stattdessen mit einem Glas Sekt zurückkommt. Diana genießt den Abend in vollen Zügen. Klar, auch sie will noch nicht nach Hause. Die Kneipe ist sehr urig, und die Spaghetti sind vorzüglich. Die beiden quatschen die ganze Zeit, merken gar nicht, wie die Zeit vergeht. Um ein Uhr setzt der Wirt sie vor die Tür. Dann fragt Kurt, ob Diana noch auf ein Gläschen Rotwein zu ihm nach oben kommen will ... Sie zögert, schließlich hat sie ja einen Freund, aber mit dem kriselt es mächtig, und Kurt, der ist irgendwie so süß und ganz anders ... Scheiß drauf, denkt sie sich und folgt Kurt in seine Wohnung.

Das läuft ja wie am Schnürchen. Kurt ist selber überrascht. Vier Wochen musste er auf ein Treffen warten, dann unterhält sich Diana nicht mal mit ihm beim Fußball-Schauen. Doch heute entwickelt sich alles perfekt. Sie verstehen sich prächtig, Diana ist superintelligent, sieht auch noch gut aus – und sitzt auf seiner Couch. Jetzt noch eine gute Flasche Rotwein ...

Fühlt sich gut an, so eng neben Kurt auf dem Sofa zu sitzen. Gleich werden sie sich küssen, das spürt Diana. Es knistert gewaltig zwischen den beiden … Schon sehen sie sich tief in die Augen. Doch vor lauter intensiven Blicken stößt sie ihr Glas um, der Rotwein verteilt sich auf dem weißen Sofa und auf ihrem schönen Kleid. So ein verdammter Mist. »Willst du mal ein Tuch holen?«, bittet Diana. Wenn sie ihr Kleid schnell abwischt, kriegt sie die Flecken vielleicht noch raus. Sofort springt Kurt auf und rennt in die Küche.

Mein schönes Sofa! Seit fünf Jahren hat Kurt es, viele Partys hat es unbeschadet überstanden. Und jetzt kommt Diana zum ersten Mal mit und versaut es gleich mit Rotwein. ›Bleib' cool‹, sagt er sich. Sie ist viel wichtiger als ein Lieblingssofa … Schnell kommt er mit einem Tuch zurück und beginnt, den Fleck aus der Couch rauszuscheuern.

Was soll das denn? Diana hat einen dicken Rotweinfleck auf ihrem schönen Kleid, und Kurt putzt erst mal sein Sofa?!? Ein sauberer Gentleman ist das … »Und was ist mit mir? Mein Kleid geht kaputt!«

Wie peinlich. Zwar ist das Kleid nichts gegen sein schönes Sofa, aber jetzt gibt es nur eine Priorität: Den schönen Abend nicht versauen. Sofort nimmt er den Lappen und reinigt Dianas Kleid, so gut es geht.

Macht Kurt ja ganz geschickt, muss Diana zugeben. Ratzfatz hat er den Fleck aus ihrem Kleid rausbekommen. Sie ist nicht mehr sauer. Im Gegenteil, jetzt findet sie es rührend, wie er sich um sein Sofa bemüht. Scheint ihm ja wirklich sehr wichtig zu sein. Nicht schlecht, so ein Mann, der putzen kann … Aber hoffentlich ist er bald damit fertig. Denn zu zweit gibt es wirklich Schöneres, als dem anderen beim Scheuern zuzusehen …

Kurt atmet durch: Die Erstversorgung des Sofas ist geschafft, den Reinigungs-Feinschliff kriegt es morgen. Jetzt ist Diana wieder an der Reihe. Irgendwie muss er es schaffen, das Knistern von vorher schnell wiederherzustellen … Mann, sie ist aber auch echt süß, wie sie ihn so erwartungsvoll ansieht … Er schaut Diana tief in die Augen und fragt sie dann: »Darf ich dich in den Arm nehmen?«

»Du, ich muss dir was sagen. Ich habe einen Freund.«

Das ist nicht ihr Ernst! Versteinert schaut Kurt sie an, er kann es nicht fassen. Den ganzen Abend hat sie ihm schöne Augen gemacht, sie saßen schon etliche Stunden zusammen im Auto, aber nie hat sie auch nur einen Ton von einem Freund erwähnt. Was soll denn der Scheiß? Mache ich mich hier denn komplett zum Affen?

Diana ärgert sich über sich selbst. Das war wirklich der dümmste Zeitpunkt. Aber immerhin, sie ist ehrlich. Das will sie auch weiter bleiben. »Es ist aber keine richtige Beziehung mehr. Wir haben gewaltige Probleme, jetzt mal ganz unabhängig von dir – ich will mich von Carsten trennen.«

Gott sei Dank. Kurt atmet auf. Es ist noch nicht alles verloren. Aber ein bisschen komisch fühlt es sich schon an. Kein Wunder, dass es schwer war, sich mit ihr zu verabreden. Aber andererseits: Wenn sie noch viel für ihn empfinden würde, wäre sie jetzt nicht hier bei ihm. Kurt nimmt sie in den Arm und beschließt einfach weiterzumachen wie bisher. Besser gar nicht mehr über den Freund reden. Die Sache soll sie schön selber regeln, jetzt geht es nur um sie beide. Sie küssen sich … und dann bleibt Diana die ganze Nacht …

Diana muss die Beziehung mit Carsten sofort beenden, das ist klar, als sie sich am nächsten Morgen von Kurt verabschiedet. Denn eine Hängepartie haben beide nicht verdient. Und ihr Herz gehört jetzt Kurt. Doch wie geht es dann weiter? Immerhin wohnt sie mit Carsten zusammen.

»Du kannst gerne bei mir einziehen«, sagt Kurt ein paar Tage später. »Meine Wohnung hat drei Zimmer, die ist für eine Person eh zu groß.«

Uff, das geht jetzt aber etwas schnell. Diana hat doch eben erst mit Carsten Schluss gemacht. Sie ziert sich. Vor sechs Wochen wusste sie noch gar nichts von Kurt, ein paar Nächte hat sie erst mit ihm verbracht – und dann soll sie gleich mit ihm zusammenziehen? Andererseits muss sie aus der Wohnung mit Carsten raus. Dort hält sie es keinen Tag länger aus. Und wo findet sie in München so schnell eine Bleibe? Das ist hoffnungslos. Sie überlegt hin und her und beschließt, es einfach mal mit Kurt zu probieren. Was hat sie denn zu verlieren? Wenn's nicht klappen sollte, kann sie immer noch eine eigene Wohnung suchen.

Doch Dianas Sorgen sind unbegründet. Es funktioniert bestens. Sie wohnen immer noch zusammen in derselben Wohnung, mittlerweile sind die beiden sogar miteinander verheiratet und haben einen kleinen Sohn. Damit war Kurt bei der Namensgebung absolut frei. Wäre es ein Mädchen geworden, hätte sie Korona heißen müssen – wie der zarte Strahlenkranz, der bei einer totalen Sonnenfinsternis als einziges Teil der Sonne nicht verdeckt wird. Schließlich hätte Kurt Diana niemals kennengelernt, wenn er nicht die Wette mit der totalen Sonnenfinsternis verloren hätte. Jetzt ist seine Frau zum zweiten Mal schwanger. Wer weiß, vielleicht krabbelt doch bald eine kleine Korona durch Kurts Wohnung …

8 Auf den Punk gekommen

In jeder Stadt gibt es einen zentralen Ort, von dem fast alle Mitfahrgelegenheiten starten. Meist ist das der Hauptbahnhof. Berlin hingegen tickt anders – wie immer. Hier fahren die meisten Mitfahrgelegenheiten am ZOB beim ICC los. Der Zentrale Omnibusbahnhof beim Internationalen Congress Centrum am Messedamm liegt nicht im Stadtzentrum, sondern ganz im Westen, direkt an der Stadtautobahn. Von dort ist man sofort auf der Avus, der A115, die in fünfzehn Minuten auf die Autobahnen nach Süden und Westen führt.

Der Alexanderplatz hingegen liegt zwar genau im Zentrum Berlins, ist aber überhaupt nicht die erste Adresse für Mitfahrgelegenheiten. Insofern hatte sich Claudia schon ein wenig gewundert, warum ihre beiden Mitfahrer partout auf dem Alex als Treffpunkt beharrten. Mit ihrem schwarzen Ford Ka steht sie an einer Baustelle an einer Ecke des Platzes und wartet. Eigentlich ist sie kein Fan der Mitfahrzentrale, aber für die Fahrt nach Köln bekommt sie von den beiden Mitfahrern zusammen 50 Euro. Das ist nicht wenig. Also hat sie die Anzeige ein paar Stunden vor Abfahrt doch noch ins Internet gestellt. Und prompt hat ein Mike am Telefon zwei Plätze gebucht.

Na super. Vor einer Viertelstunde wollte Claudia schon losfahren, doch ihre Mitfahrer tauchen einfach nicht auf. Nur zwei Punks schlendern über die Baustelle, doch die beachtet Claudia erst mal nicht weiter. Schließlich ist der Alex der Punkertreff Berlins, das weiß jeder. Beide tragen schwarze Lederklamotten und Doc-Martens-Stiefel mit Stahlkappen. Der eine hat einen zehn Zentimeter hohen, feuerroten Iro, der andere eine Glatze rasiert und nur noch eine einzige Haarsträhne auf dem Kopf, die ihm ständig ins Gesicht fällt. Der kahl rasierte Punk hat einen schwarz-weiß gefleckten Staffordshire-Terrier-Welpen, einen jungen Kampfhund, auf dem Arm.

Plötzlich klopft jemand an die Fahrerscheibe. Es ist der Typ mit dem roten Irokesenschnitt. »Bist du Claudia?«, krächzt er halblaut. Dieselbe müde Stimme wie vorhin am Telefon.

Ach du Scheiße, schießt es Claudia durch den Kopf. »Äh ja, ich bin Claudia«, stammelt sie.

»Das ist ... super«, sagt die müde Stimme ganz langsam. »Ich bin Mike ... und das da ist mein Kumpel Sam ... und das da ist der kleine George.«

Claudia starrt erst die beiden Punks und dann den Welpen an. Von einem Hund war am Telefon keine Rede, und jetzt kommen die beiden mit einem Kampfhund! »Ihr habt einen Hund dabei ...?«, stottert Claudia.

»Den haben wir erst voll kurz ... weil ... der Besitzer keinen Bock mehr drauf hatte«, sagt Mike.

Normalerweise mag Claudia Hunde, aber dass ein Mitfahrer unangemeldet einen Kampfhundwelpen mitbringt, passt ihr überhaupt nicht. Aus ihrem Schock wird Ärger. Na warte, denen werde ich was erzählen, denkt sie. Gerade will sie ihrem Ärger Luft machen, da unterbricht sie eine verrauchte Stimme neben Mike. »Kannste mal den Sitz hochklappen und dann zur Seite gehen, damit wir uns hinten reinsetzen können«, sagt der andere Punk.

Claudia ist sprachlos. Jetzt setzen sich beide Punks mit ihrem Hund einfach auf die Rückbank. Das war überhaupt nicht ausgemacht. So was ist doch unverschämt! Aber Claudia ist zu perplex, um sich zu wehren. Die Punks haben einfach Fakten geschaffen.

Claudia versucht, ihren Ärger runterzuschlucken. Sie denkt an die 50 Euro. Fünf Stunden Fahrt gehen auch vorbei. Dann habe ich die Kohle und die beiden Punks bin ich los. Kaum läuft der Motor, hört sie hinter sich, wie die beiden in ihren schwarzen Armeerucksäcken kramen. Dann zischt es plötzlich. Ein Blick in den Rückspiegel bestätigt ihr, was sie befürchtete: Mike und Sam haben aus ihren Rucksäcken zwei Bierflaschen geholt und geöffnet. Natürlich trinken sie Sternburg Export Pils, das billigste Bier. Jeder, der in Berlin Punk, Hausbesetzer oder sonst irgendwie links ist, greift zum »Sterni«.

Fragen hätten die beiden schon können, ob sie während der Fahrt Bier trinken dürfen, ärgert sich Claudia. Aber jetzt sitzen die beiden blöderweise schon in ihrem Auto. Und zwei bullige, erwachsene Männer einfach so rauswerfen – das traut sie sich nun wirklich nicht … Überhaupt, was riecht denn hier so übel? Claudia hält sich ihre linke Hand vor die Nase. Doch, der penetrante Geruch ist definitiv Schweiß! Im Rückspiegel erfährt Claudia auch den Grund für den Gestank: Der rote Irokese hat sich seine Lederjacke ausgezogen, darunter trägt er nur ein weißes Unterhemd. Es sieht aus, als hätte es vor mehreren Wochen zum letzten Mal eine Waschmaschine gesehen. Die Kombination von schmutzigem Unterhemd und Lederjacke auf bloßer Achsel … auch das noch.

Der schwarze Ford Ka passiert Potsdam und fährt auf der A2 weiter Richtung Magdeburg. Immerhin, eine halbe Stunde hat Claudia schon geschafft. »Hey …, kannste mal anner Seite ranfahren … George muss ma…« Der Mann mit dem roten Iro deutet auf den Kampfhundwelpen. Tatsächlich winselt der kleine Hund. Mechanisch steuert Claudia den nächsten Rastplatz an. Gemütlich schält sich dort Sam aus dem Rücksitz, klappt den Beifahrersitz um und steigt aus. Ständig bläst er seine Haarsträhne aus dem Gesicht. Dann drückt ihm sein Kumpan den Welpen in die Hand. Ein paar Schritte trottet der Punk mit der Glatze vom Auto weg zu einer kleinen Grünfläche. Dann setzt er George ins Gras. Sofort pinkelt der Kleine.

»Weißte ..., der Kleine ... is nich... stubenrein«, sagt der Irokese, schaut auf den pinkelnden Hund und lacht laut. »Wenn er zum ... Winseln anfängt ... dann musste aber schnell ... ranfahren.« Tatsächlich meldet sich der Hund noch viermal während der Fahrt. Jedes Mal muss Claudia dann den nächsten Parkplatz anfahren.

Zurück im Auto fingert Sam am Seitenfenster. Es dauert, bis er den Verschluss aufkriegt und das Fenster zwei Spaltbreit öffnet. Weiter lassen sich bei einem Ford Ka die beiden Klappfenster an der Rückbank nicht öffnen. Gott sei Dank, denkt sich Claudia. Denn gerade versucht Sam, seine leere Bierflasche durch die schmale Fensteröffnung zu drücken, mitten auf die Autobahn! Auf dem Beifahrersitz hat Claudia eine große Plastiktüte liegen. Sie reicht sie nach hinten. »Bitte Flaschen und Kronkorken da rein.« Mike und Sam gehorchen, dann zischt es wieder. Das zweite Bier.

Eine Viertelstunde später wiederholt sich das Prozedere: Flasche leer, Tüte her, Flasche rein, neue Flasche auf. Die beiden Punks haben sich warmgetrunken. Claudia merkt, wie das Bier anfängt zu wirken. Sie beginnen zu quatschen, jede Minute wird das Gespräch lauter. »Weißte, dass Ratte jetzt nich' mehr mit Pony zusammen is?«, fragt Sam. »Echt ... ey? ... is ja krass. Was hatte ... eigentlich Locke ... heute?« Dann erzählt Mike, wie bescheuert er seine Betreuerin Agnes findet und wie dämlich seine Mitbewohner. Claudia erfährt, dass der Mann mit dem Iro in einer betreuten Wohngruppe untergebracht ist, Sam hingegen wohnt mit George auf der Straße. Die beiden können nicht älter als Anfang 20 sein.

Zwischendurch prosten sie sich zu. Dann röhrt es hinter Claudia. Oh Mann, offenbar kann Irokese Mike viel lauter rülpsen als sprechen. Dann verlangen sie, dass Claudia einen Rastplatz anfährt. Jetzt muss nicht der Hund pinkeln, sondern die beiden Punks. Je mehr die beiden trinken, desto öfter müssen sie aufs Klo, und umso häufiger muss Claudia anhalten. Zurück im Wagen, öffnen sie dann das nächste Bier.

»Hey ... kannste ... die Scheibe ... ma... einschmeissen?« Der rote Irokese reicht ihr eine gebrannte CD nach vorne. Claudia liest »Turbostaat« und legt sie widerwillig in den Player. Der Name sagt ihr sogar was, das ist eine bekannte Punkband. Das kann ja heiter werden. Doch statt schneller Pogo-Musik hören die drei nur ein Fiepen, dann spuckt der Player die CD wieder aus. Er kann sie nicht lesen. Claudia grinst und fährt vergnügt weiter. Wenigstens die Musik bleibt mir erspart. Ihre Mitfahrer dagegen sind sauer. »So 'ne Scheiße, ey, was is'n das fürn Scheiß-CD-Player, ey?«, ärgert sich Glatzkopf Sam. »Mann ey.«

Der Ford Ka fährt an Hannover vorbei, Mike und Sam trinken weiter. Doch mit der Zeit werden sie immer ruhiger. Nur ab und an rülpsen sie noch, ansonsten starren die beiden stumm vor sich hin. Mike nickt langsam, aber kontinuierlich mit dem Kopf. Dann hört Claudia ein Kratzen an der Decke. Die Fahrerin dreht ihren Rückspiegel und sieht, wie Mike durch sein Nicken mit seinem roten Irokesenschnitt an der weißen Decke schubbert. Mittlerweile hat das Rot zentimeterlang eine richtige Spur hinterlassen. Ein Andenken an die Punks, das ihr bleiben wird.

Dann hört Claudia ein heftiges Schnarchen von hinten rechts. Sam. Neben ihm schnauft Mike. Die beiden sind eingeschlafen. Claudia freut sich, endlich hat sie Ruhe. Doch das Radio traut sie sich nicht einzuschalten. Ihre Mitfahrer sollen bloß nicht mehr wach werden. Sie entspannt sich und freut sich auf Köln und das Wochenende mit vielen alten Freunden.

Doch plötzlich hört sie ein Winseln im Auto. Zuerst leise, dann wird es immer lauter. Im Rückspiegel sieht sie, wie Welpe George auf Mikes Schoß umhertrippelt und winselt. Doch der und sein Kumpan schlafen seelenruhig weiter. Das macht der Rausch. Oh nein, denkt Claudia. Der Kampfhundwelpe muss mal, und die beiden pennen einfach. Bei der Raststätte Remscheid hält sie an. Sie stellt den Motor ab und hofft, dass die beiden Punks dadurch wach werden. Doch die lassen sich überhaupt nicht stören. Mist, es hilft nichts, Claudia muss sich selbst um den Hund kümmern, sonst pisst er ihr in den Wagen. Sie steigt aus, klappt den Fahrersitz nach vorne und greift sich George von Mikes Schoß. Dann setzt sie den Hund auf den Asphalt und geht ein paar Schritte in Richtung einer winzigen Grünfläche neben dem LKW-Parkplatz. An der Leine trottet ihr George hinterher und erleichtert sich auf dem Weg dahin bestimmt fünf Mal. Das war aber höchste Zeit. Claudia schaut zu ihrem Auto, wo die beiden Punks friedlich schlafen, und wird langsam richtig sauer.

Nach fünf Minuten hebt sie George ins Auto und setzt ihn auf den Beifahrersitz. Von hinten hört sie nur Sams lautes Schnarchen und Mikes Atmen.

Dann fährt sie weiter Richtung Köln. Eine halbe Stunde später lenkt sie ihren Ford Ka von der Autobahn in Richtung Zentrum. Sie hatte mit den beiden Punks abgemacht, sie an der Domplatte abzusetzen. Ähnlich wie in Berlin am Alex treffen sich dort die Punker Kölns.

In der Nähe des Doms hält Claudia an. Geschafft. Fünf richtig lange Stunden sind endlich vorbei. Keiner der beiden Mitfahrer rührt sich. Dass der Wagen angehalten hat und der Motor aus ist, haben sie gar nicht gemerkt. Claudia schüttelt den Kopf. Das gibt's doch nicht. Die sollen endlich aufstehen! Aber es ist zwecklos, sie muss die beiden wecken. »Hey«, sagt sie. Doch niemand bewegt sich. Da greift sie an Mikes Knie und schüttelt es leicht. Keine Reaktion. Sie rüttelt fester. Dann hört sie ein lautes Seufzen, und Mike dreht sich. »Hallo, wir sind da.«

Der Punk reibt sich die Augen und schüttelt sich. »Hä?«

»Wir sind an der Domplatte. In Köln«, sagt Claudia. Langsam wird sie ungeduldig.

»Ah, so ... das' ja ... super«, gröhlt Mike. Er schüttelt seinen Kumpel Sam, bis der wach wird. »Hey, Alter ... sin' in Köln, Mann.«

Es dauert noch fünf Minuten, bis die beiden endlich ausgestiegen sind. Claudia drückt ihnen den Kampfhundwelpen in die Hand. »Also ... tschüss dann«, sagt Mike und trottet los. Doch Claudia hält ihn fest. »Moment mal, ich kriege von jedem von euch noch 25 Euro für die Fahrt.« Ungläubig schauen sich die beiden Punks an. »Ich hab keine Kohle, hast du welche?«, fragt Sam, der Mann mit der Glatze. Der rote Irokese schüttelt den Kopf. Claudia wird langsam sauer. »Ich kriege 50 Euro von euch!« Langsam nickt der Iro. »Ja ... ja, ich hab ne ... Karte ... vonner Sparkasse ... Ich hol ... dir deine ... Kohle ... Wo isn ... ne Bank?«

Zum Glück ist direkt in der Straße, wo Claudia das Auto abgestellt hat, eine Sparkasse. Sie zeigt Mike die Filiale. Langsam torkelt er davon. Sam setzt inzwischen den kleinen George auf den Boden. Zehn Minuten später kommt der Mann mit dem roten Iro zum Ford zurückgewackelt. »Hey ... scheiße, Mann, ... da kommt ... kein Geld ... ausm... Automaten ... raus.« Fassungslos starrt Claudia den Punk an. Wenn der Bankautomat kein Geld ausspuckt, kann sie ihre 50 Euro vergessen. Mike hat sicher überhaupt keine Kohle auf dem Konto.

»Hey …«, sagt Mike. »Ich kann dir … die Kohle auch … überweisen … Haste nen Zettel … und nen … Stift?« Zähneknirschend zuckt Claudia ihr Notizbuch, reißt zwei Seiten raus und schreibt ihre Kontoverbindung auf die eine Seite. Die andere Seite reicht sie Mike. »Hier, schreib mal deine Handynummer drauf.« Der rote Irokese kritzelt seine Nummer drauf und steckt den Zettel mit Claudias Kontodaten in die Tasche seiner Lederjacke. Dann klopft er Sam kräftig auf die Schulter, und die beiden trotten in Richtung Domplatte. Hinter ihnen watschelt Kampfhundwelpe George her.

Claudia nimmt Mikes Zettel in die Hand und nickt mit dem Kopf. Immerhin sieben Ziffern hinter der Handy-Vorwahl. Könnte stimmen. Dann schnauft sie durch. Zumindest ist sie die beiden Punks los.

Drei Wochen später sind die 50 Euro immer noch nicht auf ihrem Konto. Claudia greift zu Mikes Zettel und starrt die Nummer an. Aber irgendwie traut sie sich doch nicht anzurufen. Ihr gruselt bei der Vorstellung, die müde Stimme des Punks wieder hören zu müssen. Dann schüttelt sie den Kopf. Wahrscheinlich hatte der noch nicht mal eine Bankkarte, ist einfach in die Richtung gegangen und hat so getan, als hätte er versucht, Geld aus dem Automaten zu ziehen. Und ich bin voll drauf reingefallen … Auf zwei besoffene Punks. Wie doof ist das denn? Sie schüttelt den Kopf, doch dann lächelt sie anerkennend. Die Typen waren gar nicht so blöd. Das muss man erst mal schaffen: Einen Dummen finden, der einen umsonst von Berlin mit nach Köln nimmt.

9
Stille nach dem Schuss

»Kannst dich ruhig vorne hinsetzen«, sagt der junge Mann mit den blonden Haaren und klettert auf den Rücksitz. ›Ist der Typ aber nett‹, freut sich Nadine. Ein bisschen Bammel hatte sie schon vor ihrer ersten Fahrt mit der Mitfahrzentrale. Dass die Leute dort so zuvorkommend sind, hätte sie nicht vermutet. Begeistert steigt sie in den Toyota.

Genüsslich streckt Nadine ihre Beine aus, denn auf der Rückbank wäre es viel enger. Der Typ mit den blonden Haaren ist ein echter Gentleman. Dann steigt der Fahrer ein und gibt Nadine die Hand. Boah, hat der einen festen Händedruck. Eberhard heißt er und trägt kurz geschorene, braune Haare und einen gestutzten Klodeckelbart. Dazu eine olivgrüne Hose und ein passendes T-Shirt. Keine Frage, der ist beim Bund.

Kaum hat Eberhard den Zündschlüssel umgedreht, fängt er auch schon an zu schwärmen. Die Bundeswehr ist seine große Liebe. Er erzählt, wie er nach der Schulzeit nicht wusste, was er mit seinem Leben anfangen sollte. Der Wehrdienst war ein Geschenk des Himmels. Nun war ihm schlagartig klar, dass er Soldat werden will. Er wird körperlich gefordert, ständig robben seine Kameraden und er durchs Gelände oder klettern durch die Berge.

Außerdem habe er dort Freunde fürs Leben gefunden, erzählt er. Eine solche Kameradschaft finde man sonst nirgendwo. Jeder steht für den anderen ein, keiner sucht seinen eigenen Vorteil …

›Du lieber Himmel‹, denkt Nadine, ›an wen bin ich denn da geraten? Ist ja schön und gut, dass Eberhard gerne Soldat ist. Aber muss er mich deshalb die ganze Zeit zuschwallen?‹ Nadine kommt überhaupt nicht zu Wort. Eberhard scheint nicht mal Luft holen zu müssen, er redet ohne Punkt und Komma. Amüsiert beobachtet der junge Mann von hinten, wie Eberhard auf Nadine einredet. »Na, Eberhard, erzählste wieder vom Krieg?«, feixt er. »Sei doch ruhig, du Vaterlandsverräter!« Die beiden kennen sich, der junge Mann fährt häufiger mit Eberhard. Deshalb weiß der Fahrer auch, dass der Blonde seinen Wehrdienst verweigert hat. Der Mann auf dem Rücksitz erklärt der verblüfften Nadine, dass Eberhard jeden mit seinen Bundeswehr-Geschichten vollquatscht.

›Na super, und ich dachte, dass der Typ einfach nur nett zu mir sein wollte, als er mich vorne hat sitzen lassen. Stattdessen wollte er nur nicht vollgequatscht werden. Gott, bin ich naiv‹, ärgert sich Nadine. In der Tat – ein Anfängerfehler. Wenn nämlich jemand bei einer Mitfahrgelegenheit seine Ruhe haben will, muss er sich gleich nach hinten setzen. Auf dem Beifahrersitz muss man sich im Zweifel mit dem Fahrer unterhalten. Wenn's blöd läuft, textet er einen dann zu.

Kurz ist Eberhard ruhig, dann redet er weiter. Er erzählt Nadine von seinen Auslandseinsätzen. In den 90er-Jahren war er zuerst in Bosnien, dann in Mazedonien, schließlich im Kosovo. In den vergangenen fünf Jahren war er zweimal in Afghanistan. »Das war toll«, schwärmt er. Wie er mit seinen Kameraden bei Schießereien mit den Taliban oder auf Patrouille durch dick und dünn gegangen sei, werde er sein Leben lang nicht vergessen, schwört er. Seine Augen glänzen. Auf die Straße achtet er kaum. Die ganze Zeit fährt er exakt 120 km/h – egal, ob die Strecke frei ist oder er durch eine Baustelle fährt, in der nur 60 km/h erlaubt sind.

Nadine rauchen die Ohren. Der Typ ist wirklich unglaublich, seit einer Stunde redet er ohne Unterbrechung. Textet der seine Kameraden auf Patrouille auch so zu? Wie halten die das bloß aus? Da kann sich ja kein Mensch konzentrieren. Da übersieht man garantiert jeden Heckenschützen. Der bringt einen mit seinem Gelaber glatt in Lebensgefahr. Oder vielleicht stopfen sich seine Kameraden die Ohren zu, bevor sie losgehen …

Der junge Mann hinten merkt, wie Nadine unter dem Redeschwall leidet. Er muss sie erlösen. »Hey Eberhard, meinste nicht, dass du dem armen Mädel jetzt genug erzählt hast?« Kurzzeitig bleibt dem Fahrer die Spucke weg. Was für eine Unverfrorenheit! Doch schnell fängt er sich wieder. »Mit dir rede ich gar nicht, du hast ja nicht mal gedient.«

Selbstverständlich habe er seinen Dienst für den Staat geleistet, antwortet der junge Mann. Er heißt Olaf. Als Zivi hat er behinderte Menschen in einem Wohnheim betreut. »Das ist viel sinnvoller, als unschuldige Menschen in Afghanistan zu erschießen.« Eberhard schnaubt. Das kann doch nicht wahr sein. Seine Kameraden und er verteidigen Deutschland am Hindukusch – und der Knilch stellt sie als schießwütige Rambos hin. Dabei ist der Kerl ein Jahr lang auf der faulen Haut gelegen, und der Staat hat ihn dafür auch noch bezahlt. »Hör doch auf«, brüllt er. »Anstatt irgendwelchen Leuten das Essen hinterherzutragen, sorge ich dafür, dass hier in Deutschland Frieden herrscht.«

Eberhard kann Wehrdienstverweigerung absolut nicht nachvollziehen. »Das ist doch Vaterlandsverrat. Das höchste Ziel muss doch sein, der Heimat zu dienen.« Der junge Kerl schüttelt den Kopf. Er habe Deutschland einen wesentlich besseren Dienst erwiesen, indem er behinderte Menschen gepflegt habe. Das will nämlich sonst keiner machen. Außer den Zivis.

»Aber nicht mehr lange«, kontert Eberhard. Da hat er recht. Bald wird in Deutschland die Wehrpflicht abgeschafft – und damit auch der Zivildienst. Dass es künftig keine Zivis mehr geben wird, bedauert Eberhard überhaupt nicht. Allerdings schmeckt es ihm gar nicht, dass dann auch keine Wehrdienstleistenden zur Bundeswehr gehen. Orientierungslose Jugendliche finden dann nämlich nicht mehr so einfach zu ihrer soldatischen Berufung.

Immer dieselbe alte Leier. Olaf hat keinen Bock mehr, weiterzudiskutieren. Er sagt nichts mehr. Triumphierend blickt Eberhard erst Olaf, dann Nadine an. Denen hat er es gegeben. Dann fällt sein Blick im Rückspiegel auf den jungen Burschen neben Olaf. Eberhard schätzt ihn auf etwa 20. Keinen Ton hat der bisher gesagt, der muss aber doch auch eine Meinung haben. »Hey, du hast doch hoffentlich gedient, oder?«, grinst der Fahrer ihn an. Lange schweigt der junge Typ, dann antwortet er. »Nein, ich habe verweigert.« – »Noch so einer«, entrüstet sich Eberhard.

»Warum bist du nicht zur Bundeswehr?«, fragt der Fahrer scharf. Der Junge schaut in den Rückspiegel, so dass Eberhard ihn sehen kann. »Mein Vater war Soldat und genauso euphorisch wie du. Vor einem Jahr hat ihn ein Taliban erschossen. Auf Krieg spielen habe ich absolut keine Lust.« Augenblicklich herrscht Totenstille im Auto, sogar Eberhard hält den Mund, bis sie in Fulda ankommen. Da hat selbst er kein Argument mehr.

10
Endstation Achern

Wer mitfährt, muss nicht Deutsch können. Wäre ja noch schöner, wenn jeder vor Fahrtantritt eine Deutschprüfung ablegen müsste – wie beim Einbürgerungstest. Trotzdem spricht die Mehrheit der Mitfahrer die deutsche Sprache, was bei der Suchmaske von www.mitfahrgelegenheit.de schon mal eine große Hilfe ist. Jedoch werden Fahrten am Telefon auch mal auf Englisch vereinbart. Oder man lässt Freunde, die Deutsch können, für sich anrufen. Solche Mitfahrer sind meist erst kurz im Land oder nur zu Besuch hier.

Holger weiß das. Deshalb ist er gar nicht überrascht, als ihn ein Mann in gebrochenem Deutsch mit arabischem Akzent anruft, um eine Fahrt für seinen Kumpel Murad zu organisieren. Im Gegenteil, Holger freut sich, dass Murad sogar bis Achern mitfahren will. Aus dieser badischen Kleinstadt mit 25 000 Einwohnern kommt er nämlich. Super, dann muss er die Fahrt nicht alleine machen, denn sonst fährt kaum jemand von München bis Achern, fast alle Mitfahrer wollen nur bis Karlsruhe – außer Murad. Und ein paar Euro mehr bringt der ihm obendrein.

Jetzt ist sein 1er BMW nämlich voll – mit drei Mitfahrern und einer Extra-Tasche. Die hat ein Typ in München vergessen, der jetzt aber schon in Karlsruhe ist. Holger soll sie ihm an einer Straßenbahnhaltestelle übergeben. Dafür bekommt er 10 Euro. Klasse, findet Holger. Langsam versteht er, warum manche Fahrer täglich Fahrten anbieten. Das scheint sich richtig zu lohnen …

Um 16 Uhr sammelt Holger seine Mitfahrer am Münchner Hauptbahnhof ein. »Hello« und »thank you« – mehr sagt Murad nicht, dann setzt er sich auf die Rückbank und pennt sofort ein. Ein Mädchen bringt die Tasche vorbei, die zu ihrem Freund nach Karlsruhe soll. Pünktlich verlässt der BMW München. Drei Stunden bis Karlsruhe rechnet Holger, dann noch mal eine Dreiviertelstunde nach Achern. Um kurz vor acht müsste der Informatiker bei seinen Eltern sein.

Doch Holger hat seine Rechnung ohne Stuttgart gemacht. Um 18 Uhr erreichen sie die Stadt. Schlechtes Timing. Der Feierabendverkehr hat die Autobahnen rund um die Stadt fest im Griff. Der BMW steht im Stau. Zusätzlich zum Berufsverkehr sind auch noch mehrere Autos aufeinandergekracht. Zwei Stunden geht auf der A8 gar nichts mehr.

Holger schüttelt den Kopf, dann ruft er mit seinem Handy den Mann an, der seine Tasche an der vereinbarten Straßenbahnhaltestelle um sieben Uhr abholen soll. Jetzt ist es Viertel vor, doch Holger und die Tasche stecken noch bei Stuttgart fest. Mist, Mailbox. Holger spricht drauf. Er erzählt vom Stau und verspricht, sich zu melden, sobald sie in der Nähe von Karlsruhe sind. Dann muss Roland, so heißt der Typ, nicht die ganze Zeit am Treffpunkt warten …

Doch dummerweise ist der Akku von Rolands Handy leer. Deshalb hat er Holgers Nachricht nicht bekommen. Also wartet Roland pünktlich um 19 Uhr an der Straßenbahnhaltestelle. Es schlägt Viertel nach sieben, dann halb acht. Roland schaut in alle Richtungen, kein BMW mit Münchner Kennzeichen in Sicht. Er friert, schließlich ist es Anfang Februar und saukalt. 200 Meter vom Treffpunkt entfernt steht eine Tankstelle. Holger wird ihn dort schon finden …

Um zwanzig nach acht passiert der Golf endlich die Unfallstelle, eine halbe Stunde später ruft Holger Roland an. Sie sind kurz vor Karlsruhe. Leider wieder Mailbox. Holger sagt, dass sie in einer Viertelstunde da sind. Um kurz vor neun lässt Holger zwei Mitfahrer am Hauptbahnhof in Karlsruhe aussteigen. Er beugt sich hinter zu Murad. Der kann sich jetzt ruhig zu ihm nach vorne setzen. Doch Murad pennt immer weiter. Muss ein ganz schönes Schlafdefizit haben. Seit München hatte er nicht einmal die Augen offen.

Fünf Minuten später hält Holger an der vereinbarten Straßenbahnhaltestelle. Er schaut auf die Uhr. Es ist 21 Uhr. Zwei Stunden zu spät. Doch von Roland ist nichts zu sehen. Er versucht, ihn anzurufen. Mailbox. Wieder mal. Scheiße, was soll er jetzt machen? Er hat nur diese eine Nummer. Am liebsten würde Holger weiterfahren. Aber er kann ja Rolands Tasche nicht so einfach am Treffpunkt stehen lassen. Also wartet er. Hoffentlich kommt Roland bald. Fröstelnd sitzt Holger im Auto, hinten schläft Murad friedlich weiter. Der hat wirklich die Ruhe weg.

Alle fünf Minuten probiert Holger es auf Rolands Handy. Vergebens. Nach einer halben Stunde kommt ein hagerer Mann mit Kapuzenpulli und Bundeswehr-Parka auf den Golf zu. Holger springt aus dem Auto. »Bist du Roland?« Der Typ nickt. »Wo bleibt ihr denn?«, antwortet er. »Ich warte seit sieben Uhr auf euch, jetzt ist es Viertel vor zehn!« Holger nickt. Er entschuldigt sich, erzählt vom Unfall und dem Stau.«Warum gehst du denn nicht ans Handy?«.

»Ja, so ein Scheiß. Mein Akku ist leer«, sagt er. Dumm nur, dass er sich Holgers Nummer nicht aufgeschrieben, sondern nur im Handy gespeichert hatte. Sonst hätte er nämlich den Tankwart bitten können, kurz bei Holger anzurufen. Aber das Telefon konnte er nicht mal mehr einschalten. »Mir war so saukalt, deshalb bin ich zur Tankstelle. Alle halbe Stunde bin ich hierher zurück, um nachzuschauen, ob ihr schon da seid.«

Holger reicht Roland die Tasche. »Sorry, ist echt saublöd gelaufen.« Dankend nimmt der sie. Jetzt kann er endlich andere Sachen anziehen, seine Klamotten trägt er nämlich schon seit zwei Tagen. Er reicht Holger einen 10-Euro-Schein. »Kannst du ja nichts für. Danke für die Tasche.«

Holger steigt zurück ins Auto und fährt Richtung Autobahn. Was für ein Scheißtag. Erst der fette Stau, dann der Ärger mit Rolands Handy. Für heute reicht's. Zum Glück ist er bald zu Hause. Eine halbe Stunde später fährt Holger in Achern von der Autobahn ab. Endlich wacht Murad auf. Na also, denkt sich Holger. Dann kann er ihn gleich fragen, wo er hin muss. Murad reibt sich die Augen. »Machen wir eine Pause?«, fragt er in einem Englisch, das genauso arabisch gefärbt ist wie das Deutsch seines Kumpels. »Nein, wir sind schon in Achern.« Holgers Englisch wiederum hört man die badische Herkunft an. »Oh, das ist ja super. Ich dachte, wir kommen erst viel später an.« Komisch. Wir standen zwei Stunden im Stau und haben dann noch eine halbe Stunde auf Roland gewartet, rekapituliert Holger. Was denkt Murad denn, wie lange wir von München nach Achern brauchen? Na ja, er wird neu in Deutschland sein und die Entfernungen noch nicht so gut abschätzen können …

»Wo kann ich dich hinbringen?« Es ist kurz vor elf Uhr nachts, in Achern fährt seit Stunden kein Bus mehr. Das weiß Holger, deshalb will er Murad dort abliefern, wo der hin muss. »Zum Hauptbahnhof.« Verwundert schaut Holger in den Rückspiegel zu Murad. Also einen Hauptbahnhof hat das Kaff hier nicht. Er wird wohl den Bahnhof meinen, also bringt Holger ihn dorthin. Murad nimmt seinen Rucksack. »Kannst du mir sagen, wo der Ausgang ist, der in Richtung Dom führt? Da wartet mein Freund auf mich.«

Ein Dom? In Achern? Hier gibt's eine ganz normale Kirche und eine Kapelle, das Klauskirchl, aber sicher keinen Dom. Langsam beschleicht Holger ein komisches Gefühl. Irgendwas stimmt hier nicht. »Wir haben in Achern keinen Dom.« Murad schaut ihn mit großen Augen an. »Doch, schau her.« Er zieht einen Stadtplan raus und zeigt auf eine Stelle. Holger schaut sich die Karte an und schlägt die Hände über dem Kopf zusammen. Murad hat einen Stadtplan von Aachen in der Hand!

Ach du Schande! Murad wollte die ganze Zeit nach Aachen, nicht nach Achern. Zwei beschissene Buchstaben – das ist der einzige Unterschied. Und 400 Kilometer. Wie konnte denn das alles passieren? Murads Freund muss die Städte verwechselt haben. Wahrscheinlich ist er in der Suchmaske der Mitfahrgelegenheit zwei Zeilen verrutscht. Aachen steht dort an erster Stelle, Achern auf Platz drei. Dazwischen liegt nur Aalen. Oder er wusste nicht, dass man Aachen mit doppeltem »a« schreibt.

Jetzt steht Murad um 11 Uhr nachts in einem badischen Kaff und kann kein Deutsch, nur Englisch mit stark arabischem Akzent. Wie soll der denn heute Nacht noch nach Aachen kommen? Er kann froh sein, wenn er überhaupt noch aus Achern wegkommt. Holger hat Mühe, Murad zu erklären, dass er am falschen Ort ist. Holger überlegt, ob er Murad zu sich nehmen soll, doch im selben Moment drückt Murad Holger die 18 Euro in die Hand und verabschiedet sich.

»Nimm doch den letzten Zug nach Karlsruhe, der geht um fünf nach halb zwölf«, ruft Holger ihm hinterher. Vielleicht kommt Murad von dort noch weiter. Er dankt

Holger und trottet dann um das geschlossene Bahnhofsgebäude auf den Bahnsteig. Holger sieht ihm nach und schüttelt den Kopf: Was zwei kleine Buchstaben so alles anrichten können …

11 Selbst ist die Frau

Zusammen wiegen Carola und Nike nicht mehr als zwei Kilogramm. Trotzdem sorgt sich Johannes um das Wohl der beiden Meerschweinchen-Damen, als hätte er ein neugeborenes Kind an Bord. Die Kiste aus Karton, in der die beiden bunt gescheckten Tierchen auf jeder Menge Stroh hocken, fixiert er mit zwei Gurten an der Rückbank. Zunächst schlingt er den rechten Dreipunktgurt um die Kiste, danach sichert er sie noch mit dem Beckengurt des Mittelsitzes. Jede halbe Stunde hält er an einem Rastplatz und schaut nach, ob Carola und Nike auch wirklich noch leben. Natürlich quieken die beiden jedes Mal wie eh und je. Nur 250 Kilometer oder zweieinhalb Stunden sind es von Essen nach Hannover, trotzdem hält Johannes vier Mal an. Wegen Carola und Nike.

Den beiden Tierchen darf bloß nichts passieren. Das ist das Erste, was Cornelia von Johannes hört – kaum, dass sie am Hauptbahnhof in Essen in dem grauen Ford sitzt. Je öfter ihr Fahrer stoppt, desto genervter ist sie. Klar sind das besondere Meerschweinchen, auf Züchterschauen haben sie sogar schon einige Preise gewonnen. Logisch, dass Johannes vorsichtig ist. Aber verdammt, die Viecher sind bombensicher in dem Karton. Was soll denn passieren? Problemlos könnte Cornelia doch vom Beifahrersitz in die Kiste schauen. Aber das reicht Johannes nicht. Er will sich jedes Mal selbst davon überzeugen, dass es den Tierchen gut geht. Er soll sie nämlich von einer Züchterin zur nächsten bringen. Das hat er mit der Frau vereinbart, die ihm 20 Euro für den Haustiertransport geboten hat. Die Kohle hat sie ihm schon in die Hand gedrückt, als er sie abholte.

Was ist das denn für ein Typ? Cornelia schüttelt den Kopf. Weshalb macht er so viel Aufhebens? Du lieber Gott. Zum Glück ist es bis Hannover nicht weit, dann ist sie den Typen bald los. Ohnehin ist der ein bisschen seltsam. Cornelia schätzt ihn auf Ende 30, er hat richtige Geheimratsecken, über den Ohren werden die Haare schon ein bisschen grau. Aber trotzdem wirkt er wie ein Kind. Gerade seine laute, schrille Lache ist alles andere als erwachsen. Und dann noch diese geradezu kindliche Sorge um die Viecher.

Da hilft nur eines: schlafen. Dann vergeht die Zeit wie im Flug. Also dreht Cornelia ihren Kopf zur Seite und schließt die Augen. »Kann ich dich mal was fragen?« ›Mann, ich will pennen‹, denkt sich Cornelia. Doch sie will nicht unhöflich sein, schließlich nimmt Johannes sie mit. »Ja, klar.« Hoffentlich nervt er sie jetzt nicht. »Es ist so ...«, druckst der Fahrer. »Ich bin schon lange ... auf der Suche nach einem Mädchen ... und ... ich weiß nicht ... warum das ... nie hinhaut ...« Cornelia schaut ihn von oben bis unten an. Das wundert sie nun überhaupt nicht. Ist doch klar. Er ist pedantisch, unbeholfen und wirkt trotz seines Alters wie ein Kind. So jemand will keine Frau. Aber das sagt sie Johannes natürlich so nicht, sie will ihn ja nicht kränken.

»Du hast einfach noch nicht die Richtige getroffen.« ›Oh Mann, hat sie das wirklich gerade gesagt?‹ Cornelia kann nicht fassen, was für eine Binsenweisheit sie da grade von sich gegeben hat. Ihr Freund würde sagen, sie müsste sofort drei Euro ins Phrasenschwein zahlen – wie beim Fußball-Stammtisch im Fernsehen. »Meinst du wirklich, da draußen wartet jemand auf mich?« Wahnsinn, Johannes hat ihre Antwort echt gefressen. Das gibt's doch nicht, der rafft gar nicht, dass sie auf so eine Art von Unterhaltung überhaupt keinen Bock hat. »Ja, sicher. Du musst nur Geduld haben.« Noch so eine Phrase hinterher. Peinlich.

»Danke«, sagt Johannes. Er scheint sich wirklich zu freuen. »Jetzt habe ich wieder Hoffnung.« Johannes strahlt über beide Ohren. »Jetzt bin ich gut drauf und brauche ... MUSIK!« Der Fahrer dreht am Radio und sucht nach einem Sender, er konzentriert sich nur aufs Radio. Sofort macht das Auto einen großen Schlenker nach rechts, im nächsten Moment schlingert es wieder nach links. Cornelia erschrickt. Ein paar Augenblicke später zieht der Wagen wieder nach rechts. Der rechte Reifen ist bereits auf der weißen Fahrbahnmarkierung. Dass die einen dumpfen Warnton von sich gibt, hört Johannes gar nicht. Munter dreht er weiter am Radio und reißt das Steuer nach links. Seiner Mitfahrerin wird übel.

Das kann doch nicht wahr sein. An wen ist Cornelia denn da geraten? Der kann ja wirklich gar nichts – nicht mal Autofahren. Sie ist froh, als Johannes endlich einen Radiosender gefunden hat, dann hält er wenigstens das Auto in der Spur. Sie hören *Take on me* von A-ha. Johannes summt mit. »Das erinnert mich an meine Jugend«, sagt er. Das passt. Bloß, dass er aus dieser Jugend in den 80ern bis heute nicht herausgefunden hat.

Nach dem Song kommt Lady Gaga. Sofort fummelt Johannes wieder am Radio herum. Die Hits von heute scheint er nicht zu mögen. Wieder schlingert der Wagen nach rechts, um ein paar Sekunden später wieder nach links zu driften. Der Schrecken fährt Cornelia in die Glieder. Lang hält sie das nicht mehr aus. Jedes Mal, wenn der einen Radiosender sucht, verliert der die Kontrolle über seine Karre. »Lass mal«, sagt Cornelia. »Ich kümmere mich um den Sender. Du sagst einfach Stopp, wenn dir was gefällt. Du konzentrierst dich am besten auf die Straße, ist nämlich ganz schön was los.« Die Autobahn ist zwar völlig leer, aber egal. Mal sehen, ob Johannes den Hinweis verstanden hat. »Super, das ist mir eh viel lieber! Du machst das sicher besser!«

Guter Junge, denkt sich Cornelia. Ich kann ihn also bearbeiten, wenn ich will. Nur in einem Punkt schafft sie es nicht: die Meerschweinchen. Johannes lässt sich partout nicht davon abbringen, ständig an einer Raststätte rauszufahren, um nach den Meerschweinchen zu schauen.

Aber wenigstens konzentriert er sich ansonsten auf die Fahrbahn. Cornelia atmet durch. Doch dann taucht ein LKW auf ihrer Spur auf. Johannes fährt immer weiter auf. ›Überhol' ihn doch endlich! Nun mach' schon‹, fleht Cornelia innerlich. Doch der graue Ford fährt weiter auf den LKW zu. Cornelia kann auf der Plakette am Nummernschild schon ablesen, wann der nächste TÜV fällig ist – so nah fährt Johannes auf. Dann reißt der das Lenkrad plötzlich nach links und schert aus. Ein Blick in den Rückspiegel, ob jemand auf der Überholspur fährt? Nein. Blinker links. Auch nicht. Cornelia krallt sich an ihrem Sitz fest. Wo hat er bloß seinen Führerschein her?

Erleichtert sinkt Cornelia in den Sitz zurück, nachdem Johannes den Lastwagen überholt hat. Doch kaum ist der Schock gewichen, taucht ein Reisebus vor ihnen auf. Wieder prescht Johannes vor. Erst im letzten Moment zieht er auf die Überholspur. Cornelia grummelt es im Magen. So geht das nicht weiter. Aber was tun? Sie kann ihm doch nicht direkt sagen, wie schlecht er Auto fährt. Sie schaut Johannes an. Irgendwie tut ihr der ganze Mensch leid.

Cornelia muss ihm verklickern, dass er beim Überholen früher ausscheren muss. Hm. Endlich hat sie eine Idee. Der Ford steuert auf den nächsten LKW zu. »Hey neulich, das glaubst du nicht«, fängt Cornelia an und schaut Johannes an. Wenn sie ihn direkt anblickt, dann ist sie überzeugender, sagt sie sich. »Da musste eine Freundin von mir 200 Euro Strafe zahlen. Weißt du, warum?« Johannes steigt auf die Bremse und schaut Cornelia fragend an. »Ne, was denn?« Sofort hält der graue Volvo ausreichend Abstand zum LKW. ›Na also‹, denkt sie sich. ›Es wirkt.‹ »Sie ist ganz dicht auf andere Autos aufgefahren. Nur einen Meter Abstand hat sie gehalten. Da hat die Polizei sie aufgehalten.« Beeindruckt schaut Johannes sie an. Er setzt den Blinker links, beschleunigt und überholt den LKW, ohne aufzufahren.

›Er hat's kapiert. Das ist ja klasse‹, freut sich Cornelia. Er frisst ihr wirklich aus der Hand. Ab jetzt hält Johannes bei jedem Fahrzeug vor ihm genügend Abstand. Cornelia beißt sich auf die Zähne. Sie kann sich kaum zurückhalten, am liebsten würde sie laut loslachen. »Der glaubt mir wirklich alles«, denkt sie. Aber sie reißt sich zusammen. »Nutz' das nicht aus und verarsch' den armen Kerl nicht weiter. Nur wenn er wirklich wieder absolute Grütze fährt, greife ich wieder ein.«

Cornelia versucht wieder zu schlafen, doch dann klingelt Johannes' Handy. Es ist seine Mutter. Sie fragt, wann er endlich in Hannover ist und was er zum Abendessen will. Unglaublich. Doch dann bekommt sie einen Schrecken. Johannes ist nicht multitaskingfähig, die Straße interessiert ihn nicht mehr. Der Wagen macht einen großen Schlenker nach links. Beinahe ist er schon auf der Überholspur. Cornelia merkt, dass dort ein schnelles Auto kommt. Scheiße, jetzt kracht es gleich! Und Johannes? Er reagiert nicht, sondern quatscht munter mit seiner Mutter. Cornelia greift ins Lenkrad und bringt den Ford wieder zurück auf die rechte Spur. Puh, das war knapp.

›Oh Gott, das wollte ich nicht.‹ Noch nie hat sie jemandem ins Lenkrad gegriffen. Das ist ein absolutes No-Go. Aber Johannes fährt einfach so mies …! Trotzdem schämt sie sich. Sicher schmeißt er sie gleich raus. Das wäre saublöd, aber immerhin ist sie durch ihre Aktion noch am Leben. Doch Johannes macht gar nichts. Er verabschiedet sich von seiner Mutter und legt auf.

Wahnsinn. Cornelia greift ihm ins Lenkrad – und Johannes stört das nicht mal. Was ist das bloß für ein Typ? Cornelia ist sich endgültig sicher: Bei dem kann sie sich alles erlauben. Nur, das will sie gar nicht. Sie möchte nur schnell in Hannover ankommen und nichts wie raus aus dem Auto. Schon in der Stadt sagt Johannes dann: »Ich hatte noch nie eine so schöne Zeit mit einer Mitfahrerin.« Das kann jetzt doch nicht sein Ernst sein. »Hast du Lust, mal mit mir ins Kino gehen?« Nein, bitte das nicht auch noch. Was muss sie denn noch alles tun, damit sie es sich bei ihm verscherzt? »Äh, ne du, lass' mal. Ich hab einen Freund.« Das ist ausnahmsweise mal kein Märchen, sondern die Wahrheit.

Betroffen schweigt Johannes. Er hatte sich allen Ernstes Hoffnungen gemacht. Dann sagt er leise: »Schade, du erinnerst mich nämlich an meine Mutter!« Entgeistert starrt Cornelia ihn an. Fieberhaft überlegt sie, ob sie Johannes sagen soll, was sie jetzt denkt, beschließt aber dann zu schweigen, denn ihre Gedanken würden ihn definitiv verletzen: ›Junge, das ist genau der Grund, warum du kein Glück bei Frauen hast. Denn die merken nämlich sofort, dass du ein Muttersöhnchen bist.‹

12 Fauler Zauber

Nicht schlecht, denkt sich Valerie, als Daniel aus dem dunkelblauen Kombi steigt. Er hat dunkle, schulterlange Haare, seine Augen funkeln pechschwarz. Valerie schätzt ihn auf Anfang 30. Seine Gesichtsfarbe verrät, dass der letzte Strandurlaub noch nicht lange her ist. Oder der letzte Solariumbesuch. Das enge weiße Hemd lässt seinen durchtrainierten Oberkörper erahnen. »Ich bin Daniel«, sagt er und reicht Valerie die Hand. Dann lächelt er sie an und fragt: »Kann ich dir die Tasche abnehmen?« Valerie nickt und lächelt zurück. Keine Frage, Daniel ist attraktiv und sympathisch.

Ihr Fahrer stellt Valeries Reisetasche in den Kofferraum. Dann setzt er sich ans Steuer, die Endzwanzigerin mit dem blonden Pferdeschwanz neben ihn. »Was machst du so, wenn du grade nicht nach Hamburg fährst?«, fragt Daniel – die typische Einstiegsfrage, wenn sich zwei Menschen bei einer Mitfahrgelegenheit treffen und miteinander reden wollen. »Ich bin Erzieherin in einem Kindergarten«, antwortet Valerie und erzählt von ihrem Job im Frankfurter Westend.

Schon oft ist Valerie mit fremden Leuten nach Hamburg gefahren, solche Gespräche sind Routine. Jetzt ist sie mit der beruflichen Rückfrage an der Reihe. »Und du, was treibst du so?« Daniel wartet einen Moment, grinst und sagt dann trocken. »Ich arbeite bei einem einschlägigen Männermagazin.« Valeries Mund klappt auf. Sie ist total verblüfft. »Oh, okay«, stammelt sie. Natürlich hat sie das Magazin voller nackter Mädchen schon mal gesehen. Aber der Typ neben ihr sieht gut aus und ist nett, warum macht der denn so was? Müssen die Frauen eigentlich mit ihm schlafen, um ins Magazin zu kommen? Das passt doch gar nicht zu ihm. Jemanden, der dort arbeitet, hätte sie sich schmierig und eklig vorgestellt. Und jetzt eine vierstündige Autofahrt von Frankfurt nach Hamburg, und das auch noch alleine? Andere Mitfahrer gibt es nämlich nicht ...

Daniel hat Valeries Gedanken erraten. Diese Reaktion bekommt er von allen Leuten, die noch nie eine Ausgabe seines Magazins durchgeblättert haben. Er lächelt Valerie an und greift hinter sich auf die Rückbank, wo die aktuelle Ausgabe liegt. Er reicht es Valerie. »Hier, schau mal auf Seite 20. Ich bin Textredakteur und habe ein Porträt der Extremkletterer Alexander und Thomas Huber geschrieben.« Zögerlich nimmt Valerie das Heft mit einer nackten Brünetten auf dem Titel und fängt an zu blättern. Tatsächlich, nicht nur nackte Frauen in lasziven Posen, sondern richtige Texte. Auf Seite 20 bleibt sie hängen. Sie liest Daniels Namen und überfliegt den Text über die »Huababuam«. Okay, mit richtigen Artikeln zwischen den ganzen Nackedeis hatte sie nicht gerechnet.

Von da an ist das Eis gebrochen. Das Anfangsgeplänkel mit Fragen nach dem jeweiligen Beruf ist zu Ende, die beiden quatschen einfach drauflos. Daniel erzählt von seinem Urlaub in der Karibik, von dem er gerade zurückgekehrt ist. Dann kommt er auf die Trennung von seiner Ex-Freundin. Vor ein paar Monaten hat sie ihn nach fünf Jahren verlassen, Daniel hat immer noch damit zu kämpfen. »Es tut schon noch weh«, sagt er. »Gerade weil ich Katharinas Gründe gut verstehen kann.«

Ganz offen redet er über seine Fehler. In der Beziehung hat meistens er bestimmt, was die beiden machen: Ob Mountainbiken in den Dolomiten, Surfen in Südfrankreich oder Tauchen im Roten Meer – immer hat er sich durchgesetzt, wohin der gemeinsame Urlaub führen sollte. Katharina wollte lieber übers Forum in Rom schlendern oder ein paar Tage am Genfer See entspannen. Zu Hause in Frankfurt traf er sich mit Freunden in der Kneipe, während sie viel lieber gemeinsam gekocht hätte. »Ich dachte, dass sie genau das Gleiche will wie ich«, sagt Daniel und schüttelt den Kopf. »Ich habe sie nie wirklich gefragt, was sie möchte.« Es ist still im Auto, nur den Motor hört man brummen.

Wie sehr er sie bevormundet hat, ist ihm erst seit der Trennung klar geworden. Dabei wünscht er sich eigentlich eine Beziehung, in der beide Partner gleichberechtigt ihre Wünsche verwirklichen können. Aufmerksam hört Valerie zu. Es stört sie nicht im Geringsten, dass ihr hier Daniel gerade sein komplettes Herz ausschüttet. Im Gegenteil, sie fühlt sich geschmeichelt. Mehr noch. Dass er so offen über seine eigenen Fehler spricht, imponiert ihr. Kein schlechtes Wort über seine Ex kommt ihm über die Lippen. Er sucht die Schuld bei sich selbst. Valerie ist beeindruckt: Der sieht nicht nur gut aus und ist nett, er ist auch selbstkritisch.

Draußen wird es langsam dunkel, der Kombi passiert die Lüneburger Heide. Dann bremst Daniel und fährt langsam auf einen Parkplatz. Eine Pinkelpause, denkt Valerie. Doch anstatt auszusteigen, beugt sich Daniel plötzlich zu Valerie rüber, drückt sie an sich und fängt an, sie leidenschaftlich zu küssen. Valerie ist vollkommen perplex. Vor lauter Schreck lässt sie den Kuss geschehen. ›Gerade erzählt er mir von seiner Ex, und jetzt küsst er mich!‹ Aber dann wird ihr die ganze Situation bewusst, und sie erschrickt: Es ist Nacht, sie ist allein in einem Auto mit einem Typen, den sie nicht kennt. Der Kerl kann alles mit ihr machen. Ihr Kopf schwirrt, während sie Daniels Kuss mechanisch erwidert.

Aber dann ist sie doch entrüstet – wie dreist ist der Typ eigentlich? Sie reißt sich los und drückt ihn weg. »Können wir jetzt nach Hamburg weiterfahren?«, sagt sie sauer. »Ich will dir nichts unterstellen, aber es ist Nacht, und du überfällst mich einfach so. Das ist mir zu krass.« Schweigend lässt Daniel den Motor an und fährt auf die Autobahn zurück. Nach einer Weile räuspert er sich und sagt: »Tut mir leid, mich hat es einfach überkommen.« Mehr nicht. Den Rest der Fahrt schweigen sich die beiden an.

Am Hauptbahnhof reicht Daniel ihr ihre Reisetasche. »Hör mal«, sagt er, »ich könnte verstehen, wenn du mir absagst. Aber ich würde mich total freuen, wenn du Sonntag wieder mit mir zurückfahren würdest.« Daran hatte sie auch schon gedacht. Eigentlich hatte sie ihm schon für die Rückfahrt zugesagt. Sie zögert kurz und sagt dann: »Einverstanden.« Wirkliche Angst vor ihm hat sie nicht. Außerdem findet sie ihn trotz allem immer noch attraktiv. Wer weiß … sie ist ja schließlich Single. Und er scheint kapiert zu haben, dass er zu weit gegangen ist.

Bei der Rückfahrt haben die beiden noch einen anderen Mitfahrer und können nicht offen reden. Stattdessen tauschen sie zu dritt Belanglosigkeiten aus. »Kann ich dich mal anrufen?«, fragt Daniel, als Valerie in Frankfurt aussteigt. »Klar.« Valerie grinst. Am nächsten Wochenende bekommt sie eine SMS. Daniel will sie treffen und schlägt ein Open-Air-Kino vor. Warum nicht?

Zwei Tage später sitzen sie auf dem Rasen vor der Leinwand und trinken Bier. Es ist noch hell. Bis der Film beginnt, dauert es noch eine Stunde. Valerie ist gespannt, in welche Richtung sich das Date entwickeln wird. Der Kuss auf dem Rastplatz war echt daneben, aber vielleicht kriegt Daniel doch noch die Kurve.

Damals, auf der Hinfahrt nach Hamburg, sprudelte es aus beiden nur so heraus. Gerade Daniel hat sehr viel von seiner Ex-Freundin erzählt. Die ist nach dem Kuss natürlich tabu. Also fragt Daniel, was Valerie die Woche über gemacht hat. Sie erzählt von den Windpocken, die in der Kita grassieren, was beide nicht sonderlich interessiert. Valerie versucht es mit einem anderen Thema. »Was sind denn deine Lieblingsregisseure, welchen Film hast du zuletzt gesehen?« Fast mechanisch antwortet er »Cohen-Brüder« und *»The Departed«*, und schweigt dann wieder.

Er nippt pausenlos an seinem Bier, sie dreht ziellos einen Kronkorken in der Hand. Es hat keinen Sinn. Valerie merkt, dass sie überhaupt nicht zusammenpassen. Sie versteht, dass sie sich auf der Hinfahrt im Auto etwas eingebildet hat. Es war, wie wenn man mit jemandem in einem Fahrstuhl steckenbleibt. Dadurch, dass man dieser Situation nicht entfliehen kann, lässt man sich aufeinander ein und kann sich plötzlich alles erzählen. Man findet sich sympathisch und hat die vage Hoffnung, dass aus dieser ungewöhnlichen Bekanntschaft mehr werden könnte. Sobald der Fahrstuhl aber wieder funktioniert oder die gemeinsame Autofahrt zu Ende ist, ist alles nicht mehr so richtig spannend. Denn die einzige Gemeinsamkeit, die man hatte, gibt es nicht mehr.

Valerie ist froh, als die Leinwand aufleuchtet und der Film beginnt. *No country for old men* von den Cohen-Brüdern. Nach dem Film gehen die beiden schweigend zum Ausgang. Plötzlich packt Daniel Valerie und drückt sie an die Wand eines Klocontainers. Er presst seine Lippen auf ihren Mund und will sie küssen. Valerie ist völlig überrumpelt, stößt ihn entschieden weg und schüttelt den

Kopf. DEN Typ fand sie attraktiv? Der Zauber, den Daniel im Auto versprüht hatte, ist nun ganz und gar verflogen. Er will mich einfach ins Bett kriegen, denkt sich Valerie entrüstet. Doch nur so ein typischer Macho.

13 Deutschstunde

Wer ein gelungenes Beispiel für europäische Integration sucht, ist bei Janis und Madeleine goldrichtig. Er stammt aus Lettland, sie ist Französin. Während ihres Studiums haben sie sich in Deutschland kennengelernt, doch ihre gemeinsame Sprache ist Englisch. Nach vier Jahren Fernbeziehung zwischen Bordeaux und Riga wohnen sie seit zwei Monaten endlich am selben Ort – in Berlin. Heute wollen sie Freunde von Madeleine in Hamburg besuchen. Mit an Bord sitzt Giorgio. Er stammt aus Mailand, macht einen Deutschkurs in Berlin und will das Wochenende in Hamburg bei einer Freundin verbringen. Deshalb hat er sich auf Janis' Inserat bei der Mitfahrzentrale gemeldet.

Giorgio studiert Geschichte in Mailand, aber hat jetzt Semesterferien. Seit er vor ein paar Jahren ein Wochenende in Berlin verbracht hat, ist er von dieser Stadt fasziniert. Also beschloss er, für einen Monat dorthin zu ziehen, um Deutsch zu lernen. Heute ist Freitag. Direkt nach der Deutschstunde trifft er Janis und Madeleine. Kaum sitzt er auf der Rückbank, zieht er schon sein Deutsch-Übungsbuch aus der Tasche. Er will seine Hausaufgaben für Montag machen, dann hat er das ganze Wochenende Ruhe.

Giorgio hat einen Lückentext vor sich. Er soll die richtigen Perfektformen von Verben einsetzen. Bildet man das Perfekt nun mit ›sein‹ oder ›haben‹? Die Übung ist in eine kleine Geschichte eingebettet, die die jungen deutschen Studenten Peter, Maria und Johannes erleben. So ist das ganze Buch aufgebaut. Mal kochen die drei, mal schauen sie fern, dann spielen sie Fußball. Dieses Mal steht Kino auf dem Programm.

Giorgio liest den ersten unvollständigen Satz. Mehrmals. ›Peter, Maria und Johannes ____ ins Kino ______ (gehen)‹, steht dort. Er überlegt. Ihm ist klar, dass er das Perfekt von ›gehen‹ bilden muss, aber heißt es nun ›sind gegangen‹ oder ›haben gegangen‹? Hmm. Jedes einzelne deutsche Verb muss er sich eintrichtern. Spontan fällt ihm das Perfekt im Französischen ein. War da nicht irgendeine Regel mit Verben der Bewegung, bei denen man ›sein‹ benutzen muss? Vielleicht ist es im Deutschen genauso. Also entscheidet er sich für ›sind‹. Recht hat er. Der nächste Satz lautet: ›Sie _____ um 20 Uhr an der Kasse ______ (sich verabreden).‹ Nach der Logik von vorhin müsste es dieses Mal ›haben‹ heißen. Er kritzelt ›haben‹ und ›sich verabredet‹ in den Lückentext. Wieder richtig. Giorgio hat's drauf.

Interessiert dreht sich Madeleine vom Beifahrersitz um. Auch sie besucht gerade einen Deutschkurs, um sich irgendwann mit Janis auf Deutsch unterhalten zu können. »Was machst du da?«, fragt sie den Mitfahrer auf Englisch. Lächelnd erzählt er ihr, dass er seine Hausaufgaben für den Deutschkurs macht. »Worum geht es in der Übung?«, fragt Madeleine. In ihrem Deutschkurs benutzt sie das gleiche Übungsbuch. »Ich muss das Perfekt bilden«, antwortet Giorgio. »Das finde ich nicht so schwer wie die blöden Artikel vor den Substantiven. Das Perfekt funktioniert wie im Französischen«, sagt Madeleine. Hat Giorgio doch recht gehabt. »Hast du Lust, dass wir die Übung gemeinsam machen?« Warum nicht? Madeleine scheint nett zu sein.

Erst ist der Lückentext dran. Dann eine Übersetzung, dann wieder ein Lückentext. Und jedes Mal erleben Peter, Maria und Johannes ein neues, spannendes Abenteuer. Eifrig machen Giorgio und Madeleine eine Übung nach der nächsten, obwohl das logistisch nicht ganz einfach ist: Damit beide gleichzeitig ins Übungsbuch schauen können, muss sie sich permanent nach hinten umdrehen und Giorgio sich ständig nach vorne beugen.

Derweil sitzt Janis am Steuer und fährt. Amüsiert beobachtet er die beiden und hört bei der Deutschstunde zu. Er selbst hat die Sprache in der Schule gelernt, noch heute spricht er sehr gut Deutsch. Die bescheuerten Übungsbücher funktionieren doch in jeder Fremdsprache gleich, denkt er. Bloß, dass die Protagonisten im Englischen Peter, Paul und Mary heißen und auf Französisch Jean, Françoise und Etienne. Jedes Mal dieselben schwachsinnigen Geschichten.

Da war sein Deutschunterricht in Lettland doch viel interessanter. 1996 – das waren noch Zeiten damals. Nicht Peter, Maria und Johannes waren da die Helden, sondern die Mädels von Tic, Tac, Toe! Richtig, Lee, Jazzy und Ricky rockten damals nicht nur die deutschen Charts, sondern auch den Deutschunterricht in einem Rigaer Gymnasium. Janis' Deutschlehrer brachte die Texte jedes Hits der Mädelsband mit, und die Schüler mussten dann übersetzen. So lernten sie nicht nur Grammatik, sondern vor allem auch deutsche Umgangssprache.

Janis lächelt, als er an den Unterricht denkt. Damals fand er Tic Tac Toe richtig klasse, heute sind sie ihm zu langweilig. Doch ein paar Texte kann er immer noch auswendig. »Verpiss' Dich«, sagt Janis plötzlich laut vor sich hin. »Ich weiß genau, ich vermiss Dich.« Madeleine schaut ihn verständnislos an. »Was hast du gesagt? War das Deutsch?« Janis lacht. Aber klar, nur lernt man so was an keiner Sprachschule.

»Das ist echtes Deutsch, wie es auf den Straßen gesprochen wird«, erklärt Janis auf Englisch. Nicht so ein gestelztes Hochdeutsch wie in den Übungsbüchern. »Wollt ihr echtes Deutsch lernen?« Madeleine und Giorgio nicken, Janis freut sich. »Also gut, aber mein Unterricht ist ganz anders als bei euch in der Sprachschule, okay?« Die beiden nicken. Giorgio und Madeleine sind gespannt. »Wir lernen Deutsch wie in Lettland.«

Stolz erzählt Janis wie das an seiner Schule lief. »Verpiss Dich«, sagt Janis laut und schmunzelt. »Kann mir einer sagen, was das heißt?« Seine Schüler schütteln den Kopf. Das habe sie vorhin schon wissen wollen, merkt Madeleine an. »So heißt ein Lied der Band.« Janis macht es spannend, er will noch nicht verraten, was die zwei Wörter bedeuten. Er hat richtig Spaß an seinem Job als Deutschlehrer. »›Verpiss Dich‹ bedeutet dasselbe wie ›Fuck off‹.« Madeleine und Giorgio grinsen. Kein Zweifel, in Lettland ist der Deutschunterricht cooler.

Dann beginnt Janis hinterm Steuer plötzlich zu rappen. »Einsam geh ich durch die Straßen. Durch den Regen. Durch die Nacht. Warum hast du mich verlassen? Warum hast du das gemacht?« Mit großen Augen schaut Madeleine ihren Freund an. Seit vier Jahren sind sie ein Paar, aber dass er einen auf deutschen Hip-Hopper machen kann, wusste sie noch nicht. Janis rappt weiter, er hat richtig Spaß. Irgendwann kommt er zum Ende der Strophe: »Mensch, du laberst doch nur rum. Erzähl mir nichts von Trieben. Ich will mich nicht verbiegen. Und ganz bestimmt werd ich mich noch mal in dich verlieben.« Janis macht eine kurze Pause und brüllt dann:

»Verpiss Dich. Ich weiß genau, ich vermiss dich.
Egal, verpiss Dich! Du weißt genau, ich vermiss dich.«

Beeindruckt starren die beiden ihren Lehrer an. Janis grinst stolz. »Das ist der Deutsch-Unterricht in Lettland.« Seine beiden Schüler lernen, dass es in der deutschen Umgangssprache Bräute nicht nur auf einer Hochzeit gibt, wie man rumlabert und was eine miese Schlampe ist. Giorgio notiert sich alle Floskeln in einem Vokabelheft. Sicher ist sicher, die Ausdrücke kann er bestimmt irgendwann gut gebrauchen.

Nach »Verpiss Dich« ist »Warum?« an der Reihe. »Nur für den Kick, für den Augenblick«, rappt Janis. Schließlich landen sie bei »Ich find' dich scheiße«. Die beiden Schüler lachen, den Titel haben sogar sie kapiert. »Schwachsinn«, »Ne Riesenwelle machen« oder »auf'n Strich gehen«. Je schmutziger, desto besser. Madeleine und Giorgio sind begeistert, die Fahrt nach Hamburg vergeht wie im Flug.

»Noch ein Lied«, betteln die beiden. Doch Janis will partout kein Song von Tic Tac Toe mehr einfallen. Das gibt's doch nicht. Dann fängt er plötzlich an, laut zu lachen. Gerade ist ihm eingefallen, was für Songs er im Deutschunterricht in der Oberstufe gelernt hat. »Also gut«, sagt er. »Seid ihr bereit für das lettische Deutsch-Abitur?« Die beiden nicken. »Gut, ich singe, und ihr müsst mir sagen, von wem das Lied ist.« Janis räuspert sich:

»Wer zu Lebzeit gut auf Erden,
wird nach dem Tod ein Engel werden.
Den Blick gen Himmel fragst Du dann,
warum man sie nicht sehen kann«

Janis gibt sich alle Mühe, dass sich seine Stimme so düster wie möglich anhört. Doch Madeleine und Giorgio kommen nicht drauf. Immerhin, Giorgio meint, das Lied schon mal gehört zu haben. Aber von wem? Keine Ahnung. »Mann, die Gruppe kennt doch jeder!« Janis kann es nicht fassen, dass die beiden nicht auf die Lösung kommen. Eine Chance will er ihnen noch geben. Die zweite Strophe dürfen sie noch hören. »Aaaaaaa«, macht Janis. Seine Stimme soll jetzt so hoch wie die von einem kleinen Mädchen klingen, deshalb muss er erst den richtigen Ton finden.

»Erst wenn die Wolken schlafen gehen,
kann man uns am Himmel sehen,
wir haben Angst und sind allein.«

Dann brüllt Janis wieder mit tiefer Stimme:

»Gott weiß, ich will kein Engel sein.«

»Ah«, sagt Giorgio. »Das ist Rammstein.« Ganz genau. Deutsche Schulkinder müssen in jeder Deutsch-Klausur bis zum Erbrechen Gedichte von Andreas Gryphius oder Hugo von Hofmannsthal analysieren, in Lettland hingegen interpretieren sie die Texte von Rammstein. Überhaupt, Deutsch lernen mit Songs – Janis findet den Unterricht viel zeitgemäßer als mit jahrhundertealter Poesie.

Einen Song gab es, den hat aber nicht mal ihr Deutschlehrer akzeptiert. Wie üblich musste Janis dem Lehrer den Liedtext vorher vorlegen. Wieder Rammstein. Der Lehrer überflog die Lyrics, schüttelte den Kopf und zerriss den Zettel.

Damals war Janis sauer, aber heute kann er schon nachvollziehen, warum der Lehrer damals den Song partout nicht verwenden wollte. Sein Refrain lautet:

»Bück Dich. Befehl ich Dir.
Wende Dein Antlitz ab von mir.
Dein Gesicht ist mir egal.
Bück Dich. Noch einmal.«

14 Vom Schnösel zum Geschäftspartner

»Wir werden zügig in München sein.« Das sind Eriks Worte am Telefon. Toll, denkt sich Johanna, dann kann sie sich abends noch mit einer alten Freundin treffen. Doch nach und nach beschleichen sie Zweifel. Was soll denn »zügig« heißen? Ist Erik vielleicht ein Raser? Klingt ganz danach. Aber andererseits hört er sich am Telefon ganz nett an. Mhm. Wird schon schiefgehen …

Fröstelnd steht sie am Treffpunkt in der Nähe des Berliner Funkturms. Plötzlich hält ein schwarzer Porsche 911 direkt vor ihr. Lässig lässt der Fahrer das Fenster auf der Beifahrerseite runter. »Bist du Johanna?«, fragt er. »Äh, ja.« Das kann jetzt nicht wahr sein. Johanna ist bedient. Wie kommt denn ein Milchbubi mit Lacoste-Shirt, aufgestelltem Kragen und Sakko zu so einem geilen Auto? Der Typ ist Mitte 20, der hat in seinem Leben sicher nicht so viel verdient, dass er sich einen Porsche leisten kann. Von Beruf Sohn wahrscheinlich, und heute darf er mal Papis Schätzchen ausfahren. So ein Schnösel.

Aber ganz abgesehen von dem Typ: Er fährt ein klasse Auto. Noch nie ist Johanna in einem Porsche mitgefahren oder gar selbst am Steuer gesessen. Und jetzt bucht sie eine Mitfahrgelegenheit – und ihr Fahrer kommt mit einem 911er. Wie geil ist das denn? Ihre Angst vor einem wilden Raser ist wie weggeblasen. Soll der junge Schnösel doch ruhig aufs Gas drücken. Mal sehen, was der Porsche so alles kann.

Schon das Einsteigen ist ein Erlebnis: Als Johanna sich in den schwarzen Ledersitz fläzen will, hat sie das Gefühl, dass sie bis zur Fahrbahn runterplumpst – so tief liegt das Auto. Das ist ja wie beim Gokart-Fahren. Dann das Aufheulen des Motors beim Anfahren. Normalerweise interessiert sich Johanna nicht sonderlich für Autos, aber das tiefe Röhren des 911ers hört sich schon geil an. Dann fährt Erik los. Er gibt gar nicht viel Gas, trotzdem wird Johanna in den Sitz gepresst. Wow, der Wagen hat definitiv Power unter der Haube.

Mit amüsiertem Gönnerblick grinst Erik, als er merkt, wie sein Porsche auf Johanna wirkt. Er kennt das. Passiert ihm jedes Mal, wenn er Leute mitnimmt. Denn kaum einer ist jemals in einem Porsche gesessen. Die Reaktionen sind immer die gleichen. Er traut sich wetten, dass Johanna ihn bald bitten wird, doch mal ordentlich Gas zu geben. »Na, bist du schon mal Porsche gefahren?«, fragt er und grinst Johanna an.

Johanna guckt uninteressiert zum Fenster raus und meint »Ja, irgendwann mal.« Was für ein Angeber. Sie verlassen den Berliner Ring und biegen auf die A9 in Richtung Leipzig. Mit läppischen 120 km/h – in einem Porsche. »Hat dir dein Papa nicht beigebracht, wie man ordentlich aufs Gas drückt?« Johanna grinst. Wollen doch mal sehen, wie der arrogante Schnösel darauf reagiert. »Tja«, grinst Erik. »Er hat's probiert, aber sein alter Golf fährt nicht schneller als 120.« Nicht schlecht, zumindest schlagfertig. »Mal im Ernst«, fügt Erik hinzu. »Mit dem Wagen könnte ich 285 km/h fahren, das habe ich aber erst einmal kurz probiert, als ich alleine auf der Autobahn war. Ansonsten ist mir das zu gefährlich.«

Hm. Erik sieht zwar aus wie ein schnösliges Söhnchen,

aber er scheint ganz vernünftig zu sein. Ein bisschen enttäuscht ist Johanna aber doch. Jetzt, wo sie einmal in einem Porsche sitzt, würde sie's gerne krachen lassen. »Ich kann mal kurz 220 fahren, dann bekommst du ein Gefühl für das Auto«, sagt Erik, wieder mit dem blöden Grinsen, weil ihm Johannas Enttäuschung nicht entgangen ist. »Danach fahre ich maximal 170. Das ist wesentlich angenehmer.« Johanna nickt. Klingt gut, auf eine Raserei über mehrere Stunden hatte sie ohnehin keine Lust.

Erik überholt einen LKW, dann ist die Strecke frei. Er drückt aufs Gas. In ein paar Sekunden ist er auf 200 km/h, einen Augenblick später sind es schon 220. Wahnsinn, wie schnell das geht. Der Motor brummt lauter, und Johanna drückt es etwas mehr in den Sitz – sonst merkt sie keinen Unterschied. »Hmm«, sagt sie zu Erik. »Fühlt sich ja an, als würde ich mit dem Polo von meiner Mutter 120 fahren.« Der Fahrer lacht, dann nickt er. »Genau das ist der Unterschied. Bei einem Porsche merkst du die Geschwindigkeit nicht. Du meinst, du fährst 100, dabei sind es über 200.«

Sachte bremst Erik runter, danach pendelt er die Geschwindigkeit zwischen 160 und 170 km/h ein. Genau so muss eine Mitfahrgelegenheit sein, denkt sich Johanna. Zögerlich kommt die Unterhaltung in Gang, sie finden heraus, dass sie in derselben Branche arbeiten. Johanna ist freiberufliche Fernsehjournalistin, gerade entwickelt sie ein Konzept für eine Fernsehshow. Solche Sendungsprofile hat auch Erik schon erstellt, bevor er in die USA ging. Was für ein netter Zufall.

Johanna erzählt ihm von einer Idee. Sie möchte eine Castingshow für Gourmetköche auf die Beine stellen. Ähnlich wie bei *Deutschland sucht den Superstar* kann sich jeder bewerben, eine Jury aus Spitzenköchen bewertet dann die Kochkünste. Übrig bleibt ein Sieger, der bei einem französischen Gourmetkoch ein Jahr lang in die Lehre gehen darf. »Hey, hört sich toll an«, sagt Erik, »Wenn in Deutschland schon DSDS einschlägt wie eine Bombe, dann klappt eine Castingshow mit Köchen bestimmt auch.«

Johanna nickt erleichtert. Von ihrer Idee hatte sie bisher noch niemandem erzählt. Und Erik ist vom Fach. Wenn ihm das gefällt, warum nicht auch den Chefs einer Produktionsfirma? »Eine Sache würde ich aber noch ergänzen«, sagt Erik. »Ja?« Neugierig schaut Johanna ihn an. »Die Ausbildung bei dem Gourmetkoch ist schon sehr gut, aber ich würde dem Gewinner danach auch noch ein Startkapital von 100 000 Euro geben, damit er sein eigenes Restaurant aufmachen kann.« Dann könne sich der Sieger wirklich langfristig etablieren und bleibe keine Eintagsfliege. Mit Dieter Bohlen dagegen machen die Superstars eine Platte und sind danach weg vom Fenster.

»Stimmt, super Idee.« Johanna ist begeistert. Die Show wird bombig laufen, da ist sie sicher. »Sag mal«, fängt sie dann an. Ihr ist gerade ein Gedanke gekommen. »Hast du nicht Lust, mit mir zusammen das Konzept zu machen, ein Exposé zu schreiben und die Show dann umzusetzen?« Natürlich ist es gewagt, was Johanna da macht. Sie hat den Typen gerade erst kennengelernt, aber sie findet ihn sehr sympathisch. Außerdem hat sie in ihrem Beruf selten jemanden getroffen, der so schnell so kreativ ist. Wenn sie sich zusammentun, haben sie viel bessere Chancen bei den Produktionsfirmen. »Das fände ich toll.« Auch Erik hat sofort Feuer gefangen.

Bereits am nächsten Tag treffen sich die beiden. Das Konzept entwickeln sie gemeinsam, das Exposé formuliert meist Erik. Eine Woche später schicken sie es an eine Produktionsfirma. Dort arbeitet eine gute Freundin von Johanna, deshalb rechnet sie sich dort die besten Chancen aus. Schon am nächsten Tag klingt ihr Handy. Karin, ihre Freundin, ist dran. »Herzlichen Glückwunsch. Das ist das am besten formulierte Exposé, das wir jemals bekommen haben.« Erik ist wirklich Gold wert.

Seitdem arbeiten die beiden öfter miteinander, haben zusammen schon mehrere Fernsehprojekte gestemmt. Und das alles nur, weil Johanna zu dem »Raser und Schnösel« Erik in den Porsche gestiegen ist. Unterwegs wurde aus ihm ein guter Freund und Geschäftspartner.

15 Mission impossible

Dass eine Frau nur Frauen mitnehmen will, kann Veronique ja noch verstehen. Schließlich haben manche Mädels wirklich Angst, wenn sie wildfremde Typen in ihr Auto lassen. Aber ein Mitfahrgebot, in dem steht, dass keinerlei Kompromisse gemacht werden und es für keinen Mann eine Ausnahme gibt, findet selbst Veronique ziemlich krass.

Vielleicht ist die Fahrerin schon mal von einem Mitfahrer derb angegraben worden. Ist ihr jemand an die Wäsche gegangen? Oder sie ist einfach eine klischeehafte Kampf-Lesbe. Irgendwie ist das Gebot jedenfalls seltsam. Die Lehramtsstudentin hat ein komisches Gefühl, als sie am Hauptbahnhof in Dresden auf Lisa wartet. So heißt das Mädchen, das partout keine Jungs mitnehmen will.

Als der beige Opel ankommt, bleibt Veronique die Spucke weg. Aus dem Auto steigt eine völlig verschleierte Frau. Von Kopf bis Fuß steckt ihr Körper in einer schwarzen Burka. Nur auf Höhe der Augen hat sie zwei Sehschlitze, nicht einmal Schuhe kann Veronique erkennen. ›Hier steige ich sicher nicht ein‹, sagt sich Veronique. Waren es nicht die Taliban, die Frauen zwingen, den ganzen Körper zu verschleiern? Bin Laden ist doch unter einer Burka versteckt geflohen! Andere islamistische Terroristen jagen sich als Selbstmordattentäter in die Luft, weil niemand den Sprengstoffgürtel unter dem weiten Frauengewand sehen kann. Schnell ist Veronique fest davon überzeugt, dass Lisa mit einem islamischen Fundamentalisten verheiratet sein muss, der sie unterdrückt und nur mit Burka aus dem Haus lässt.

Die verschleierte Frau kommt auf Veronique zu und reicht ihr die Hand. Sie steckt in schwarzen Handschuhen. »Hallo, ich heiße Lisa. Fährst du mit nach Frankfurt?« Gebannt starrt Veronique die Burkaträgerin an. Das ist keine Araberin oder Türkin, sondern eine sächselnde junge Deutsche Anfang 20! Trotzdem ist es Veronique unheimlich, zu jemandem ins Auto zu steigen, dessen Gesicht sie nicht sieht. Doch dann denkt sie: Schluss mit den Vorurteilen! Und sie reißt sich am Riemen und gibt Lisa die Hand. Es ist ja nur ein komisches Gefühl, für das es keine rationale Begründung gibt. Der schwarze Handschuh fühlt sich schön weich an, er muss aus Seide sein. »Hallo, ich bin Veronique. Schön, dass es mit der Mitfahrgelegenheit klappt.« Geht doch. Veronique setzt sich auf die Rückbank. Neben ihr nimmt eine dunkelhäutige Frau Platz. Auf dem Beifahrersitz macht es sich ein junges Mädchen mit Kurzhaarfrisur bequem. Neugierig betrachtet sie die Fahrerin, nach einer Weile fragt sie unverblümt: »Warum trägst du eigentlich eine Burka?«

Einen Moment lang ist es ganz still im Auto, die Fahrerin holt kurz Luft. »Vor drei Jahren habe ich verstanden, dass Allah mich liebt.« Sie macht eine kurze Pause. »Wenn du das kapiert hast, gibt es keine Alternative mehr zum Islam.« Lisa ist also erst seit drei Jahren Muslima. Aber sie hat die eigentliche Frage nicht beantwortet. Warum ist sie von Kopf bis Fuß verschleiert? Hätte nicht auch ein einfaches Kopftuch gereicht? Vielleicht hat sie als Konvertitin Angst, dass die geborenen Moslems sie nicht ernst nehmen, und will deshalb mit der Burka zeigen, wie überzeugt sie vom Islam ist? Nicht selten leben Menschen, die erst kürzlich zum Islam übergetreten sind, eine radikalere Vorstellung vom Koran. Im Extremfall können solche Konvertiten sogar zu islamistischen Terroristen werden, wie die Mitglieder der terroristischen Sauerland-Gruppe oder die deutschen Dschihad-Kämpfer in Afghanistan.

»Ich verstehe ja, wenn man gläubig ist«, bohrt das Mädchen auf dem Beifahrersitz weiter. »Aber dafür muss man doch nicht den ganzen Körper verschleiern, oder?« Der Kopf unter der Burka nickt, zumindest ein bisschen. »Stimmt schon. Man muss den Schleier nicht unbedingt tragen.« Man merkt Lisa an, dass sie sich ständig für ihr Aussehen und ihre Religion rechtfertigen muss. »Ich mache es, weil es am vernünftigsten ist«, antwortet sie dann.

Die Beifahrerin und Veronique starren Lisa verblüfft an. Was soll denn an einer Burka vernünftig sein? Sie ist doch furchtbar unpraktisch, darunter schwitzt man sicher wie die Sau. Und ständig wird man blöd angeglotzt, weil einen alle für eine islamische Terroristin halten. »Entschuldige bitte, aber was ist daran vernünftig, den ganzen Körper zu verschleiern?« Veronique kann nicht länger ruhig bleiben. »Männer sind schwach«, antwortet es unter der Burka. »Es ist nun mal eine Tatsache, dass Männer Frauen anglotzen.« Dagegen könne man nichts anderes machen, als sich zu verschleiern. Nur so könne man unzüchtige Blicke der Männer vermeiden.

Macht Lisa es den Männern damit nicht zu einfach? Damit wälzen die Männer das Problem doch nur auf die Frauen ab. Warum sollen sich die Frauen verschleiern, nur weil die Männer es nicht schaffen, mit dem Glotzen aufzuhören? Veronique traut sich aber nicht, ihren Einwand vorzubringen. Das gibt nur wieder eine Grundsatzdiskussion über die Rolle von Mann und Frau in der westlichen Gesellschaft. Und da würden Lisa und sie mit Sicherheit auf keinen gemeinsamen Nenner kommen. Nicht mit einer Frau, die sich verschleiert, damit sich Männer bloß nicht ändern müssen.

Also schweigt Veronique, stattdessen fährt Lisa fort. »Der Einzige, der mich ohne Verschleierung sehen darf, ist mein Mann.« Seit drei Jahren ist sie mit einem Saudi verheiratet. Wegen ihm ist sie zum Islam übergetreten. Sofort entstehen neue Bilder in Veroniques Kopf. Er muss sie gezwungen haben, sich zu verschleiern. Wahrscheinlich macht sie das nicht aus freiem Willen, sondern hat sich von ihrem Mann indoktrinieren lassen. Der hält sie bestimmt zu Hause wie einen Hund im Zwinger. Doch dann wischt Veronique ihre Gedanken beiseite. Irgendwie hat sie auch nicht das Gefühl, dass Lisa der Typ Frau ist, der sich unterdrücken lässt, sie macht eher einen selbstbewussten Eindruck. Und scheint ein selbstständig denkender Mensch zu sein. Oder hat sie sich das von ihrem Mann lange genug eintrichtern lassen?

Der Beifahrerin mit den kurzen Haaren scheint es ganz ähnlich zu gehen. »Aber sonst tragen Frauen doch nur bei Islamisten wie den Taliban eine Burka?« Sie will Lisa aus der Reserve locken, doch die bleibt ruhig. »Es stimmt leider, dass Fundamentalisten die Frauen zwingen, sich zu verschleiern.« Aber es sei im Islam durchaus nicht unüblich, dass Frauen freiwillig eine Burka trügen. So wie sie selbst. Lisa jedenfalls lehne jede Art von religiösem Fundamentalismus rigoros ab. Stattdessen wirbt sie für Toleranz zwischen den Religionen. »Christen und Moslems können doch wirklich Freunde sein. Leider sehen das manche Muslime ganz anders«, gibt sie zu. ›Meist sind das aber genau die Moslems, die Frauen eine solche Burka aufzwingen‹, denkt sich Veronique.

Sie ist hin und her gerissen. Lisa ist ja nicht dumm.

Aber andererseits kann Veronique überhaupt nicht verstehen, dass man den ganzen Körper verschleiert. Dazu ist es für Lisa mit der Burka allein nicht getan. Sie darf nicht mit Männern auf so engem Raum zusammensitzen. Deshalb hat sie die Fahrt auch nur für Frauen angeboten – ausnahmslos. Veronique schüttelt den Kopf. Männer können sie ja gar nicht unzüchtig anglotzen, die sehen ja gar nichts vor lauter schwarzem Stoff. Außerdem möchte sie den deutschen Mann sehen, der eine komplett verschleierte Frau angafft. Die Typen stehen doch eher drauf, wenn die Frauen so viel nackte Haut und Rundungen wie möglich zeigen.

Veronique fragt sich, ob Lisas Ehemann ihr verboten hat, andere Männer mitzunehmen. Aber sie traut sich nicht zu fragen. Das muss sie auch nicht, sagt sie sich. Denn selbst wenn ihr Mann das vorgeschrieben hätte, würde Lisa das hier nie zugeben. Dafür ist sie zu intelligent. Sie weiß ganz genau, dass die Beifahrerin und Veronique dann an die Decke gehen würden. »Wie reagieren denn deine Freunde und Nachbarn darauf, dass du jetzt mit Burka durch die Gegend läufst?«, fragt Veronique stattdessen. Für einen Moment schweigt Lisa, das Thema ist nicht leicht für sie. »Die Freunde haben es gleich akzeptiert«, sagt sie dann langsam. »Aber in meinem Dorf schauen mich die Leute schon sehr komisch an.« Sie stammt aus einem kleinen Kaff bei Dresden, in dem jeder jeden kennt. Ein Mädel aus dem Dorf, das von einem Tag auf den anderen komplett verschleiert rumläuft – kein Wunder, dass die Leute einen dann schief anschauen und sich das Maul zerreißen.

An der Uni hingegen wird sie von den Dozenten mit viel mehr Respekt behandelt, erzählt Lisa. Das macht sie stolz. Sie studiert Deutsch als Fremdsprache, weil sie Verwandten und Freunden ihres Mannes aus Saudi-Arabien die Sprache beibringen will. Aber ihr eigentlicher Traum ist es, Menschen in Schwarzafrika zum Islam zu bekehren. Gerade in Kenia oder dem Kongo seien Muslime stark in der Minderheit. Das will Lisa ändern. »Der Islam ist das einzig Wahre für mich«, sagt sie feierlich. »Das sollen auch die Menschen in Afrika erfahren.«

Es ist still geworden im beigen Opel. Lisa hat sich in einen regelrechten Missionierungsrausch geredet. Veronique und die Beifahrerin haben keine Lust, dass Lisa sie jetzt auch noch zum Islam bekehren will. Das soll sie mal schön bleiben lassen, also wird geschwiegen. Veronique versucht zu schlafen. Plötzlich tippt die dunkelhäutige Sitznachbarin sie an. »Do you believe in Jesus?« Entgeistert starrt Veronique die Frau an. Das kann doch nicht wahr sein! Jetzt fängt die auch noch an. Kaum hat die eine aufgehört, legt die andere los.

Die Afrikanerin fragt, ob Veronique denn bete. Genervt antwortet Veronique. »No.« Die dunkelhäutige Frau, die Veronique auf Mitte 20 schätzt, macht große Augen. Dann versucht sie es in einer subtileren Weise. Es reiche ja schon, wenn man Gott erzähle, wie es einem geht und was für Sorgen man habe. So wie einem guten Freund. Dann erzählt sie weiter von Jesus. Diese christliche Missionarin ist streng gläubig und sehr überzeugt von ihrer Religion. Ein paar Minuten hört sich Veronique das an, dann gibt sie der Afrikanerin zu verstehen, dass sie keinen Bock mehr auf ein weiteres Gespräch über Religion hat. »Please stop it, I'm not interested.« Die Diskussion über den Islam hat ihr vollkommen gereicht, da kann sie nicht auch noch eine Missionierung zum Christentum gebrauchen.

Veronique dreht sich zur anderen Seite und schließt die Augen. Aber einschlafen kann sie nicht, sondern muss grinsen. Wie abgefahren ist das denn? Überall in Deutschland treten die Menschen in Scharen aus der Kirche aus. Kaum ein junger Mensch hat mehr was mit Religion am Hut – und dann gerät sie in ein Auto, in dem gleich zwei junge Missionare sitzen, die einen noch dazu zu zwei verschiedenen Weltreligionen bekehren wollen. Und das Schrägste ist: Die wussten gar nichts voneinander, sondern sind durch die Mitfahrzentrale zufällig ins selbe Auto geraten.

16 Eine Bootsfahrt nach Brandenburg

»Willst du da wirklich mitfahren?« Skeptisch schaut Norbert seine Freundin Lena an. Zehn Meter von ihnen entfernt steht ein alter, klappriger VW-Passat, der aussieht, als könnte er jeden Moment zusammenbrechen. Auf dem Dach sind vier lange Kajaks montiert. Ein Typ mit schulterlangen, wehenden blonden Haaren steigt aus dem Gefährt. Barfuß. Sein Hemd trägt er offen, darunter: braun gebrannte Brust und Holzperlenkette. Ganz klarer Fall: ein Surfer.

Lena wird unsicher. Mit so einer Klapperkiste können die 300 Kilometer bis München verdammt lang werden. Was ist, wenn die Karre unterwegs einfach ihren Geist aufgibt? Dann kommt sie heute nicht mehr nach Hause. »Ist das nicht ein bisschen viel für das alte Auto?« Vorsichtig deutet Lena auf die Boote. »Hey ... entspann Dich ...«, antwortet der blonde Surfer extrem langsam. Er wirkt irgendwie dauerbekifft. »Ich hab alles im Griff.« So ganz überzeugt ist Lena aber noch nicht. »Sind die Boote da oben wirklich sicher?« Nicht, dass sie sich plötzlich lösen und auf die Windschutzscheibe krachen. »Hey ... keinen Stress ... ich transportier' die Dinger jede Woche.«

Ist er Profi-Kanute, der sich Tag und Nacht ins Wildwasser stürzt? So sieht er gar nicht aus. Außerdem müsste er dann schon längst einen positiven Dopingtest haben, so bekifft, wie der wirkt. Die Boote sind dann doch wohl eher sein Hobby. Aber es hilft nix. Lena muss heute noch nach München. Also steigt sie in den klapprigen Passat. Wird schon gut gehen …

Der blonde Surfer klettert in den Passat und fährt los. Irritiert schaut ihn Lena an. Er fährt barfuß – das ist verboten. Okay, Lena will sich nicht als Spießerin outen. Aber gut findet sie das nicht. Der Surfer kann mit nacktem Fuß mit Sicherheit nicht so schnell bremsen wie mit Schuhen, wenn ihm ein anderes Auto plötzlich die Vorfahrt nimmt – so langsam und betont entspannt, wie der sich gibt.

Die nackten Füße lassen Lena keine Ruhe. »Findest du es nicht gefährlich, ohne Schuhe zu fahren?« Der blonde Surfer grinst. »Hey … entspann dich … ich fahr seit Jahren barfuß … ich hab … so viel Gefühl im Fuß … wie andere in den Fingern.« Da muss Lena selbst kurz grinsen. Schlagfertig ist er ja, das muss sie ihm lassen. Trotzdem macht er keinerlei Anstalten, Schuhe anzuziehen. Das wird Lena bis München aushalten müssen, so viel ist klar.

»Kann ich … chillige Musik … anmachen?« Lena nickt. Warum nicht? Es ist Jack Johnson. Gar nicht schlecht, findet Lena. Trotzdem unglaublich. Denn das ist die Surfer-Mucke schlechthin. Marc, so heißt ihr Fahrer, lässt echt kein Klischee aus. Ein Bilderbuch-Surfer sozusagen. Fehlt nur noch, dass er sich 'ne Tüte dreht und den Joint mit mir rauchen will, denkt sich Lena.

Doch das macht er nicht. Stattdessen fährt er plötzlich von der Autobahn ab. Wieso das denn? Das ist nicht der Weg nach München. Will der mich verarschen? »Äh, wieso verlässt du die Autobahn?« Etwas verlegen lächelt Marc. »Ach so … das habe ich dir noch gar nicht erzählt … ich muss zwei Kajaks … bei einem Freund … abliefern …«

Na toll, davon war aber nicht die Rede. Hoffentlich dauert das nicht lange.

Doch Lena hat Pech. Eine halbe Stunde holpert der Passat über Landstraßen und durch enge Dorfstraßen, bis der Wagen vor einem Einfamilienhaus stehen bleibt. Es ist stockfinster. Hier sind sie so tief in der Pampa, hier gibt's nicht mal Straßenlaternen. Marc nestelt an den Gurten, mit denen er die Kajaks auf dem Dach festgezurrt hat. Denn beugt er sich zurück in den Wagen. »Hey ... kannste mir mal helfen ...? ... Die Dinger kann man allein so schwer tragen ...« Mürrisch steigt Lena aus. Okay, beim Abladen kann ich ihm helfen, aber tragen soll er sie mit seinem Kumpel. Schließlich sind das nicht ihre Boote.

Lena packt das eine Ende des Kajaks und hebt es vom Dachständer. Dann stellt sie es auf den Boden. Erstaunt schreit der Surfer sie an. »Hey ... was solln das? ... die müssen in den Garten da hinten ...« Verständnislos schaut ihn Lena an. Sie hat eine Mitfahrgelegenheit gebucht, von einer Mittraggelegenheit war nicht die Rede. »Kann dein Kumpel nicht seine Kanus selber tragen?« Marc schüttelt den Kopf. »Hey ... der is doch gar nicht da ... und seine Eltern auch nich' ... Du musst mir helfen ... Außerdem heißen die Dinger da Kajaks!«

Ein ganz schön starkes Stück. Lena ist stinksauer. Er wusste von Anfang an, dass sein Kumpel ihm nicht helfen würde. Wahrscheinlich hat er nur deshalb jemanden mitgenommen. Lena kommt sich vor wie Marcs persönlicher Packesel. Wütend nimmt sie das eine Ende des Kajaks und schleppt es in den Garten. Warum muss dieses Scheiß-Ding so verflucht schwer sein? Endlich sind sie um das Haus herum. In der Ecke des Rasens steht ein Gartenhäuschen. Da müssen die Boote rein. Noch hundert Meter. Sie legen das Kajak auf den Boden. Doch das war erst die Hälfte ...

Zehn Minuten später wuchten sie auch das zweite Boot dorthin. Zum Glück gehören die anderen beiden Kajaks Marc. Die hätte sie nicht mehr geschafft. Lena ist ganz außer Atem und so fertig, dass sie keine Kraft mehr hat, wütend auf Marc zu sein. Dass eine Mitfahrgelegenheit geistig anstrengend sein kann, ist Lena bekannt. Wie oft saß sie neben Fahrern, die sie zugetextet haben mit ihren Geschichten von ihren verflossenen Freundinnen, doofen Chefs oder angeblichen Heldentaten in der Jugend. Aber dass ihr auch die Kraft ausgehen kann, wusste sie bis heute noch nicht.

Erschöpft lässt sich Lena in den Beifahrersitz plumpsen. Am liebsten wäre sie jetzt in ihrem Bett, dann würde sie sofort einschlafen. »Hey ... sorry, dass ich dir nicht ... vorher Bescheid gesagt habe ... war echt sehr nett von dir ... mir tragen zu helfen ... Dafür fahr ich dich in München auch direkt nach Hause ...« Das ist allerdings mal ein Wort und sehr praktisch. Denn sonst hätte Lena mit der U-Bahn fahren und dann noch in den Bus umsteigen müssen.

Marc erzählt Lena, dass er Sozialpädagoge ist. Er arbeitet mit Jugendlichen, oft macht er mit ihnen auf Kajaks Ausflüge. Gerade war er mit kriminellen Teenagern für mehrere Tage in der Schweiz. Damit sie mal aus ihrem tristen Alltag rauskommen und lernen, zusammen in einem Boot zu sitzen und gemeinsam Verantwortung füreinander zu übernehmen. Für den Ausflug hat er sich die Boote von seinem Kumpel geliehen. Interessiert hört Lena zu. Ist also doch kein surfender Träumer, sondern er macht was richtig Sinnvolles. Gar nicht so blöd, der Typ. Langsam findet sie ihn irgendwie sogar sympathisch, auch wenn die Nummer mit den Booten unter aller Kanone war.

»Hey ... hast du einen iPod? ... wenn du Lust hast ... können wir deine Musik hören ...« Lena muss lächeln.

Marc gibt sich Mühe. Er hat gemerkt, dass die Sache mit den Kajas echt nicht nett war. »Ja, cool«, sagt sie und reicht ihm ihren iPod. Er steckt ihn an das Autoradio an. Dann hören sie den bombastischen Rock von Arcade Fire, Lenas absoluter Lieblingsband. »Hey ... Arcade Fire ... die mag ich auch ...«

Sie hören das Album fertig, dann ist wieder Marc an der Reihe. Es ist eine Punk-Band, von der Lena bis jetzt nichts gehört hat. Aber die Songs findet sie gut. Marc verspricht ihr, ein, zwei Lieder per E-Mail zu schicken. Im Gegenzug sagt sie zu, ihm die neue Platte von Arcade Fire zu senden. Daran, dass Lena Marc lange für einen kiffenden Surfer, der nichts auf die Reihe kriegt, gehalten hat, denkt sie schon lang nicht mehr. Jetzt ist ihr das sogar ein bisschen peinlich. Denn Marc ist schon ein recht witziges Kerlchen ...

Dann schnappt er sich seinen iPod und grinst. »Hey ... ich hab da neulich von einem Kumpel ein Lied bekommen ... da lachst du dich schlapp ...« Oh ja, das will Lena hören. Sie ist gespannt, was Marc ihr da zeigen will. »Der Typ von dem Lied ... heißt Rainald Grebe.« Lena schüttelt den Kopf, von dem hat sie noch nie was gehört. Marc kannte ihn auch nicht.

»Hey ... das Lied heißt Brandenburg.« Okay, denkt sich Lena. In Berlin war sie schon öfter. Dort hat sie auch ein paar Freunde, aber Brandenburg? »Da will doch keiner hin, habe ich gehört.« Marc prustet los. »Wart' nur ab ...« Dann beginnt der Song.

»In Brandenburg ist wieder jemand gegen einen Baum gegurkt.« Marc lacht los. Auch Lena grinst. Ihre Berliner Freunde haben ihr erzählt, dass es viele Verkehrstote in den alleeähnlichen Brandenburger Landstraßen gibt, weil die jungen Leute dort anscheinend nichts anderes mit ihrem Leben anfangen können als rasen. Es gibt sogar einen Ausdruck für die tödlichen Unfälle: sich um den Baum wickeln. Dann singt Grebe weiter »Halleluja Berlin, alle wollen dorthin, also will ich das auch.« Genauso ist es. Jeder Umlandheini denkt, nur weil er nach Crazy-Berlin zieht, wird er den Provinzmief los.

Der Grebe trifft den Nagel auf den Kopf, Lena ist total begeistert. Sie fleht Marc an, ihr den Link zum Lied noch heute per E-Mail zu schicken. Das macht er auch. Sobald er neue, coole Musik oder witzige Kabarettstücke hat, schickt er sie an Lena. Sie sind Freunde geworden – und Lena ein richtiger Rainald Grebe-Fan. Sie hatte alle Platten von ihm zu Hause, kein Konzert verpasst sie. Nur kommen ihr seitdem jedes Mal Kajaks in den Sinn, wenn sie Brandenburg hört.

17
Testament liegt im Handschuhfach

»Müllleeeer.« Die Dame am anderen Ende der Telefonleitung hört sich sehr energisch an. Und legt sofort nach: »Was wollen Sie?« Johann ist perplex. So resolut ist selten jemand am Telefon. Er ringt nach Worten. »Hallo? Ist da wer?«, ruft die Damenstimme ungeduldig. »Jaja«, stammelt Johann. Stockend erklärt er, dass er wegen der Mitfahrgelegenheit von Leipzig nach Berlin anruft. »Ach so«, sagt die Stimme, nun wesentlich gefasster. »Ich dachte, Sie sind wieder so ein Kerl, der mir ein Dauerlos von der Lotterie andrehen will.« Nein, so einer ist Johann nicht. Er studiert Design und will möglichst billig nach Berlin.

»Ein Platz ist noch frei«, ruft die Dame ins Telefon. »Aber Sie müssen pünktlich um 15 Uhr am Sonnabend am Hauptbahnhof sein, sonst fahre ich ohne Sie los.« Sofort hat die Frau wieder auf »resolut« umgestellt. »Jaja«, stammelt Johann. Hauptsache, er kann mitfahren. »Aber denken Sie dran, die zehn Euro passend dabeizuhaben. Ich kann kein Wechselgeld geben. Auf Wiederhören und bis Sonnabend.« Dann legt die Frau auf. Ungläubig starrt Johann auf sein Handy. Mit so jemand hat er schon lange nicht mehr telefoniert. Das wird ein Spaß werden mit der als Fahrerin …

Fünf vor drei steht Johann vor dem Treffpunkt am Leipziger Hauptbahnhof. Bloß nicht zu spät kommen! Die Frau fährt eiskalt um 15.01 Uhr ab, ohne ihn mitzunehmen. Eine Minute später biegt ein roter Opel Corsa auf den Parkplatz und hält direkt vor Johann. Der traut seinen Augen nicht. Er hatte eine strenge Mittvierzigerin im Business-Look erwartet. Aus dem Auto steigt eine Frau mit kurzen, weißen, gewellten Haaren. Mit offenem Mund starrt Johann sie an. Sie muss mindestens 70 sein. Mit der Oma hat er vor zwei Tagen telefoniert?! Unvorstellbar. Die kann doch keiner Fliege was zuleide tun. Die schenkt eher jedem Mitfahrer eine Tafel Schokolade. Das am Telefon muss ihre Tochter gewesen sein.

Langsam hinkt die Oma um das Auto herum, ihr linkes Bein zieht sie hinter sich her. ›Oh Mann‹, denkt Johann, ›ob die überhaupt noch Autofahren kann? Wenn die nur halb so langsam fährt, wie sie geht, brauchen wir doppelt so lang.‹ Das kann ja heiter werden. »Guten Tag, mein Name ist Müllleeeer«, sagt sie energisch und streckt Johann die Hand entgegen. »Wir fahren jetzt nach Berlin!« ›Ach du dickes Ei‹, denkt Johann. Doch die Frau vom Telefon, unverkennbar. »Junger Mann, seien Sie so gut und schichten mal das Gepäck im Kofferraum um. Ich darf nicht schwer heben, hat der Arzt gesagt.«

Johann tut, was ihm befohlen ist. Widerworte hätte er sich eh nicht getraut. Oma Müller lässt ihn sonst noch glatt in Leipzig stehen. Als Johann die Heckklappe des Corsa öffnen will, stutzt er. Über dem Nummernschild ist ein Aufkleber angebracht: »Testament liegt im Handschuhfach«. Was soll das denn jetzt? Steht es so schlimm um die Oma, dass sie schon ihren letzten Willen dabeihat, wenn sie fährt? Nicht, dass sie mitten auf der Autobahn plötzlich abnippelt. Dann ist nicht nur ihr Leben vorbei, sondern auch seins.

Am liebsten würde Johann gar nicht bei Oma Müller

einsteigen. Aber auch das traut er sich nicht. Die würde ihm eine Standpauke halten und ihm dann trotzdem die 10 Euro für die Fahrt abknöpfen. Mit mulmigem Gefühl setzt er sich auf den Beifahrersitz. Andere Mitfahrer gibt es nicht. Die waren wohl schon am Telefon schlauer und haben sofort abgesagt, als sie die Maschinengewehrstimme hörten. Johann dagegen war der Dumme.

Er starrt auf das Handschuhfach. Ob da wirklich Oma Müllers Testament drin ist? Was dort wohl drin steht? Johann ist neugierig, aber er traut sich nicht, Oma Müller zu fragen. Stirbt sie tatsächlich bald, oder ist sie einfach nur übervorsichtig? Johann hofft auf Letzteres – oder dass sich Oma Müller mit dem Sterben zumindest noch bis Berlin Zeit lässt.

Die ältere Dame hält sich an der Fahrertür fest und lässt sich langsam auf den Sitz plumpsen. Es dauert, bis sie die optimale Sitzposition zum Fahren gefunden hat. Dann greift sie mühsam hinter sich und versucht, den Gurt zu erwischen. Zweimal fischt sie vergeblich, beim dritten Mal bekommt sie ihn zu fassen. Doch jetzt muss er noch ins Gurtschloss. Wiederholt schiebt und drückt sie, aber nie trifft sie die Öffnung. Die Fahrerin beginnt laut zu schnaufen. Das Anschnallen strengt sie nicht nur sichtlich, sondern auch hörbar an. Endlich rastet der Gurt ein. Oma Müller atmet tief durch. Jetzt kann's losgehen.

Wenn die dafür schon so lange braucht, wie wird dann erst ihr Fahrstil sein? Johann schwant Übles. Wahrscheinlich werden sie mit 20 km/h durch Leipzig schleichen und dann mit 60 auf der Autobahn – als wandelndes Verkehrshindernis. Wenn überhaupt. Denn Oma Müller hat sich beim Anschnallen ziemlich verausgabt. Hoffentlich kriegt sie keinen Herzinfarkt vor lauter Anstrengung.

Dann dreht die Fahrerin den Zündschlüssel um und steigt aufs Gas. Nur war die Handbremse noch angezogen. Der Motor des Corsas heult laut auf, der Wagen bewegt sich nicht. Johann grinst. Oma Müller ist offensichtlich überfordert mit dem Autofahren. Er schaut auf seine Uhr. Normal braucht man von Leipzig bis Berlin zwei Stunden, heute wahrscheinlich noch zwei mehr ...

Dann löst Oma Müller die Handbremse, und der Corsa braust plötzlich los. Johann wird in seinen Sitz gedrückt. Er hatte fest damit gerechnet, dass sie jetzt mit Schrittgeschwindigkeit über den Parkplatz fahren würden, doch da hat er sich geschnitten. Seine Fahrerin heizt regelrecht los. Obwohl überall Menschen zu ihren Autos gehen, schaltet Oma Müller bereits hier in den dritten Gang und kurvt mit 40 durch die Parkreihen. Angst, jemanden zu überfahren, hat sie jedenfalls nicht. Erstaunt blickt Johann seine Fahrerin an.

Kaum auf der Hauptstraße, beschleunigt der Opel Corsa auf 60 km/h. Vor ihnen fährt ein Lieferwagen, schnell haben sie ihn eingeholt. »Schlafen Sie doch im Bett«, hört Johann die Oma neben ihm brüllen. Verwundert reibt sich Johann die Augen. Normalerweise sind alte Leute am Steuer ein Bremsklotz, weil sie mit 30 durch die Stadt zuckeln und sich hinter ihnen eine ganze Karawane von Autos staut. Aber diese Oma ist definitiv anders.

Mehrmals schert der Corsa nach links aus, Oma Müller will sehen, ob Gegenverkehr kommt. ›Die will doch nicht ...‹, denkt sich Johann. Doch, sie will. Noch ehe der Beifahrer seinen Gedanken zu Ende gedacht hat, schert der Corsa aus und überholt den Lieferwagen. Auf Höhe des Führerhauses dreht sich Oma Müller zum Fahrer des Lieferwagens hin und schüttelt den Kopf. »Ihre Zeit möchte ich mal haben«, brüllt sie und drückt aufs Gas. Vor dem Lieferwagen schert der Opel wieder auf die Spur zurück.

50 Meter vor ihnen springt die Ampel auf Gelb. Jeder andere Autofahrer wäre schon längst auf die Bremse. Doch Oma Müller drückt stattdessen aufs Gas und hält

voll auf die Ampel zu. Gerade schaltet sie auf Rot, einen Augenblick später rast der Corsa über die Kreuzung. »War kirschgrün, oder?«, fragt Oma Müller und grinst ihren Mitfahrer an. Auch der muss schmunzeln. Eine Frau, die locker 70 ist, fährt wie ein junger Mann, der seiner Freundin imponieren will. Und dabei auch noch einen knackigen Spruch auf den Lippen.

»Wo haben Sie denn die ganzen Sprüche her?«, fragt Johann. Seine Angst vor der Fahrerin hat er jetzt komplett abgeschüttelt. Er will sie kennenlernen. Die Oma mustert ihn von oben bis unten und antwortet dann: »Junger Mann, das Leben ist nicht immer einfach, aber das werden Sie schon noch lernen. Da ist es gut, wenn man seinen Humor nicht verliert.« Dann erzählt sie, dass ihr Alter ihr schon zu schaffen macht. Gerade das Laufen strenge sie an. »Ich könnte mich jetzt zu Hause hinsetzen und grämen, aber das bringt doch nichts. Da setze ich mich doch lieber ins Auto und besuche eine alte Schulfreundin.« Beeindruckt nickt Johann, Oma Müller ist echt cool für ihr Alter. Die grinst und fügt hinzu: »Wenn ich jetzt schon langsamer gehe, muss ich eben schneller fahren!«

Diesem Motto lässt sie sofort Taten folgen. Kaum ist sie auf der Autobahn, fährt sie auf die Überholspur und lässt Reisebusse, Lastwägen, aber auch Autos hinter sich. Die Tachonadel steht bei 160 km/h, der Motor dröhnt laut. »Schneller kann er nicht«, sagt Oma Müller. »Leider.« Vor ihr biegt ein VW Golf auf die Überholspur. Er fährt vielleicht 20 km/h langsamer. Der Opel Corsa fährt immer dichter auf. Dann blinkt Oma Müller links. Johann ist baff. Er sitzt bei einer 70-Jährigen im Auto, die mit ihrem Corsa mit 160 über die Autobahn heizt und den Blinker auf der Überholspur setzt, weil ein anderes Auto zu langsam ist!?

Doch der Golf reagiert nicht. »Schauen Sie doch mal in

den Rückspiegel!«, brüllt Oma Müller. Selbst wenn sie sich aufregt, wird sie nie persönlich. Sie bleibt auch beim »Sie«, wenn sie jemanden beschimpft. Doch es nützt nichts, der VW Golf fährt stur auf der Überholspur. Oma Müller murrt, dann hat sie genug: »Sie haben es so gewollt.« Oma Müller blinkt mit dem Fernlicht dreimal kurz auf – wie ein drängelnder Porschefahrer. Das hat gesessen. Sofort fährt der Golf auf die mittlere Spur, und der Corsa überholt. »Sie haben aber eine lange Leitung«, brüllt Oma Müller zu ihm rüber.

Johann grinst breit. Langweilig wird es jedenfalls nicht. Sie fährt richtig flott, nebenbei erzählt sie von ihrem Leben, dem geschiedenen Mann, den sieben Kindern, den fünf Enkeln. Interessiert hört Johann zu. So möchte er auch sein, wenn er mal alt ist.

Doch eine Sache beschäftigt ihn die ganze Fahrt über. Hat sie ihr Testament im Handschuhfach liegen oder nicht? Vorsichtig tastet sich Johann voran. »Sagen Sie, was ich mich frage …«, beginnt er. »Haben Sie Ihren Letzten Willen da drin?«, fragt er und deutet auf das Handschuhfach. Oma Müller beginnt herzhaft zu lachen. »Nein nein, so alt bin ich nun auch wieder nicht, dass ich schon ein Testament bräuchte.« Da hat sie recht, gibt Johann zu. Sie sieht zwar aus wie 70, verhält sich aber nicht so. »Aber warum haben Sie dann den Aufkleber hinten auf dem Kofferraum?« Sofort prustet Oma Müller wieder los, sie kann gar nicht zu lachen aufhören. »Ach der, wissen Sie, den hat mir mein Enkel geschenkt. Er findet nämlich, dass ich viel zu schnell Auto fahre. Er glaubt, dass mich die Raserei irgendwann ins Grab bringt!«

18 Die Aussteigerin

Ein schicker, silberner Mercedes C-Klasse hält neben Kathrin. Heraus springt ein gut aussehender Typ Ende 20. Thorsten. Klasse Auto, hübscher Mann. ›Das ist ja mal ne coole Mitfahrgelegenheit‹, freut sich Kathrin, die Mittzwanzigerin mit den langen, blonden Haaren. Sie setzt sich neben Thorsten, auf der Rückbank nimmt ein anderes Mädel Platz.

Sofort fangen Thorsten und Kathrin an zu quatschen. Er arbeitet bei einer Bank in Frankfurt, der Mercedes ist sein Firmenwagen. Sie macht ein Praktikum bei einer Werbeagentur, war übers Wochenende bei ihren Eltern und ist auf dem Weg zurück nach Düsseldorf. Es ist ein Sonntagabend Ende November.

Hinter Frankfurt durchquert die A3 den Taunus. Es geht immer wieder bergauf und bergab. Plötzlich beginnt es zu schneien. Erst einzelne, große Flocken, die kaum auf der Straße liegen bleiben. Dann werden die Flocken kleiner, aber der Schneefall nimmt stark zu. Die Scheibenwischerblätter schaffen es kaum, die Scheibe frei zu halten. »Oh shit«, sagt Thorsten. »Ich habe keine Winterreifen drauf.« Kathrin starrt ihn an. Der fährt einen Mercedes, hat aber keine Winterreifen?! Kathrin wird nervös.

Es schneit immer stärker. Der Scheibenwischer nützt wenig, Thorsten sieht fast gar nichts mehr. Nur die großen, roten Rücklichter verraten ihm, dass vor ihm ein langsamerer Lkw fährt. An dem müssen sie vorbei. Thorsten bremst, aber nur ganz sachte. Trotzdem fangen die Hinterreifen an zu schlliddern. Warum müssen wir auch mit einem Auto mit Heckantrieb fahren?, schießt es Kathrin durch den Kopf. Thorsten versucht, nicht mehr direkt auf die Bremse zu steigen, sondern auszunützen, dass der Motor von selbst abbremst, wenn man in einen niedrigeren Gang schaltet. Er fährt nicht mehr schneller als 50 km/h.

Mit einem Mal ist es vollkommen ruhig im Auto. Vorhin hatten Thorsten und Kathrin noch drauflosgeplappert, doch die schlechte Sicht lässt beide verstummen. Vor ihm wird der LKW immer langsamer, es geht bergauf. Thorsten blinkt links und schert auf die Überholspur aus. Scheiße, denkt sich Kathrin. Warum muss der Typ mit Sommerreifen bei dichtestem Schneetreiben überholen?

Der silberne Mercedes ist noch nicht ganz auf der Überholspur, da blendet von hinten ein anderes Auto auf und hupt. Es ist viel schneller und will vorbei. Thorsten versucht, den Mercedes auf die rechte Spur zurückzulenken. Doch da haben die vorausfahrenden Autos und der LKW lediglich zwei schmale Fahrrinnen in die Schneedecke gegraben. Und die sind schon spiegelglatt. Als der Mercedes die erste Fahrrinne kreuzt, kommt er ins Schleudern. Der ganze Wagen rutscht erst und dreht sich nach links.

»Scheiße, scheiße«, brüllt das Mädchen hinter Thorsten. Kathrin ist starr vor Angst, bringt keinen Ton heraus. Der Mercedes dreht sich weiter. Schon schauen seine Scheinwerfer frontal zur Mittelleitplanke. Die Mitfahrerin schreit, der Wagen schliddert weiter. Sekundenbruchteile später kommt er zum Stehen. Der Mercedes hat sich um 180 Grad gedreht. Wie ein Geisterfahrer steht er entgegen der Fahrtrichtung. Thorsten und Kathrin schauen direkt in die Scheinwerfer der herannahenden Autos.

Jetzt ist alles vorbei, schießt es Kathrin durch den Kopf. Die Scheinwerfer der Autos kommen immer näher. Ich sterbe. Mit 25. Im Schneesturm. Auf einer Autobahn. Keine Winterreifen. »Scheiße, scheiße, was machen wir jetzt?« Das Mädchen brüllt vor Schreck. Versteinert sitzt Thorsten hinter dem Lenkrad. Die Autos kommen immer näher. Sie hupen. Gleich kracht's – und dann ist's aus.

Doch irgendwie schaffen es die Autos, an dem silbernen Mercedes vorbeizufahren. Ein Wagen nach dem anderen schert links aus und überholt sie. Kathrin bekommt Panik, sie muss hier raus. Es ist mitten in der Nacht, sie sitzt bei einem völlig Fremden im Auto, der Wagen steht auf der Autobahn entgegen der Fahrrichtung, und hinten brüllt ein Mädchen hysterisch rum.

Langsam erholt sich Thorsten von seinem Schock. Er hat gar nicht gemerkt, dass der Motor abgestorben ist. Er startet den Wagen und versucht, den Mercedes zu wenden – auf einer spiegelglatten Autobahn mit jeder Menge Autos, die einen überholen wollen. Langsam stößt er zurück und schlägt das Lenkrad links ein, um den Standstreifen zum Umdrehen zu nutzen. Neben ihnen hupt ein vorbeifahrendes Auto.

Gerade strahlt ihnen kein Scheinwerfer entgegen – das ist die Chance. Thorsten schlägt das Lenkrad ganz rechts ein und fährt vom Seitenstreifen los. Schon wieder bricht das Auto leicht hinten aus, doch Thorsten hat es unter Kontrolle. Einmal muss Thorsten noch zurückstoßen, dann geht's endlich weiter. Geschafft. Langsam fährt Thorsten auf der rechten Spur weiter. Der Tacho zeigt 30 km/h.

Kathrin hat sich gefangen und hat nur ein Ziel. »Ich will sofort aussteigen. Ich kriege hier Zustände.« Ernst schaut sie Thorsten an, der nickt nur. »Da vorne kommt eine Ausfahrt.« – »Ich will auch raus«, brüllt das Mädchen von hinten. Langsam verlässt der silberne Mercedes die Autobahn, auf dem Bremsstreifen fängt er leicht zu rutschen an. Aber Thorsten kann den Wagen abfangen.

Direkt hinter der Autobahnausfahrt steht ein Burger King. »Lass uns bitte hier raus. Ich fahre mit diesem Auto ohne Winterreifen keinen Meter mehr mit.« Kathrins Stimme ist gefasst, aber unmissverständlich. Wie sie jetzt von hier weiterkommt, ist erst mal egal. Hauptsache, raus aus der Karre. Auf dem Parkplatz von Burger King stellt Thorsten den Wagen ab. Aufgeregt ruft Kathrin ihren Freund an. Dann ihre Eltern. Dann drei Freundinnen. Sie redet einfach drauflos. Irgendwie muss sie ihren Schock loswerden. Alle sagen ihr, dass sie das Richtige macht und mit dem Zug weiterfahren soll.

Kathrin und das Mädchen von der Rückbank haben großes Glück. Hundert Meter neben dem Burger King ist ein Bahnhof. Natürlich nur eine Bimmelbahn, aber egal. Irgendwie werden sie es nach Düsseldorf schaffen. Thorsten kann die beiden verstehen. An ihrer Stelle würde er das Gleiche tun, sagt er. Er selbst wartet, bis der Winterdienst den Schnee von der Autobahn geräumt und Salz gestreut hat. Nach drei Stunden fährt er langsam weiter.

Kathrin will Thorsten Geld für die Fahrt geben, doch der lehnt ab. Er hat den beiden Mädchen den ganzen Schlamassel mit den Sommerreifen eingebrockt, dafür müssen sie jetzt nichts zahlen. Dankbar gibt Kathrin ihm die Hand und wünscht ihm alles Gute. Die beiden Mädchen stapfen durch den Schnee zum Bahnhof. Thorsten tut Kathrin irgendwie leid. Klar ist er selber schuld, dass er die Reifen nicht gewechselt hat. Aber jetzt steht er ganz alleine da. Aber trotzdem, da kann sie nicht mehr mitfahren. Im Winter steigt sie in kein fremdes Auto mehr ein.

Eine halbe Stunde später sitzen die beiden Mädchen im Regionalzug nach Limburg. Von dort wollen sie sich nach Düsseldorf durchschlagen. Jetzt kann nichts mehr passieren. Doch dann kommt der Schaffner. Die beiden haben keine Fahrkarte lösen können, weil an dem Provinzbahnhof der Ticketschalter eingeschneit war. Sie erzählen dem Schaffner ihre Geschichte. Von den Sommerreifen, dem Schneefall, der 180-Grad-Drehung und den Scheinwerfern, die immer näher kamen – und dem verschneiten Automaten.

Der Schaffner hört sich die Geschichte an und sagt dann knapp: »Das ist Ihr Problem. Fakt ist, dass Sie ohne gültigen Fahrschein unterwegs sind.« Er macht eine kurze Pause und schaut die beiden Mädchen ernst an. »Das heißt: Jede von Ihnen zahlt mir den Fahrschein und zusätzlich 40 Euro Strafe.« Insgesamt muss Kathrin fast 100 Euro für das Ticket blechen. Natürlich könnte sie jetzt versuchen, mit dem Schaffner zu diskutieren. Aber darauf hat sie heute echt keine Lust mehr. Es hätte auch keinen Sinn, der Schaffner schaltet auf stur. Kathrin winkt ab. Sie ist einfach nur froh, nicht mehr in dem Auto sitzen zu müssen. Dann denkt sie an das Gefühl, das sie beim Einsteigen in den Mercedes hatte. Langsam schüttelt sie den Kopf: Wie kann man sich nur so täuschen? Das war alles andere als eine coole Mitfahrgelegenheit.

19 Der lange Weg nach Westen

Internet? Handy? SMS? Dieser moderne Technikkram ist 1967 noch lange nicht erfunden. Aber Friederike Wolter braucht ihn auch nicht, um sich eine Fahrt von Westberlin nach Köln zu organisieren. Die Mittvierzigerin nutzt ihre Nachbarschaft im Stadtteil Schöneberg. Dort kennt sie jeden. Wenn ihr Kleid ein Loch hat, geht sie zur Schneiderin zwei Straßen weiter. Die Sonderangebote im Kramerladen von Herrn Schmitt weiß sie schon, bevor sie die Haustür verlässt. Frau Hansen im Erdgeschoss kennt sie auswendig und rattert sie jedem runter, der aus dem Haus geht. Und wenn Friederike Wolter zu ihrer Tante Wiltrud nach Köln will, dann geht sie in den Buchladen an der Ecke.

Da steht ein Schild im Fenster neben der Eingangstür: ›Mitfahrzentrale‹. Eine ältere Dame verkauft hier nicht nur Bücher, sondern vermittelt auch Fahrten in den Westen – nach Hamburg, München oder eben Köln. Für Elfriede Wuttke ist die Mitfahrzentrale ein willkommenes Zubrot, sonderlich viel wirft ihr Buchladen nicht ab. Fünf Fahrer hat sie an der Hand, die an einem Tag von Berlin ins Bundesgebiet fahren und am nächsten wieder zurückkehren. Ihr Gehalt bekommen sie von Elfriede Wuttke, die einen Teil des Fahrpreises als Vermittlungsgebühr behält. Jeder Fahrer hat einen großen Wagen, meist einen Mercedes, damit bis zu fünf Gäste plus Gepäck Platz haben. Im Buchladen von Frau Wuttke bucht und bezahlt Friederike Wolter die Fahrt nach Köln und retour.

Heute klingelt der Wecker schon um fünf Uhr morgens, um sechs Uhr ist Abfahrt. Oder um acht oder erst um zehn. Je nachdem, ob der Fahrer zuerst Friederike Wolter abholt oder die anderen Fahrgäste. 1967 funktioniert die Mitfahrzentrale, wie wenn man heute einen neuen Telefonanschluss bekommt. Der Techniker kommt nämlich auch nicht zu einer bestimmten Uhrzeit, sondern in einem Zeitfenster von mehreren Stunden.

Dafür werden die Mitfahrer bequem von zu Hause abgeholt. So muss Friederike Wolter ihren schweren Koffer nicht durch die halbe Stadt schleppen, sondern lässt ihn vom Fahrer aus dem dritten Stock nach unten tragen. Der Nachteil daran ist, dass sie meist sehr lange warten muss. Denn bis der Fahrer nach Tegel, Dahlem oder Neukölln gedüst ist, bevor er bei ihr in Schöneberg vorbeifährt, vergehen leicht zwei bis drei Stunden.

Ihren dunkelblauen Lederkoffer hat sie schon gestern gepackt. Gleich nach dem Zähneputzen verstaut sie ihren Waschbeutel und zurrt die Lederschnallen fest. Es ist fünf vor sechs Uhr morgens, Friederike Wolter ist startklar. Gestern hat sie sich extra noch ein Kreuzworträtselheft gekauft. Die Fahrt nach Köln wird dauern. Mit den Grenzkontrollen vor und nach der Transitautobahn durch die DDR wird sie acht bis zehn Stunden brauchen.

Aber Friederike Wolter kennt das und hat reichlich Verpflegung in eine Plastiktüte gepackt: vier Bananen, vier Äpfel, eine Thermoskanne Tee, zwei Flaschen Wasser und ein Dutzend Stullen. Verhungern wird sie nicht, so viel steht fest. Mittlerweile ist es halb acht Uhr morgens, schon anderthalb Stunden wartet sie. Doch Unruhe ist bei ihr nicht zu spüren. Seit Jahren benutzt sie die Mitfahrzentrale von Westberlin nach Köln, erst einmal holte sie der Fahrer sofort um sechs Uhr morgens ab. Meistens musste sie zwei Stunden auf ihn warten. Also setzt sie noch mal Wasser am Herd auf und gießt es dann durch einen Filter voller Kaffeepulver.

Eine Stunde später schiebt sie die Gardinen zur Seite und späht auf die Straße. Kein Mercedes weit und breit. So langsam könnte der Fahrer aber mal kommen. Zweieinhalb Stunden schon. Friederike Wolter zieht sich ihren Mantel an und klingelt beim Nachbarn gegenüber. Der junge Mann ist Student, um halb neun Uhr morgens ist er sicher noch zu Hause. Der soll ihr schon mal den Koffer nach unten tragen. Das spart Zeit, weil der Fahrer das dann nicht mehr erledigen muss. Nach einer Minute öffnet der Student die Wohnungstür und blinzelt Friederike Wolter verschlafen an. Sie hat ihn definitiv gerade aus dem Bett geholt. »Junger Mann, seien Sie so freundlich, und tragen Sie mir bitte meinen Koffer nach unten.« Friederike Wolter schaut ihn ernst an. Widerstand ist zwecklos.

Dem Studenten bleibt gar nichts anderes übrig, schließlich will er nächste Woche ein paar Freunde vom Sozialistischen Deutschen Studentenbund zu sich einladen. Dort wollen sie beratschlagen, wie sie am besten gegen den Berlin-Besuch des Schahs von Persien in ein paar Wochen demonstrieren können. Bei dem Treffen werden sie sicher trinken und kiffen. Wenn er seiner Nachbarin heute mit dem Koffer hilft, wird sie dann auch nicht meckern ... Also schleppt er den schweren Lederkoffer die drei Stockwerke nach unten und stellt ihn neben die Haustür. Friederike Wolter zückt eine Tafel Schokolade und drückt sie dem Studenten in die Hand. »Hier. Damit Sie mal ein bisschen Speck auf die Rippen kriegen, junger Mann!«

Immerhin, der Koffer ist schon mal unten. Friederike Wolter lehnt sich an die Hauswand und fischt ihr Strickzeug aus der Handtasche. Geschickt fädelt sie die gelbe Wolle zwischen Stricknadeln und Händen ein und legt los. Ein gelb-grün geringelter Pulli soll es werden – für ihren Sohn Thomas zu Weihnachten. Einen Ärmel hat sie bereits fertig. Jedes Jahr legt sie ihm was Selbstgestricktes unter den Christbaum. Vergangenes Jahr waren es rot-weiß gestreifte Socken, davor ein blauer Schal. Dass Thomas die Sachen ungetragen in den Schrank hängt, weil sie höllisch auf der Haut kratzen, merkt Mutter Friederike nicht. Schließlich ist ihr Sohn vor ein paar Monaten in ein eigenes Zimmer in eine Kreuzberger WG gezogen. Dort dominieren eindeutig Mao-Bibel und Ho-Chi-Minh-Poster, von Mutti gestrickte Pullis passen nicht wirklich rein.

Um Viertel nach neun Uhr hält ein schwarzer Mercedes vor der Haustür. Ein Mann Mitte vierzig steigt aus, Friederike Wolter nickt ihm zu und gibt ihm die Hand. Herr Lemke also. Mit dem ist sie schon öfter Richtung Köln gefahren. Der Fahrer trägt den Lederkoffer zum Auto, Friederike Wolter packt ihr Strickzeug in die Handtasche und schlurft mit der Essenstüte bewaffnet hinterher.

Sie ist die letzte Mitfahrerin, die Herr Lemke heute abholt. Pech. Denn nun ist der Beifahrersitz bereits vergeben – und drei andere Mitfahrer sitzen schon auf der Rückbank. Leider muss sie sich zu denen nach hinten quetschen. Gurte auf dem Rücksitz oder gar eine Anschnallpflicht gibt es 1967 noch nicht, aber dafür können sich vier statt drei Personen auf die Rückbank zwängen.

Neben Friederike Wolter sitzen ein älterer Herr mit dicker Hornbrille, ein Student in dunklem Anzug und eine Dame mit weißen Haaren. Auf ihrem Schoß steht ein Vogelkäfig. »Dorchen hat dich lieb«, krächzt ein weißer Kakadu mit großer Haube unentwegt. Schlafen wird bei dem Vogel unmöglich, so viel ist ihr klar. Zumal sie nicht nur seitlich wenig Platz hat. Denn der Mittsechziger auf dem Beifahrersitz ist sehr dick, weshalb er den Sitz weit nach hinten gerückt hat. Noch vor der Grenze zur DDR in Dreilinden hört Friederike Wolter sein lautes Schnarchen und greift zu ihrem Rätselheft.

Am Grenzübergang Dreilinden-Drewitz mustert der Grenzsoldat der Nationalen Volksarmee die Insassen des schwarzen Mercedes. »Dorchen hat dich lieb«, krächzt der Kakadu. Verärgert glotzt der Grenzer den Papagei an, der Rest des Wagens beißt sich auf die Lippen. Bloß nicht lachen! Sonst stellt der Soldat aus Rache den ganzen Wagen eigenhändig auf den Kopf. Dann kommen sie heute nie mehr nach Westdeutschland.

Der Soldat nimmt die Pässe und verschwindet in einem Grenzhäuschen. Sein Kamerad bedeutet den Personen mit einer Handbewegung, aus dem Auto auszusteigen. Ganz ruhig befolgt Friederike Wolter die Anweisungen. Das ist Alltag an der innerdeutschen Grenze. Erst wird das Auto durchleuchtet, danach bekommen alle ihre Pässe zurück mit einem neuen Stempel der Deutschen Demokratischen Republik. Dann darf der Mercedes auf die Transitautobahn Richtung Westdeutschland. Abstecher in die DDR sind dabei strengstens verboten. Deshalb fahren Zivilfahrzeuge mit Stasi-Mitarbeitern täglich die Autobahnen ab. Biegt ein Wagen aus Westdeutschland ins Landesinnere, können sie ihn sofort aufhalten.

Eine halbe Stunde fährt der Mercedes weiter Richtung Magdeburg. Der Dicke auf dem Beifahrersitz schnarcht, neben Friederike Wolter beginnen der Student und der ältere Herr mit der Hornbrille eine Diskussion über den Krieg in Vietnam. Während der Jüngere den Irrsinn des amerikanischen Einsatzes geißelt und sich mit den 400 000 Menschen solidarisiert, die ein paar Wochen vorher, im April, in New York gegen den Vietnam-Krieg demonstrierten, verteidigt der Ältere den Kampf gegen den Vietcong als Abwehr des Kommunismus. Und immer wieder plappert der Kakadu dazwischen: »Dorchen hat dich lieb.«

Vietnam, Vietnam, Vietnam. Immer nur Vietnam, denkt sich Friederike Wolter. Immer wenn ihr der Student aus der Nachbarwohnung die Post mit nach oben bringt, will er darüber diskutieren. Auch ihr Sohn redet über nichts anderes als Ho-Chi-Minh, Napalm und Agent Orange. Friederike Wolter kann das alles nicht mehr hören. Kaum sitzt sie jetzt in einem Auto nach Westdeutschland, schon fängt die ganze Streiterei wieder an. Sie sehnt sich nach Köln und ihrer Tante. Die plappert zwar auch den ganzen Tag, aber wenigstens nicht über Vietnam.

Kurz vor der Zonengrenze bei Helmstedt-Marienborn ist plötzlich Schluss mit Vietnam. Keiner will eine solch politische Diskussion führen, wenn der nächste DDR-Grenzsoldat die Insassen beäugt und die Ausweise einsammelt. Das kostet nur Zeit, die übliche Prozedur mit Aussteigen und Durchleuchten dauert eh schon lang genug. Also schweigen alle.

Endlich ist der schwarze Mercedes in Westdeutschland, seit der Abfahrt aus Berlin sind fünf Stunden vergangen. Wenn alles optimal läuft, ist Friederike Wolter in vier Stunden in Köln. Doch dann fährt der Mercedes von der Autobahn ab in Richtung Braunschweig. Bei einer Tankstelle stoppt der Wagen. Der Fahrer dreht sich um und fragt die alte Dame mit dem Kakadu: »Wo müssen Sie genau hin?« Sie kramt in ihrer Handtasche und zieht einen vergilbten Zettel hervor. »Ich hab's mir notiert … Bechtsbütteler Weg 10 … da wohnt mein Enkel jetzt … das hat er mir am Fernsprecher gesagt.«

Vier Stunden bis Köln, das kann Friederike Wolter nun vergessen. Denn bei einer Fahrt mit der Mitfahrzentrale muss nicht jeder bis Köln fahren. Man kann auch nur bis nach Hannover, Dortmund oder Essen buchen. Anders als heute, wo die Mitfahrer an einem zentralen Platz abgesetzt werden, fährt der Fahrer 1967 zu der Adresse, die man ihm nennt – und das in jeder Stadt, die zwischen der Zonengrenze und Köln liegt. Das kann dauern …

»Bechtsbütteler Weg haben Sie gesagt?«, fragt der Fahrer noch mal. »Jawohl, junger Mann.« Natürlich gibt es damals noch kein Navi, also zieht der Fahrer einen Stadtplan von Braunschweig aus dem Handschuhfach. Er ist vorbereitet, Elfriede Wuttke hat ihm genau gesagt, in welche Stadt welcher Fahrgast muss. Glück gehabt, der Bechtsbütteler Weg ist gar nicht weit von der Autobahn entfernt. Der Fahrer legt den Stadtplan auf den Schoß, während er langsam durch die Vororte Braunschweigs in Richtung Norden fährt. »Dorchen hat dich lieb«, krächzt der Kakadu. Lange ist der Vogel ruhig geblieben, seit sein Frauchen mit dem Fahrer spricht, ist er wieder voll da. Nach einer Viertelstunde biegt der Fahrer in den Bechtsbütteler Weg ein. »Welche Hausnummer meinten Sie?« – »Na, die 10, das habe ich doch vorher gesagt.«

Vor einem großen Mietshaus hält der Mercedes. »Wie heißt Ihr Enkel denn?« – »Na, Emil.« Der Fahrer lächelt die alte Dame an. »Ich meinte den Nachnamen. Dann kann ich schon mal klingeln.« – »Ach so, Hiller heißt er. Emil Hiller.« Der Fahrer lädt den Koffer aus und trägt ihn zur Haustür. Währenddessen steigt die alte Dame aus, Friederike Wolter reicht ihr den Vogelkäfig mit Dorchen. Doch dann kommt der Fahrer zurück. »Sind Sie sicher, dass Ihr Enkel hier wohnt? An keiner Klingel steht Hiller.« Die alte Dame nickt mit dem Kopf. »Nummer zehn. Das steht auf meinem Zettel.«

Der Fahrer geht noch mal zum Haus und überprüft die Klingelschilder. Kein Hiller. Dann rennt er zu den Nachbarhäusern. Aber auch bei Nummer 8, 12 und gegenüber bei der 9 und der 11 gibt es keinen Hiller. »Sie sind sich wirklich sicher, dass er im Bechtsbütteler Weg 10 wohnt?«

Die alte Dame zögert ein wenig, bevor sie langsam nickt. »Das hat er mir am Fernsprecher gesagt.«

Unschlüssig stehen die beiden vor dem Wagen, während drinnen die anderen Mitfahrer unruhig werden. 20 Minuten steht der Wagen schon im Norden Braunschweigs – und kein Ende in Sicht. Jeder will weiterfahren. Doch bevor die alte Dame mit dem Kakadu nicht abgeliefert ist, geht's nicht zurück auf die Autobahn. »Wissen Sie was, wir suchen die nächste Telefonzelle. Ihr Enkel steht doch sicher mit Adresse im Telefonbuch, oder?« Dankbar nickt die alte Dame.

Ein paar Hundert Meter Richtung Braunschweiger Innenstadt steht eine gelbe Telefonzelle. Der Fahrer springt aus dem Wagen, nach einer Minute kommt er lächelnd zurück. »Kein Wunder, dass wir Ihren Enkel nicht finden, gnädige Frau.« Er hält kurz inne, gespannt schauen ihn die Mitfahrer an. »Er wohnt nicht im Bechtsbütteler Weg 10, sondern in der Bechtsbütteler Straße 10. Das ist ein kleiner Unterschied.« Der Unterschied macht immerhin 3,5 Kilometer aus. Schnell hat der Fahrer die neue Adresse auf dem Stadtplan gefunden. Er verstaut den Koffer wieder im Auto und fährt los. Zehn Minuten später ist der Mercedes am Ziel, dieses Mal stimmt die Adresse. Der Fahrer lädt den Koffer aus und nimmt der alten Dame den Kakadu aus der Hand. Beides trägt er in den zweiten Stock. Keuchend kommt er zehn Minuten später zum Auto zurück. »So, das hätten wir geschafft. Auf geht's nach Hannover.«

Hannover? Friederike Wolter ahnt nichts Gutes. Mittlerweile sind sie siebeneinhalb Stunden unterwegs. Und der Mercedes muss gleich jemanden in Hannover absetzen. Dann sind noch zwei andere Leute im Auto. Die fahren bis Dortmund und Düsseldorf mit, erfährt Friederike Wolter. Sie denkt an ihre Tante Wiltrud. Es wird spät werden. Hoffentlich macht sie sich keine Sorgen …

Doch Friederike Wolter weiß, dass Tante Wiltrud jedes Mal Beruhigungstropfen nimmt, wenn sie auf ihre Nichte wartet. Permanent wird sie die große Pendeluhr im Wohnzimmer anstarren. Deshalb will sie der Tante ein schönes Geschenk mitbringen. Pralinen liebt sie über alles. Dumm nur, dass Friederike Wolter in Berlin keine Zeit mehr hatte, welche zu besorgen. »Entschuldigung, Herr Lemke«, sagt sie zum Fahrer, als er in Hannover von der Autobahn abfährt. »Hätten Sie die Güte, an einer Konfiserie und an einem Blumenladen anzuhalten? Das wäre sehr nett.«

»Kein Problem«, sagt der Fahrer. Solche Extrawünsche der Fahrgäste kennt er. Fast bei jeder Fahrt muss er bei einem Blumenladen oder einem Kaufhaus ranfahren. Meist haben die Mitfahrer vergessen, ihren Verwandten in Westdeutschland etwas mitzubringen. Das fällt denen dann immer erst kurz vor Hannover ein. Das ist meist die Stadt, die er anfährt, bevor die Läden um sechs Uhr abends schließen. Mittlerweile kennt der Fahrer in Hannover einen sehr guten Konditor, Blumenläden fallen ihm sogar mehrere ein.

Zufrieden kommt Friederike Wolter aus der Konditorei zurück. Die Pralinen sehen super aus, da wird sich Tante Wiltrud freuen. In der anderen Hand hat sie ein zweites Papiertütchen und reicht es dem Fahrer. »Hier, lassen Sie es sich schmecken.« Es ist ein Nusshörnchen als kleines Dankeschön dafür, dass er auch noch vor einem Blumenladen anhält, wo Friederike Wolter einen großen bunten Frühlingsstrauß für ihre Tante kauft.

Dann widmet sie sich ihrem Kreuzworträtselheft, bis es zu dunkel wird. Danach zückt sie ihr Strickzeug, das geht auch ohne Licht. Nach Zwischenstopps in Dortmund und Düsseldorf sitzen nur noch Friederike Wolter und der Fahrer im Auto nach Köln. Um halb zwölf nachts fährt der Mercedes durch die Straßen des Kölner Stadtteils Ehrenfeld. Hier wohnt Tante Wiltrud – in der Stammstraße 4.

Mehr als 14 Stunden sind seit der Abfahrt in West-Berlin vergangen. Die arme Tante Wiltrud. Vor lauter Angst hatte sie bestimmt keine ruhige Minute. Der Fahrer trägt den Lederkoffer zur Tür des dreistöckigen Mietshauses. In dem Moment öffnet ein Polizeibeamter in einem schwarzen zylindrischen Tschako mit silbernem Stern und grüner Uniform die Tür. Er mustert erst den Mann mit dem Koffer, dann Friederike Wolter. »Wer sind Sie? Was machen Sie hier um die Uhrzeit?« Streng schaut er die beiden an. Zu der Zeit sind in der Stammstraße normalerweise keine Menschen mehr unterwegs.

»Ich komme aus Berlin, um meine Tante zu besuchen.« Die Gesichtszüge des Beamten entspannen sich. Er beginnt zu lächeln. »Na, da wird sich aber wer im zweiten Stock freuen. Und ehrlich gesagt, ich auch. Schönen Abend.« Lachend geht der Beamte aus dem Haus. Verständnislos blickt der Fahrer Friederike Wolter an. Die beginnt zu ahnen, was passiert ist: Als ihre Nichte nach zehn Stunden noch nicht bei ihr war, verständigte die Tante die Polizei. Die Beamten rieten ihr abzuwarten und wollten sie beruhigen, doch sie ließ nicht locker. Alle zehn Minuten rief sie auf der Wache an, bis man ihr endlich einen Beamten vorbeischickte.

Das war vor zwei Stunden. Seitdem flehte die verängstigte Tante, doch endlich eine Großfahndung einzuleiten. Der Beamte konnte sie nicht beruhigen. Stattdessen brachte sie ihn dazu, alle zehn Minuten zur Haustüre hinunterzugehen, um nachzuschauen, ob ihre Nichte nicht doch endlich angekommen sei. Ein halbes Dutzend Mal war er schon unten, als er den Fahrer und Friederike Wolter erblickte.

Oh Gott, die Arme, denkt sie sich. Gott sei Dank hat sie keinen Herzinfarkt bekommen. Weinend schließt die

Tante sie in die Arme, dann überreicht Friederike Wolter ihr den Blumenstrauß und die Pralinen. Nacheinander stopft sich Tante Wiltrud die feinen Schokoladenstücke in den Mund. Je mehr Schokolade sie isst, umso ruhiger wird sie. Die Kakaobohnen tun ihre Wirkung.

Noch auf der Couch schläft Tante Wiltrud vor Erschöpfung ein. Das kann ich ihr beim nächsten Mal nicht mehr antun, denkt sich Friederike Wolter. Demnächst wird sie mit dem Zug fahren. Der ist zwar teurer, aber dann weiß Tante Wiltrud wenigstens auf die Minute genau, wann Friederike Wolter am Hauptbahnhof in Köln ankommt. Denn dass die Bahn pünktlich ist, darauf kann man sich 1967 noch verlassen.

20 Auf gute Nachbarschaft

Mit Töpferkursen oder Computerseminaren haben Mitfahrer rein gar nichts am Hut: Wenn in einem Mitfahrgebot im Internet das Kürzel »VHS« auftaucht, dann ist nicht von einer Volkshochschule die Rede. »VHS« bezieht sich auf den Fahrpreis, er ist »Verhandlungssache«. Fahrer und Mitfahrer einigen sich erst im Auto darauf, wie viel die Fahrt kostet. Je mehr Leute mitfahren, desto billiger der Preis. Oft taucht das Kürzel in den Inseraten aber erst gar nicht auf. Stattdessen gibt der Fahrer einen Fixpreis an. Wer ihm dann für die Fahrt zusagt, der akzeptiert damit auch den angegebenen Fahrpreis.

Für Samstag hat sich Veronika in Berlin wieder das Auto vollgemacht – mit drei Franzosen: zwei Männern maghrebinischer Herkunft und einer dunkelhäutigen Frau. Mit einem von ihnen hat sie vorher die Fahrt und den Preis am Telefon vereinbart. Er spricht passables Deutsch, die beiden anderen verstehen nur Französisch.

Ein wenig klein ist ihr Opel Corsa schon, das muss Veronika zugeben. Aber für drei Mitfahrer ist ausreichend Platz. Sie hätte locker noch eine vierte Person mitnehmen können, so viele Anrufe hatte sie bekommen. Aber drei Leute hinten, das ist dann doch zu eng. Die drei Franzosen haben zwei große Rollkoffer und eine Tasche.

Ganz schön viel Gepäck. Trotzdem schafft es Veronika irgendwie, die Trolleys zusammen mit ihrem eigenen Rucksack im Kofferraum unterzubringen. Die Tasche stellt sie zwischen die Frau und den einen Mann auf der Rückbank.

Für Veronika ist es eine ruhige Fahrt. Die drei Franzosen unterhalten sich ununterbrochen miteinander, mit ihr spricht niemand. Aber das stört die Fahrerin nicht. Labert sie wenigstens niemand voll. Veronika hat das Wochenende schon genug geredet, weil sie Probleme mit ihrem Freund hat. Er beklagt sich, dass sie sich so selten sehen. Ist ja auch nicht so einfach: Sie studiert in Freiburg, er arbeitet in Berlin. Das sind über 800 Kilometer – zu weit, um sich jedes Wochenende zu sehen. Alle drei Wochen fährt sie nach Berlin, oder er kommt zu ihr. Logisch, dass das für eine Beziehung nicht optimal ist.

Nach einer Stunde merkt Veronika, wie der Mann auf dem Beifahrersitz unruhig hin und her rutscht. Es ist ihm zu eng. Er muss mindestens 1,95 Meter groß sein, jedenfalls hat er unfassbar lange Beine. Mit den Knien stößt er am Handschuhfach an. Sein Kumpel hinten ist nicht viel kleiner. Seine Kniescheiben spürt Veronika, wenn sie sich im Fahrersitz zurücklehnt. Für zwei so große Männer ist ihr Auto tatsächlich zu klein. Bequem ist jedenfalls was anderes, das merkt die Fahrerin. Also beschließt sie, den Fahrpreis für die Mitfahrer zu senken. Ausgemacht waren 35 Euro pro Person, sie will auf 30 Euro runtergehen.

Doch dann hört sie, wie sich die drei Franzosen über Berlin und Deutschland unterhalten. Auf dem Gymnasium hatte sie Französisch als Leistungskurs, danach ein Jahr Studium in Toulouse. Sie versteht fast alles, was die drei sprechen. Doch was sie hört, gefällt ihr ganz und gar nicht. Die drei lästern aufs übelste. Die deutschen Frauen seien alles Nutten, sagt der Beifahrer. Anstatt sich vernünftig anzuziehen, hätten sie billige Miniröcke an – wie

Prostituierte. Sein Kumpel pflichtet ihm bei. Ihn stört am meisten, dass die Deutschen so unfassbar geizig und spießig seien. Das habe er in Berlin sofort gemerkt. Die Frau fühlt sich von allen Deutschen diskriminiert. Sie hassten alle Schwarzen, seien Rassisten und Antisemiten. Gut, dass sie bald wieder in Frankreich sind, da sind sich alle drei einig.

Veronika meint nicht recht zu hören. Die drei sitzen bei einer deutschen Frau im Auto und sind so dreist, aufs heftigste über Deutschland und seine Einwohner zu schimpfen? Glauben die etwa, dass in diesem Land niemand Französisch versteht? Offenbar. Veronika ist keine glühende Patriotin, aber was ihre Mitfahrer da abziehen, geht gar nicht!

›Nix da, die zahlen den vollen Preis‹, denkt sie sich. Soll es ihnen ruhig zu eng sein. Veronika versucht, ihre Wut zu unterdrücken. Ihre Mitfahrer sollen nicht merken, dass sie alles verstanden hat. Nur schnell in Freiburg ankommen, die Kohle einsacken und nichts wie weg.

Nach einer halben Stunde hat die Lästerei ein Ende. So viel Schimpfen macht anscheinend müde, jedenfalls schlafen alle drei ein. Veronika entspannt sich. Solange die drei Fahrgäste pennen, muss sie sich nicht über deren Geläster ärgern. Außerdem sind die Autobahnen so leer wie selten, sieben Stunden nach der Abfahrt in Berlin erreichen sie Freiburg. So schnell war sie schon lange nicht mehr daheim.

Vor dem Hauptbahnhof hält Veronika an, die Mitfahrer laden ihr Gepäck aus. Dann drückt der Beifahrer ihr 75 Euro in die Hand. »Hier, das ist von uns dreien für die Fahrt«, sagt er auf Deutsch. Veronika nimmt das Geld, doch dann wird sie stutzig. Moment mal, 75 Euro geteilt durch drei macht nur 25 Euro pro Person. Ausgemacht waren 35. Da fehlen 30 Euro!

»Entschuldigung, aber ich hatte 35 Euro für die Fahrt

pro Mitfahrer geschrieben«, sagt Veronika. »Ich bekomme also von jedem von euch noch 10 Euro.« Der 1,95 Meter große Beifahrer baut sich vor Veronika auf und schaut finster auf sie herab. »Mehr kriegst du nicht. Es war viel zu eng in dem Auto, wir konnten nicht vernünftig sitzen.« Veronika ist stinksauer. Erst lästern sie über die Deutschen, dann wollen sie auch noch weniger bezahlen!

Energisch schüttelt Veronika den Kopf. »Ich hatte 35 Euro gesagt. Du hast am Telefon zugestimmt. Also gebt mir jetzt sofort mein Geld.« Doch der Mann winkt ab, dreht sich um und will gehen. Veronika hält ihn fest. »Ich will sofort mein Geld«, sagt sie laut. Sie kann sich gerade noch beherrschen, nicht loszubrüllen. Doch der Beifahrer lächelt sie nur kühl an. »Das ist alles, was du von uns bekommst.«

Jetzt hat Veronika die Schnauze voll und setzt alles auf eine Karte: »Ich will jetzt sofort meine 30 Euro«, sagt sie in bestem Französisch. Die drei Franzosen horchen auf. »Ihr lästert die ganze Fahrt über uns Deutschen und jetzt wollt ihr weniger bezahlen. Was bildet Ihr euch überhaupt ein?« Veronikas Wut steigert sich, jetzt brüllt sie.

»Was willst du überhaupt, du deutsche Schlampe«, mischt sich die dunkelhäutige Französin ein. »Sei froh, dass wir dir überhaupt 25 Euro geben. Solchen Rassisten wie dir sollte man überhaupt nichts geben.« – »Ich? Du bist doch die Rassistin. Wer macht denn alle Deutschen schlecht. Du oder ich?« Das hat gesessen. Die dunkelhäutige Französin wird mächtig wütend. Sie packt Veronika mit beiden Händen am Jackenkragen, schüttelt sie und stößt sie dann weg. »Was willst du? Du Schlampe.« Dann spuckt sie Veronika an. Die ist zunächst völlig perplex, rennt dann aber auf ihre Gegnerin zu und schubst sie nach hinten. Drohend ballt sie ihre Faust.

Wenn die Französin eine aufs Maul haben will, soll sie sie bekommen.

In dem Moment kommen zwei Polizisten angerannt und gehen dazwischen. »Was ist hier los?«, brüllen sie. »Diese Frau hat uns in einem viel zu engen Wagen mitgenommen und will uns jetzt den vollen Fahrpreis abknöpfen«, sagt der Beifahrer auf Deutsch. »Außerdem hat sie gesagt, dass meine Freundin eine dreckige Negerin ist.« Veronika reißt die Augen auf. Das ist ja wohl die Höhe! »Das stimmt überhaupt nicht«, empört sie sich. »Die drei sind bei mir mitgefahren, wir haben 35 Euro pro Person ausgemacht, jetzt wollen sie nur 25 zahlen.« Veronika keucht vor Wut.

»Meine beiden Freunde können bezeugen, dass diese Frau eine Rassistin ist«, erwidert der Beifahrer kühl. Veronika schluckt. So ein Mist. Sie ist allein und hat keinen Zeugen für ihre Version der Geschichte. Die anderen sind zu dritt und können behaupten, was sie wollen. »Herr Wachtmeister, ich finde es ein starkes Stück, dass mir Ausländerfeindlichkeit unterstellt wird, nur um mich um den ausgemachten Fahrpreis zu prellen.«

Die beiden Beamten trennen die Kontrahenten. Der eine spricht mit den Franzosen, der andere wendet sich an Veronika. »Wir können Sie alle jetzt auf die Wache mitnehmen. Dann erstatten Sie Anzeige, die anderen auch. Sie können sich das Ganze aber auch sparen und sich jetzt einigen.« Scheiße, dämmert es Veronika. Er hat recht. Es steht Aussage gegen Aussage – und sie hat nicht mal einen Zeugen für ihre Version. Die fehlenden 30 Euro kriegt sie sicher nicht, so viel ist klar. Veronika stampft mit dem Fuß auf den Boden, wie scheiße ist das denn, dass diese dämlichen Franzosen mit ihrer Masche durchkommen!

»Ich verzichte auf die Anzeige«, sagt Veronika zu dem Beamten. Es bleibt ihr nichts anderes übrig, als sich mit

75 Euro zufriedenzugeben. Der andere Beamte kommt zurück. Auch die Franzosen sind bereit, Veronika nicht anzuzeigen, wenn sie weniger zahlen müssen. Damit ist die Sache erledigt. Wortlos geht Veronika an den Franzosen vorbei, setzt sich in ihr Auto und fährt nach Hause.

›Was für ein beschissenes Wochenende!‹, ärgert sich Veronika. Erst Stress mit dem Freund, dann Krach mit Franzosen. Nur langsam beruhigt sie sich. Eines steht für sie allerdings seit heute fest: Eigentlich wollte sie mit einer Freundin in einer Woche an die Côte d'Azur fahren. Das wird sie jetzt schön bleiben lassen. Von Franzosen hat sie erst mal genug.

21 Meike, Pech und Pannen

Ihren grauen Golf liebt Oma Erna sehr. Kein Dreckspritzer am Autolack, die grauen Überziehfelle über den Sitzen sind frisch gekämmt. Weder Brotkrümel noch Staub finden sich auf den Armaturen, der Hutablage oder im Fußraum. Seine zehn Jahre sieht man dem Golf IV nicht an. Denn Oma Erna hegt und pflegt ihn. Mehr als fünf Kilometer am Stück mutet sie ihm nicht zu. Zum Einkaufen ins Nachbardorf oder zum Friseur – weiter nicht. Normalerweise.

Aber heute will Oma Ernas Enkel Frank nach München. Dort studiert der junge Mann mit den blonden Locken Informatik. Er will seiner Freundin Meike die Stadt zeigen und hat deshalb Oma Erna gefragt, ob sie ihnen ihren Golf leihen kann. Sofort hat sie zugestimmt, denn ihren Enkel Frank mag sie noch viel lieber als ihren grauen Golf. Also holt das junge Pärchen morgens den Golf bei Oma Erna in einem Dorf bei Karlsruhe ab und bricht um elf Richtung München auf.

Hinter ihnen auf der Rückbank sitzt Jean. Der Ingenieur mit der dunklen Hautfarbe trägt einen schwarzen Anzug und ein weißes Hemd. Er stammt aus dem Senegal und muss zu einem Vorstellungsgespräch nach München. Um drei Uhr nachmittags soll es beginnen. Jetzt ist es Viertel nach zwölf, als der Golf recht problemlos die Anhöhen der Schwäbischen Alb erklimmt. Noch 160 Kilometer bis München. In etwas mehr als einer Stunde werden die drei am Ziel sein. Dann bleiben Jean noch knapp zwei Stunden, um vom Hauptbahnhof zu seinem potenziellen Arbeitgeber in den Münchner Norden zu kommen. Das reicht dicke.

Nach der Alb führt die Autobahn leicht bergab Richtung Ulm. Frank nützt die Gelegenheit und beschleunigt Oma Ernas Golf auf 160 km/h. So schnell fährt der Wagen durch die badischen Dörfer normalerweise nicht, aber ihm scheint die Geschwindigkeit nichts auszumachen. Doch plötzlich, kurz vor Ulm, piept irgendwas. Ein kurzes, schrilles Fiepen, das nach einer Sekunde aufhört, ein richtig fieser Ton. Doch dann blinkt die Temperaturanzeige rot und steigt unaufhörlich. Normal sind 90 Grad, nach wenigen Sekunden sind 130 Grad erreicht – der Zeiger klebt ganz rechts an der Anzeige.

Nervös schaut Frank auf das rote Lämpchen und bremst sofort ab. Mit 90 km/h ordnet er sich in der rechten Spur ein. Jedes Mal, wenn er vom Gas geht, sinkt die Temperatur ein wenig. Manchmal sind es nur noch 110 Grad, dann 120 Grad. Sobald er aber aufs Gaspedal tritt, schnellt die Anzeige auf Anschlag. »Ich fahre bei der nächsten Raststätte mal raus«, sagt Frank betont ruhig. Wahrscheinlich hat Oma Erna bei ihren kurzen Fahrten vergessen, das Kühlwasser aufzufüllen. »Okay, kein Problem«, sagt Jean. Keine Spur nervös. Es ist halb eins, er hat ja noch zweieinhalb Stunden bis zu seinem Gespräch. Das schaffen sie locker.

An die Ausfahrt Leipheim schließt sich ein Rasthof an. Langsam fährt Frank an den Tanksäulen vorbei und parkt das Auto vor dem Eingang zur Raststätte. Dann öffnet er die Motorhaube. Besser den Motor abkühlen lassen, bevor er den Stand des Kühlwassers überprüft. Jean kauft sich einen Kaffee an der Tankstelle, Meike geht aufs Klo. Nach einer Viertelstunde beugt sich Frank wieder über die Motorhaube. Er betrachtet den weißen Plastikbehälter mit dem Kühlwasser. Die Flüssigkeit steht genau zwischen den beiden Kerben für die minimale und maximale Füllmenge, also alles in Ordnung. Am Kühlwasser kann's nicht liegen …

Vielleicht habe ich den Wagen ein bisschen überfordert, denkt sich Frank jetzt. Immerhin ist der Golf zehn Jahre alt. Und normalerweise pendelt er nur ein paar Kilometer zwischen zwei Ortschaften hin und her, und nicht mehrere hundert Kilometer nach München. Außerdem hat er viel Gepäck und drei Personen an Bord. War wohl doch keine so tolle Idee, 160 zu fahren … Schließlich steigt er ein und lässt den Motor an. Die Temperaturanzeige bleibt bei 90 Grad. »Schaut gut aus. War wohl alles ein bisschen viel für das kleine Auto«, freut sich Frank. Alles bestens.

Langsam steuert Frank den grauen Golf durch die Straßen der Raststätte in Richtung Autobahn. Als er auf dem Beschleunigungsstreifen aufs Gas drückt, piept es erneut kurz im Auto. Dann steigt die Temperatur in zwei Sekunden auf 130 Grad Celsius. Mist. Frank bleibt auf der rechten Spur, schneller als 90 km/h fährt er nicht. Von hinten hupt ihn ein LKW an, schert aus und überholt den grauen VW Golf. Na toll, jetzt überholen ihn schon die Lastwagen …

Langsam wird er unruhig. Schaffen sie es noch bis München oder sollen sie direkt eine Werkstatt ansteuern? Frank ist in einer Zwickmühle. Einerseits hat er einen Mitfahrer im Auto, der in gut zwei Stunden in München sein muss, andererseits hat er Angst, dass der Motor platzt, wenn er weiterfährt. Immerhin sind es noch über 90 Kilometer. Eine Panne mitten auf der Autobahn – und noch dazu mit einem Mitfahrer an Bord – ziemlich übel.

Also versucht Frank, nicht zu beschleunigen. Wenn er bei einer Steigung doch aufs Gas treten muss und der Temperaturanzeiger in die Höhe schnellt, verkrampft sich sein Magen. Wie beim Oktoberfest, wenn sich die Achterbahn in die Tiefe stürzt. Schweigend fährt Frank Kilometer um Kilometer. Immer mit der Angst im Nacken, dass der Golf im nächsten Moment stehen bleiben könnte. »Ich könnte doch Thomas eine SMS schreiben und ihn fragen, was wir tun sollen«, sagt Meike. Sie hat Franks Unruhe mitbekommen und ist selbst nervös. »Gute Idee«, antwortet Frank erleichtert. Thomas ist ein Freund von Meike und arbeitet als Mechaniker. Wenn einer weiß, was zu tun ist, dann er.

Während Meike die Nachricht schreibt, fährt Frank vorsichtig weiter Richtung Augsburg. Er versucht, so wenig Gas wie möglich zu geben. Wenn er vom Gaspedal geht, verringert sich die Temperatur auf 120 Grad. Sobald er aber nur ein bisschen durchdrückt, schnellt die Anzeige hoch. Plötzlich piept's wieder. Doch diesmal ist es nicht die Temperaturanzeige, sondern Meikes Handy. Thomas hat geantwortet. Ein Glück, das ging schnell.

»Was sagt er?«, fragt Frank aufgeregt, während Meike die Nachricht liest. »Also. Er schreibt, dass wir auf jeden Fall zur nächsten Werkstatt fahren sollen. Er denkt nämlich, dass es der Thermostat ist. Das kann man innerhalb von ein paar Minuten feststellen und schnell austauschen.« Erleichterung macht sich breit in Oma Ernas grauem Golf. Es ist Viertel nach eins, sie sind kurz vor Augsburg. Da gibt's genügend Werkstätten. »Ich bring dich direkt zu deinem Vorstellungsgespräch. Dann schaffen wir das locker bis um drei«, sagt Frank und schaut in den Rückspiegel. Jean bedankt sich und grinst. Es sind noch fast zwei Stunden bis zu seinem Gespräch – und er ist 70 Kilometer entfernt. Jeder andere würde ständig auf die Uhr schauen.

Direkt bei der Autobahnausfahrt ist eine Werkstatt. Frank lenkt den grauen Golf auf den Parkplatz. Dort stehen nur Opel-Fahrzeuge. Egal, denkt sich Frank und geht in Richtung Werkstatttor, ein paar Minuten später kommt er mit einem Mechaniker zurück. Zielstrebig geht der Mann mit der dunkelgrauen Latzhose um den Golf herum und fordert Frank auf, die Motorhaube zu öffnen. Dann blickt er kurz auf den Plastikbehälter mit dem Kühlwasser. Wie vorher ist der Stand absolut ausreichend. »Wird der Thermostat sein«, sagt er und lässt die Motorhaube in die Verankerung krachen. »Aber tun's mir bitte einen Gefallen. Fahren's zur VW-Vertragswerkstatt. Die können die Temperatur exakt messen und genau sagen, was los ist. Wir können das nur bei Opel-Modellen machen.«

Frank ist genervt. Jetzt müssen sie auch noch zu einer anderen Werkstatt und verlieren wieder Zeit. »Tut mir echt leid«, sagt er zu Jean. Doch der bleibt seelenruhig. »Macht nichts. Ich rufe gleich bei der Firma an und sage, dass ich später zum Vorstellungsgespräch komme.« Und kommt gleich darauf grinsend zurück. »Kein Problem. Sie warten auf mich.« Frank ist erleichtert und startet den Motor.

Um Viertel vor zwei biegt der graue VW von Oma Erna auf den großen Hof der Volkswagen-Vertragswerkstatt ein. Frank, Meike und Jean steigen aus und gehen an der Werkstatt vorbei ins Verkaufsgebäude. An jeder Ecke hängen dort riesige Namensschilder über den Schreibtischen der Verkäufer und Mechaniker – nur dass sie offiziell Verkaufsberater und Serviceberater heißen. Die blonde Dame am Empfang verweist die drei auf Serviceberater Michael Huber. Allerdings müssten sie bitteschön noch zehn Minuten warten, sagt sie, der Herr Huber sei noch in seiner wohlverdienten Mittagspause.

Die drei Insassen von Oma Ernas Golf nehmen an einem Bistrotisch mitten im Verkaufsraum Platz. Neben ihnen die neuesten Modelle von Tiguan, Tuareg und Polo. Um Punkt 14 Uhr kommt ein junger Mann mit grauem Hemd schnellen Schrittes an den Bistrotisch. »Ich bin Michael Huber«, sagt er und reicht Frank dynamisch die Hand. »Schauen wir gleich raus zu Ihrem Auto.« Frank und seine beiden Begleiter folgen dem Serviceberater nach draußen, im Laufschritt, weil sie sonst mit dem Tempo des Mechanikers nicht mithalten können. Währenddessen erklärt ihm Frank, was Sache ist. Immer wieder kommentiert Michael Huber Franks Erzählungen mit den Worten: »Das hört sich nicht gut an.«

Kaum hat Frank die Motorhaube geöffnet, schaut Michael Huber auf den Behälter mit dem Kühlwasser. »Daran liegt's nicht«, sagt er knapp. Das ist ja wirklich mal was Neues. Michael Huber löst die Haltestange und schließt die Motorhaube. Verdutzt schauen die drei ihn an. »Also, es gibt drei Möglichkeiten«, sagt Huber. »Erstens, und das wäre das Beste für Euch. Der Thermostat ist kaputt.« Er blickt Frank, Meike und Jean mit großen Augen an. »Den müssen wir anschauen und austauschen, dauert aber zwei Stunden.« Fassungslos schauen sich Frank und Meike an. Dann ist Jean erst in drei Stunden in München! Der hingegen bleibt ganz ruhig.

»Zweitens, und das ist schon wesentlich unerfreulicher für euch. Die Zylinderkopfdichtung ist defekt. Dann müssen wir das Auto dabehalten und reparieren. Das wird aber nicht billig.« Michael Huber wird ernst, betreten schauen Meike und Frank zu Boden. Doch der Mechaniker ist noch nicht fertig. »Drittens, und das wäre am schlimmsten für euch. Der Zylinderkopf ist kaputt. Das kostet mehrere tausend Euro, und das Auto bleibt hier.« Mit offenem Mund starren Frank und Meike den Mechaniker an. Grade dachten sie noch, dass sie in einer Viertelstunde mit einem neuen Thermostat weiterfahren können, jetzt kommen sie, wenn sie ganz viel Glück haben, erst in zwei Stunden weiter! Und müssen, wenn's dumm läuft, richtig viel Geld hierlassen ... Michael Huber kennt die betroffenen Blicke. »Überlegen Sie sich's, und sagen Sie mir Bescheid.« Er geht ein paar Schritte zur Seite, damit sie sich in Ruhe beratschlagen können.

Frank sieht seine Freundin und Jean an. Klar ist, dass sie keinen Meter mehr mit Oma Ernas Golf fahren werden. Die Frage ist, ob sie zwei Stunden warten sollen. Das wäre für Jean und sein Vorstellungsgespräch zu spät. »Wie weit ist es denn zum Bahnhof?«, ruft Frank dem Mechaniker zu. Eine halbe Stunde dauert die Zugfahrt von Augsburg nach München. Dann käme Jean zwar zu spät, aber immer noch so zeitig, dass sein Gespräch heute noch stattfinden könnte. »Das dauert schon ein bisschen, aber wir können Sie da hinfahren«, sagt Michael Huber. »Sie können sich aber auch einen Mietwagen nehmen. Wir haben sogar eine Kooperation mit einer Mietwagenfirma.« Wie praktisch ...

30 Euro soll ein Wagen pro Tag kosten. Mit dem kämen sie erst mal nach München. Währenddessen könnten die Serviceberater den Thermostat überprüfen. Alle drei sind sich schnell einig, dass ein Mietwagen das Beste für sie ist. Frank macht von Anfang an klar, dass Jean natürlich nichts dafür bezahlen muss. Schließlich kann er nichts dafür, dass Oma Ernas Golf liegengeblieben ist. »Dann nehmen wir einen Mietwagen, bitte«, sagt Frank. Der Mechaniker nickt und lädt sie wieder an den Bistrotisch im Verkaufsraum ein. In einer Viertelstunde soll der Mann von der Autovermietung da sein.

Frank stützt die Hände auf den Bistrotisch und schüttelt den Kopf. »Oh Mann, ist mir das peinlich. Ich nehme einen Mitfahrer mit, und dann geht auch noch das Auto kaputt. Am Ende bin ich dann schuld, falls du den Job nicht kriegst.« Jean klopft ihm auf die Schulter und lächelt. »Dafür kannst du doch nichts. Wir warten jetzt, bis der Wagen da ist, dann fahren wir gemütlich nach München, und anschließend habe ich mein Gespräch.« Dankbar nickt Frank ihm zu. Der Typ hat echt die Ruhe weg. Es ist 14.30 Uhr.

Fünf Minuten später wird Frank von einem Mitarbeiter der Mietwagenfirma abgeholt und kommt kurz darauf mit einem schwarzen Ford Fiesta zurück. Es ist fast drei, Jean greift zu seinem Handy und ruft bei seinem potenziellen Arbeitgeber an. In einer Stunde könne er es nach München schaffen, sagt er. Die Sekretärin am anderen Ende der Leitung fordert ihn auf, sich ruhig Zeit zu lassen. Ihr Chef habe einen Termin dazwischengeschoben und erwarte Jean jetzt um 17 Uhr. Zwei Stunden für 60 Kilometer mit einem neuen Mietauto. Jetzt müssten schon alle Stricke reißen …

Derweil laden Frank und Meike Koffer, Taschen und Laptops von Oma Ernas Golf in den Ford, dann übergibt Frank den VW-Schlüssel an Mechaniker Michael Huber. ›Hoffentlich ist es nur der Thermostat, und wir können dich morgen abholen‹, murmelt er dem grauen Golf zu. Dann setzt er sich hinter das Steuer des Fiesta und lässt den Motor an.

Gebannt starren Frank, Meike und Jean auf die Temperaturanzeige. Nichts piepst, und die Anzeige bleibt bei ganz normalen 90 Grad. »Das schaut doch gut aus«, sagt Jean und klopft Frank auf die Schultern. »Sieh an, es wird ja doch noch was mit deinem Gespräch«, antwortet der Fahrer lächelnd. Vor der Panne haben sie sich noch nicht unterhalten, jetzt feixen sie ununterbrochen. So ein Malheur schweißt eben zusammen.

Um Viertel vor vier erreicht der Ford Fiesta München. Frank, Anja und Jean haben fast fünf Stunden von Karlsruhe nach München gebraucht, normalerweise dauert es maximal drei. Für Jean ist es trotzdem viel zu früh, deshalb wiegelt er ab, als ihn Frank unbedingt zu seinem möglichen neuen Arbeitgeber fahren will. Also fährt Frank zum Hauptbahnhof, wie sie es in Karlsruhe ursprünglich vereinbart hatten. Dort will der Fahrer auch nur 15 statt der abgemachten 18 Euro für die Fahrt. Schließlich hat er Jean mit dem alten Golf genügend Umstände gemacht. Erst will Jean das nicht annehmen, doch Frank besteht darauf. Zum Abschied drücken sich die beiden fest die Hand. »Es tut mir recht leid, dass das so lange gedauert hat«, sagt Frank und lächelt Jean an. »Alles Gute für dein Gespräch.« Jean wiegelt ab und grinst. »Hey, kein Problem. Eigentlich war's doch ganz lustig.«

Am frühen Abend klingelt Franks Handy. Es ist die VW-Vertragswerkstatt in Augsburg. Das Schlimmste ist eingetreten. Der Zylinderkopf ist kaputt, die Werkstatt möchte für die Reparatur 3400 Euro. Frank schluckt. Das ist viel Geld. Er beratschlagt sich mit seinen Eltern und Oma Erna, dann beschließen sie, den Wagen in der Werkstatt eines Freundes in die Nähe von Karlsruhe transportieren und dort reparieren zu lassen. Vielleicht wird's da ja billiger. Aber eine Stange Geld wird die Reparatur doch kosten. Geknickt steigen Frank und Meike am nächsten Morgen in ihren Mietwagen, um nach Karlsruhe zurückzukehren.

Dann piept Franks Handy. Eine SMS von Jean. Er bedankt sich noch mal für die witzige Fahrt. Frank und Meike grinsen. Er hat recht, trotz allem war die Autofahrt lustig. Außerdem will ihr Mitfahrer wissen, ob Oma Ernas Auto wieder startklar ist. Frank schreibt Jean, dass es wohl mehrere Tausend Euro kosten wird. Eine Minute später piept Franks Handy erneut. Jean hat geantwortet. Es tut ihm sehr leid, dass die Reparatur so teuer ist. Aber er will mitzahlen, denn Geld spielt bei ihm jetzt keine Rolle mehr: Er hat den Job als Ingenieur nämlich bekommen und heute einen hoch dotierten Vertrag unterschrieben.

22 Anschlag auf die Solidargemeinschaft

Der letzte bequeme Zug unter vier Stunden Richtung Heimat geht schon um kurz nach vier Uhr nachmittags. Von Freiburg muss Bettina dann zuerst nach Zürich fahren, dort steigt sie um und ist um acht zu Hause in Lindau am Bodensee. Doch 16 Uhr ist ihr heute viel zu früh, denn sie muss den ganzen Nachmittag in der Bibliothek verbringen. Sie wälzt zwei Bücher für ihre Seminararbeit über Friedrich Barbarossa. Ende nächster Woche ist Abgabe. Also fährt der Zug ohne sie los.

Über die seltsamen Abfahrtszeiten ärgert sich die Studentin schon länger. Da wohnt sie in Freiburg, doch der letzte Zug zu ihren Eltern geht schon am Nachmittag. Das ist ja wie in im hinterletzten Provinzkaff, wo kurz nach Mittag alle Bürgersteige hochgeklappt werden. Bettina bleibt nur noch eine Chance, heute doch noch nach Lindau zu kommen: die Mitfahrzentrale. Und sie hat Glück. Ein Klaus hat eine Fahrt nach München über Lindau für 20 Uhr inseriert für 15 Euro. Das ist teuer, sonst kommt Bettina meist für 10 Euro nach Lindau. Doch Klaus ist ihre einzige Option – und das scheint er ganz genau zu wissen. Deshalb kann er mehr Kohle verlangen.

Also schreibt Bettina Klaus eine E-Mail und fragt ihn, ob er noch einen Platz für sie hätte. Sofort sagt er zu. In einem weißen VW-Bus mit Freiburger Kennzeichen will er um 20 Uhr am Hauptbahnhof warten. Vor der Filiale der Drogeriemarktkette dm – wie die meisten anderen Mitfahrgelegenheiten ab Freiburg auch. Um halb acht stellt Bettina die Barbarossa-Wälzer glücklich ins Regal der Bibliothek zurück, holt ihre Sachen aus dem Spind und macht sich auf den Weg zum Bahnhof.

Vor dem dm wartet schon ein weißer VW-Bus. Das muss Klaus sein. Es ist ein T3, an die zwanzig Jahre alt. Ob sie es mit dem überhaupt nach Lindau schaffen? Sie geht um den Bus herum. Doch am Steuer sitzt niemand, nur an der Kofferraumklappe steht eine asiatische Frau. Kein Klaus. Komisch. »Bist du die Mitfahrgelegenheit nach Lindau?« Die asiatische Frau nickt. »Ja.« In gebrochenem Deutsch sagt sie, dass ihr Freund Klaus plötzlich krank geworden sei. Deshalb könne er jetzt nicht fahren. Es dauert ein bisschen, bis Bettina versteht, was die Asiatin meint. Bettina tippt, dass sie aus Thailand oder Malaysia kommt.

Die Asiatin selbst, erfährt Bettina, hat keinen Führerschein, aber das hier ist die Mitfahrgelegenheit nach München über Lindau. Die Studentin ist verwirrt. »Und wer fährt?« Eine Mitfahrgelegenheit ohne Fahrer? »Jemand fährt«, sagt die Asiatin. ›Aha, wird also noch ein Freund von Klaus kommen, um den Wagen zu fahren‹, denkt Bettina. Sie stellt sich neben den Wagen und dreht sich eine Zigarette. Während sie raucht, kommen immer mehr junge Menschen auf den VW-Bus zu. Sie haben volle Wäschesäcke und leere Tupper-Dosen dabei. Bettina grinst. Die jungen Studenten fahren heim zu Mami, um sich dort ihre Wäsche waschen und Essen für die nächste Woche vorkochen zu lassen.

Plötzlich brüllt die Asiatin: »Abfahrt!« Die Studenten verstauen ihre Wäschesäcke, Taschen und Rucksäcke im Kofferraum. Doch bevor sie einsteigen, sagt die Frau:

»Stopp. Ihr müsst mir erst die Fahrt bezahlen!« Bettina ist überrascht. So was ist ihr noch nie passiert. Sonst zahlt sie immer erst beim Aussteigen. Einmal wollte der Fahrer sein Geld bereits kurz vor dem Ziel. Aber schon blechen, bevor sie auch nur einen einzigen Kilometer zurückgelegt haben? Komisch. Aber sie hat keine andere Wahl, dieser Bus ist ihre letzte Chance nach Lindau. Also drückt sie der Asiatin die 15 Euro in die Hand.

Ein junger Mann setzt sich ans Steuer. Wird wohl der Freund von Klaus sein. Währenddessen sammelt die Asiatin das Geld von den anderen sechs Mitfahrern ein. Nacheinander klettern sie in den Bus. Hinter ihnen schließt die Asiatin die Schiebetür. Doch anstatt auf den Beifahrersitz zu klettern, geht sie vom Auto weg. Bettina ist erstaunt. Wieso fährt die Frau nicht mit? Irgendwas ist hier seltsam. Allerdings wundert sich Bettina nun nicht mehr, warum die Asiatin das Geld jetzt schon eingesammelt hat. Später hätte sie ja gar keine Gelegenheit mehr dazu.

Der Bus kämpft sich über die Steigungen des Schwarzwalds. »Was hat Klaus denn, dass er selber nicht fahren kann?«, fragt Bettina den Fahrer von hinten. Sie will jetzt endlich wissen, was Sache ist. Erstaunt dreht sich der junge Mann mit den blonden Stoppelhaaren um. »Keine Ahnung, ich kenne ihn gar nicht.« – »Wie, du kennst ihn gar nicht? Warum fährst du dann sein Auto?« Bettina ist baff. »Na ja, die asiatische Frau eben hat mir erzählt, dass Klaus krank ist und sie keinen Führerschein hat«, sagt der Mann. »Da hat sie gefragt, ob ich fahren kann. Und ich habe ja gesagt. Einer muss ja fahren.«

Bettina schüttelt den Kopf. Irgendetwas stinkt hier gewaltig. Erst ist Klaus krank, dann kann die Asiatin nicht fahren, aber sammelt das Geld dafür schon vor der Fahrt ein. Schließlich fährt sie noch nicht mal mit. Bettina wird sauer. Denn ihr wird klar, dass Klaus und die Asiatin das von Anfang an so geplant hatten. Keiner von ihnen hat je daran gedacht, selbst zu fahren, sie wollten nur das Geld einsacken.

Aber was ist mit dem Bus? Ist der den beiden scheißegal? »Was machst du denn mit der Karre nach der Fahrt?«, fragt Bettina. Den soll er am Hauptbahnhof in München einem Detlef übergeben. Dafür fährt er umsonst. Das ist der Deal, den die Asiatin mit dem blonden Studenten namens Christoph geschlossen hat, als sie ihm die Autoschlüssel in die Hand drückte.

Die Ruhe im VW-Bus ist dahin. Alle Insassen begreifen, dass sie Teil eines abgekarteten Spiels geworden sind. Klaus, der wahrscheinlich noch nicht mal so heißt, und die Asiatin waren von vorneherein nur auf das Geld der Mitfahrer scharf. Dummerweise haben die ahnungslosen Mitfahrer ihnen das sofort in den Rachen geworfen. Solche Gauner, schimpfen die Mitfahrer. Die haben das Prinzip der Solidargemeinschaft, zu der sich Menschen bei einer Mitfahrgelegenheit zusammentun, um gemeinsam billiger zu fahren, übel missbraucht. Sie haben den Ehrenkodex verletzt, um sich selbst zu bereichern.

Das schreit nach Rache. »Wir geben den Bus einfach nicht mehr zurück«, sagt ein Mitfahrer. Die anderen nicken. Doch dann kommen ihnen Zweifel. Denn das Auto ist so alt, dass es kaum mehr die Anstiege des Schwarzwalds hochkommt. Vielleicht ist der Wagen total kaputt – und Klaus und die Asiatin wissen das ganz genau. Denen ist es natürlich scheißegal, ob die Mitfahrer auf der Strecke liegenbleiben. Hauptsache, sie haben das Geld abgezockt. Aus dem Ärger im Bus wird Wut. Ein Mitfahrer schlägt vor, sofort zur Polizei zu fahren und die beiden Gauner anzuzeigen. Ein paar andere stimmen zu, doch Christoph am Steuer hat Bedenken. »Dann können wir heute nicht weiterfahren, sitzen im Schwarzwald fest und kommen so schnell nicht mehr weg.« Sie müssten sich eine Pension oder einen Mietwagen nehmen. Beides ist ihnen zu teuer. Sie sind arme Studenten …

Sie beschließen, bei einer Rauchpause in Ruhe nachzudenken, was sie tun wollen. Bettina will sich die Beine vertreten, während sie raucht. Also schlendert sie um den Wagen herum. Zufällig fällt ihr Blick auf das Nummernschild. Sie schreckt zurück: Die TÜV-Plakette ist abgelaufen – schon seit zwei Jahren. Seitdem dürfte der Wagen nicht mehr auf deutschen Straßen fahren. Doch Bettina und die anderen Mitfahrer sitzen drin und haben noch gut 100 Kilometer bis Lindau vor sich! Auf Christoph wartet bis München sogar die doppelte Strecke. Und das alles in einem illegalen Auto.

Als Bettina den anderen von ihrer Entdeckung erzählt, sind die Mitfahrer entsetzt. Klaus und die Asiatin haben sie mit voller Absicht in Freiburg in ein Auto gesetzt, das schon längst nicht mehr fahren darf. So eine bodenlose Frechheit. Wenn die Polizei sie aufhält, sind sie dran, zumal Christoph keinen Fahrzeugschein für das Auto bekommen hat. Sie könnten das Auto genauso gut geklaut haben. Wer würde ihnen denn die Wahrheit glauben …

Alle haben jetzt Angst, den Wagen zur Polizei zu bringen. Zumindest wegen Fahrens eines illegalen Wagens haben sie sich strafbar gemacht. Hinzu kommt, dass einige Mitfahrer ganz gerne mal einen Joint rauchen. Also besser keine Polizei. Nicht, dass die Beamten dann noch anfangen, sie nach Gras zu durchsuchen …

Und dann sind da noch Klaus und die Asiatin. Für die Mitfahrer ist klar, dass die beiden Gauner sind. Oder Schmuggler. Wild spekulieren sie, ob nicht in die Sitze Heroin eingenäht ist oder im Motorblock Zigaretten versteckt sind. Vielleicht betreibt Klaus ja auch einen Frauenharem mit thailändischen Zwangsprostituierten und die Asiatin ist eine davon. Was, wenn Klaus wirklich ein Verbrecher ist und sie den Wagen nicht abliefern, sondern zur Polizei gehen? Lauert er ihnen irgendwann auf? Schließlich hat er all ihre Handynummern, weil er sie vor Fahrtantritt sicherheitshalber haben wollte.

Die Besatzung des VW-Busses beschließt, einfach weiterzufahren. Feige ist es schon, aber es macht am wenigsten Stress. Zumindest bekommen sie es dann weder mit der Polizei noch mit den Ganoven zu tun. Wie geplant soll Christoph alle Mitfahrer erst in Lindau und München abliefern und den Wagen dann am Hauptbahnhof in München abgeben. Und das war's dann ...

Kaum ist Bettina bei ihren Eltern in Lindau, bucht sie sich im Internet sofort ein Zugticket für die Rückreise am Sonntag. Eigentlich hatte sie Klaus für die Fahrt schon zugesagt, aber nach der Nummer heute kann er das vergessen. Das ganze Wochenende geht ihr die seltsame Fahrt nicht mehr aus dem Sinn. Bettina ist immer noch richtig sauer auf Klaus und die Asiatin. Sie beschließt, ihn wenigstens bei der Mitfahrzentrale anzuschwärzen. Vielleicht können die dann was gegen ihn unternehmen.

In einer E-Mail erzählt sie den Betreibern, was passiert ist. Außerdem gibt sie ihnen Klaus' E-Mail-Adresse und das Kennzeichen. Eine Handynummer hatte er im Inserat nicht angegeben. ›Nicht blöd, der Scheißkerl‹, denkt Bettina. Denn wenn die Betreiber der Mitfahrzentrale die Nummer bei der Polizei melden würden, könnten sie schnell an seinen richtigen Namen kommen. Aber wahrscheinlich ist er so clever und hat eine Prepaid-Karte, der Verbrecher.

Einen Tag später antwortet ihr die Mitfahrzentrale. Sie bedauert sehr, was Bettina auf der Fahrt erlebt hat. Das Freiburger Kennzeichen war den Betreibern schon bekannt, allerdings hat »Klaus« immer einen anderen Vornamen benutzt. Jetzt hat Bettina den Beweis: sie waren nicht die Ersten. Und werden nicht die Letzten sein. »Klaus« hat die Sache schon mehrmals erfolgreich durchgezogen, und wird es wieder tun. Nach Bettinas Mail setzt die Mitfahrzentrale »Klaus« sofort mit seinem Kennzeichen auf die schwarze Liste. Jeder User kann die auf der Homepage einsehen. Dort wird vor Rasern, aber auch vor Betrügern wie »Klaus« gewarnt.

Bettina schüttelt den Kopf, weil sie weiß: Nur wenige Leute werden sich die schwarze Liste durchlesen, bevor sie Klaus – oder wie auch immer er sich nennen wird – zusagen. Dann werden sie exakt das Gleiche erleben wie Bettina. Solche Betrüger, die die Mitfahrgelegenheit für ihren eigenen Profit missbrauchen, wird es leider immer geben.

23 Auf Achse

Normalerweise fährt nie jemand von Kehl nach München. Und dann will dieser Jens auch nur 15 Euro für die Fahrt. Das alles hätte Stefan schon stutzig machen müssen. Doch das Angebot ist zu verlockend: Eine Mitfahrgelegenheit direkt ab Kehl, ohne erst vorher umständlich mit dem Zug in eine größere Stadt wie Offenburg, Baden-Baden oder Karlsruhe fahren zu müssen. Zumal dieser Jens womöglich auch noch mit einem Oberklasse-Wagen mit viel Beinfreiheit kommt. So zumindest klingt seine SMS: »Vielleicht komme ich sogar mit dem großen Wagen.«

Zwei Tage später wartet Stefan auf dem Parkplatz vor dem Kehler Bahnhof. Neben ihm steht das stark heruntergekommene Hotel Astoria. ›Das ist aber ein schlechter Witz‹, denkt sich Stefan, als ihm die gleichnamige Luxushotelkette mit dem Zusatz »Waldorf« einfällt. Es ist fünf nach zehn Uhr vormittags. Schön langsam könnte Jens kommen mit seinem 7er BMW, Audi A6 oder seiner Mercedes S-Klasse. Stattdessen biegt um zehn nach zehn ein großer LKW auf den Parkplatz und steuert direkt auf Stefan zu. Der Fahrer betätigt die Lichthupe und winkt: Jens. Der große Wagen ist überhaupt kein Audi oder BMW oder Mercedes, sondern ein 7,5-Tonner. Pech gehabt.

Jens klettert aus dem Führerhaus, gibt Stefan die Hand und führt ihn um den LKW. Mit zwei Handgriffen öffnet er die beiden Portaltüren zum Laderaum und deutet auf ein Trittbrett. Stefan hat verstanden. Er nimmt seine Sporttasche und den Laptop und steigt in den Laderaum, wo er sein Gepäck neben zwei Paletten mit verpackten Kartons stellt. Hier sollen seine Sachen sicher verstaut sein? Ganz ohne Sicherung in einem Laderaum von fünf Metern Länge? »Keine Angst, ich versuche, keine Vollbremsung zu machen«, brüllt Jens von hinten.

Der Mitfahrer springt vom Laderaum auf den Parkplatz und schaut seinem Gepäck wehmütig hinterher. Aber es bleibt ihm nichts anderes übrig, er wird sich auf Jens' Fahrkünste verlassen müssen. Andere Mitfahrer tun das auch, obwohl sie nicht bei einem Lastwagenfahrer zusteigen, der auch mitten im Winter schwarze Adiletten trägt, weil er die zum Fahren viel bequemer findet.

Immerhin, Jens hat kein umgedrehtes Nummernschild mit seinem Vornamen hinter die Windschutzscheibe. Auch aus der Schlafkoje hinter dem Fahrersitz lugen keine Poster mit nackten Playmates hervor. So ein richtig klischeehafter Brummifahrer scheint er dann noch nicht zu sein. Eher wirkt der schlanke Enddreißiger mit dem Klodeckelbart wie ein Exot in seiner Zunft: Er sächselt, wohnt im bayerischen Freilassing und fährt für eine österreichische Spedition mindestens dreimal die Woche die Strecke Salzburg – Straßburg – Salzburg. Sein Waschbeutel und die Plastikhülle seines iPhones verraten, dass er glühender Fan von 1860 München ist.

Jens lässt den Motor seines Lastwagens an und biegt gemütlich auf die Landstraße in Richtung Autobahn ab. Er fährt 80 km/h, schneller darf er mit seinem 7,5-Tonner nicht. Das kann ja heiter werden, denkt sich Stefan. Normalerweise braucht man für die Strecke Kehl – München dreieinhalb Stunden. »Ich hoffe, wir kommen in keinen

Stau«, sagt Jens. »Sonst müssen wir noch vor München anhalten und 45 Minuten Pause machen. Mit dem LKW darf ich nämlich nur viereinhalb Stunden am Stück fahren.« Brummifahrer müssen die Ruhezeiten einhalten, sonst verlieren sie ihren Job. Deshalb kontrollieren Polizisten immer sofort den Fahrtenschreiber.

Auch das noch. München scheint Stefan so weiter weg wie nie, zumal Jens die Autobahn bereits nach zehn Minuten wieder verlässt und ein Einkaufscenter neben der Ausfahrt Bühl ansteuert. »Hier gibt's die besten Leberkäs-Semmeln zwischen Straßburg und Salzburg«, sagt Jens. Er muss es ja wissen. Schließlich fährt er diese Strecke dreimal die Woche. »Kann ich dir eine mitbringen?« Stefan schüttelt mit dem Kopf. Er hat gerade gefrühstückt. Zurück am Steuer erzählt Jens, wie sehr er sich immer auf die Leberkäse-Semmeln in Bühl freut. Denn in fast jeder Raststätte auf der Strecke hat er sonst nur die Auswahl zwischen Big Mac und Whopper.

Dann dreht Jens am Radio, bis er die Frequenz von SWR1 findet. Dort ist jeden Vormittag unter der Woche für zwei Stunden jemand aus Politik, Wirtschaft oder Gesellschaft zwei Stunden lang zu Gast – ob ein ehemaliger Börsenspekulant zu Zeiten der Pleite der Lehman Brothers, ein Jäger von Plagiaten in wissenschaftlichen Doktorarbeiten oder ein ehemaliger Leibwächter von Prominenten. Heute ist es ein Professor für Finanzwirtschaft, der über den Sinn eines Rettungspakets für Griechenland spricht. Jedes Mal, wenn nach einem Musikstück die Diskussion weitergeht, dreht Jens das Radio auf. Folgt das nächste Lied, macht er das Radio leise und fängt seinerseits an, mit Stefan zu diskutieren.

›Was ist denn das für ein Lastwagenfahrer?‹, denkt Stefan. Er war davon ausgegangen, dass die alle nur die nackten Mädchen auf dem Cover der Bild-Zeitung anschauen. Doch Jens hat von Politik viel Ahnung. Nicht nur vormittags informiert er sich im SWR. Sobald sie am frühen Nachmittag die Grenze zwischen Baden-Württemberg und Bayern passiert haben, schaltet Jens sofort auf Bayern 5, einen reinen Nachrichtensender. Diesen Sender hört er dann auch die restlichen zwei Stunden bis München, obwohl sich die Nachrichten alle 15 Minuten wiederholen. Der Typ ist echt anders – und richtig cool. Stefan macht es Spaß, mit Jens zu diskutieren.

Auf der Höhe von Stuttgart überholt ihn plötzlich ein Polizeiwagen mit blinkendem Blaulicht und schert vor ihm auf die rechte Fahrspur ein. »Bitte folgen Sie dem Wagen«, lesen Jens und Stefan auf der Leuchtschrift auf dem Wagen. Das Polizeiauto biegt in einen Rasthof ab, der LKW folgt ihm auf den Parkplatz.

»Können wir mal Ihren Ausweis, den Führerschein und die Ladepapiere sehen?«, sagt der Polizeibeamte mittleren Alters ernst, als Jens die Fensterscheibe an der Fahrertür runterkurbelt. »Sie wissen schon, dass Sie nicht so einfach mit einem Riss in der Windschutzscheibe rumfahren können?«, schiebt der Polizist in seinem breiten Schwäbisch hinterher. Der Beamte hat recht. Auf der Hinfahrt nach Straßburg ist Jens ein Stein eines Kieslastwagens auf die Windschutzscheibe geknallt. Der Riss wuchs dann langsam auf zehn Zentimeter an. Bei seiner Spedition in Salzburg wollte er die Scheibe austauschen lassen.

Den Riss hatten die Polizeibeamten offenbar gesehen, als sie von einem Parkplatz aus den Verkehr mit einem Fernglas beobachteten und sofort beschlossen, den LKW anzuhalten und den Fahrer zu kontrollieren. »Zeigen Sie mir mal bitte den Fahrtenschreiber«, befiehlt der Beamte. Jens dreht einen Schlüssel am Armaturenbrett, der Fahrtenschreiber klappt nach außen auf, und Jens reicht die Pappscheibe dem Beamten. »Hier«, sagt Jens. Der Polizist mustert die schwarzen Zacken, die Jens' Geschwindigkeit anzeigen. Nicht schneller als 80, das passt. Dann überprüft er, ob Jens länger als viereinhalb Stunden gefahren ist. »Okay, das ist auch in Ordnung«, sagt der Beamte. In der Tat sind Jens und Stefan seit Kehl nicht mehr als zwei Stunden am Stück gefahren.

»Und was machen Sie hier?«, fragt der Beamte Stefan. »Ich bin der Mitfahrer«, entgegnet der. »Aha. Überprüf mal seinen Ausweis«, befiehlt der Beamte seiner hübschen Kollegin mit dem braunen Pferdeschwanz. Stefan zieht seinen Personalausweis und gibt ihn der jungen Frau. Die lächelt den Mitfahrer an und geht mit dem Ausweis zum Polizeiauto. Good cop, bad cop – gibt's also nicht nur im Film.

Der ältere Beamte wendet sich wieder an Jens. »Wo wir gerade dabei sind. Ich würde gerne auch Ihre Ladung kontrollieren. Machen Sie mir bitte die Türen hinten auf?«, sagt der Polizeibeamte. Stefan hört, wie der Mann in Uniform hinten auf der Ladefläche zu den Paletten marschiert und die Kartons öffnet. Währenddessen kommt die Polizistin an die Beifahrertür und lächelt Jens wieder an: »Alles in Ordnung.«

Nach 20 Minuten klettert der Polizeibeamte von der Ladefläche und kommt auf Jens zu. »Die Ladung ist zwar in Ordnung, aber die Lieferscheine sind nicht korrekt ausgefüllt. Dafür wird Ihre Firma eine saftige Strafe zahlen müssen. Auf Wiedersehen«, sagt er und geht mit seiner Kollegin zum Streifenwagen zurück. Glück gehabt. Jens verschwindet in der Raststätte, mit zwei Cappuccinos und zwei Wurstsemmeln kommt er zurück. »Hier, die sind zwar nicht ganz so gut wie in Bühl, aber essen kann man sie. Tut mir echt leid wegen der Kontrolle. Ich hätte die Scheibe gleich reparieren lassen sollen.« Er reicht Stefan Kaffee und Semmel. »Aber das Gute daran ist, dass die Kontrolle uns eine Dreiviertelstunde gekostet hat. Jetzt müssen wir nach viereinhalb Stunden vor München keine Zwangspause mehr machen.« Michael schmunzelt. Alles halb so wild, die Kontrolle war sogar ganz spannend.

Daniel startet den LKW und fährt langsam wieder auf die Autobahn zurück. Nach ein paar Minuten grinst er Stefan an und sagt: »Mit mir an Bord wird's einem nicht langweilig, oder?« Stefan lacht ihn an. »Das stimmt.« Seitdem fährt er jeden zweiten Montag mit Jens mit. Es ist der Beginn einer langen Fahrgemeinschaft.

24 Dumm und dümmer

Endlich mal wieder ein Wochenende mit seinen Kumpels zu Hause in Ingolstadt verbringen – seit Wochen fiebert Florian darauf hin. Und gleich heute Abend schmeißt Peter eine richtig fette Geburtstagsparty. Florian will unbedingt pünktlich zu Hause sein. Deshalb bietet er seinem Fahrer Günther an, zu ihm nach Hamburg-Harburg zu kommen. Eigentlich hatten sie Hamburg Hauptbahnhof als Treffpunkt vereinbart. Aber von Harburg aus sind sie sofort auf der Autobahn und viel schneller in Ingolstadt. Dafür geht Florian sogar früher aus der Arbeit.

Doch als er Günthers Wagen sieht, erschrickt er – ein großes Wohnmobil. Zwar ist es nagelneu und sieht schick aus, doch mit dem Ding darf Günther sicher nicht schneller als 100 km/h fahren. Na super, Florian wollte um 21 Uhr zu Hause sein, jetzt wird es wohl mindestens zehn oder halb elf Uhr. Aber Lamentieren hilft nichts. Er hätte ja vorher fragen können, was Günther für einen Wagen fährt. Immerhin, zum Partymachen wird ihm immer noch Zeit bleiben …

Auf der Autobahn gesteht Günther, dass sie unterwegs in Göttingen noch jemanden aufsammeln müssen. Auch das noch. Aber der Fahrer beruhigt Florian sofort. Der

Typ wartet in der Nähe der Autobahn. Dann geht's ja. Viel Zeit werden sie dadurch nicht verlieren.

Bis kurz vor Göttingen ist kaum Verkehr auf der Straße, das Wohnmobil kommt gut voran. Doch dann – Stau. Wenn Florian eines nicht ausstehen kann, dann sind es Staus. Die machen ihn total sauer. Er beschließt, zur Ablenkung mit Freunden zu telefonieren. Florian mümmelt sich in den Beifahrersitz und quatscht erst mit Carsten, dann mit Steve, schließlich mit Hotte. Wofür eine Handyflatrate doch gut ist ...

Eine halbe Stunde schon stockt der Verkehr. Mehr als Schritttempo ist nicht drin, oft steht das Wohnmobil. Aus dem Augenwinkel sieht Florian das Autobahnausfahrtsschild »Göttingen«; ganz langsam rollen sie dran vorbei, bleiben aber weiter auf der Autobahn. Florian denkt sich nichts dabei. Gibt bestimmt noch mehr Ausfahrten in Göttingen. Günther wird schon wissen, wo er rausfahren muss, um den anderen Typen einzusammeln.

20 Minuten später löst sich der Stau langsam auf. Florian atmet auf. Endlich. Auf einmal haut sich Günther mit der flachen Hand auf die Stirn. »Scheiße, kann das sein, dass wir schon an Göttingen vorbei sind?« Erschrocken dreht sich Florian zu seinem Fahrer hin. »Weiß ich nicht, du bist der Fahrer.« Der schüttelt den Kopf. »Ich glaube, wir sind zu weit gefahren.« Sofort fällt Florian das Ausfahrtsschild von vorher wieder ein. Verdammter Mist. Wer kann denn ahnen, dass der keinen blassen Schimmer hat, wo er den Typen abholen soll?

»Bei der nächsten Ausfahrt drehe ich um und fahre zurück«, sagt Günther.

»Was soll der Scheiß?« Frank ist geschockt. Wenn Günther das macht, verlieren sie so viel Zeit, dass Frank die Feier vergessen kann. »Ich hab es eilig, ich will unbedingt auf die Party von 'nem Kumpel.«

»Ich habe aber mit Hugo ausgemacht, dass ich ihn mitnehme. Da stehe ich zu.«

»Wenn wir jetzt zurückfahren, dann kostet uns das enorm viel Zeit, bis wir bei Hugo sind. Und dann fahren wir wieder in denselben Stau. Dann kann ich die Party vergessen. Und darauf habe ich überhaupt keinen Bock.«

»Aber ich habe es Hugo versprochen.«

»Ich habe meinem Kumpel Peter auch versprochen, zu seiner Geburtstagsfeier zu kommen. Ruf Hugo doch an, und erklär' ihm die Situation. Sag, dass es dir unendlich leidtut, aber dass wir jetzt leider vorbeigefahren sind und keine Lust auf denselben Stau haben.«

»Nein, auf keinen Fall, so ein Arschloch bin ich nicht.«

»Aber mir gegenüber verhältst du dich wie ein Arschloch. Ich hatte dir gleich gesagt, dass ich's eilig habe. Deshalb bin ich dir ja auch bis Harburg entgegengekommen, Mann.«

»Jetzt reg dich nicht so auf. Ich bin der Fahrer, und ich sage, dass wir den Hugo jetzt abholen.«

»Das ist echt richtig scheiße von dir.« Florian ist total sauer. Er hatte sich so auf die Party gefreut. Nur weil dieser Penner keine Schilder lesen kann, versaut er ihm den schönen Abend.

An der nächsten Ausfahrt fährt das Wohnmobil ab und kehrt um. Schmollend verschränkt Florian die Arme, Günther schaut er gar nicht mehr an, stattdessen dreht er sich demonstrativ zur Seite. Eine Viertelstunde später sieht er wieder das Ausfahrtsschild »Göttingen«, doch diesmal auf der anderen Autobahnseite. Hoffentlich steht der Kerl wirklich gleich an der Ausfahrt.

Doch kurz nach der Ausfahrt kramt Günther im Handschuhfach. Es dauert ein bisschen, bis er sein Navi gefunden und an die Frontscheibe gepappt hat. »Wofür brauchst du denn ein Navi? Du hast doch gesagt, dass dieser Hugo gleich bei der Ausfahrt auf uns wartet.«

Kleinlaut gibt Günther zu, dass das nicht wahr ist. »Er hat mir gesagt, dass er in der Nähe der Autobahn wohnt. Dort holen wir ihn ab.« So ein Lügner, was ist denn das für eine Pfeife? Florian schüttelt den Kopf. Das nächste Mal fährt er wieder Bahn, da hat er Ruhe vor solchen Pennern.

Günther versucht, das Navi einzuschalten. Doch es bleibt schwarz. Mehrmals drückt er auf den »On«-Schalter, aber nichts tut sich. »Äh, ich fürchte, dass mein Navi den Geist aufgegeben hat.« Auch das noch. Und wie sollen sie jetzt Hugo finden? Das kann dauern, denn keiner von beiden war jemals in Göttingen. »Ruf Hugo doch wenigstens an. Der soll da hinkommen, wo wir sind. Dann können wir endlich weiterfahren.« Florian versucht, an Zeit zu retten, was noch zu retten ist. Doch Günther schüttelt den Kopf, er will Hugo abholen – wie versprochen. Aber anrufen ist natürlich trotzdem sinnvoll.

Falsch gedacht. Eine Dreiviertelstunde irren Günther und Florian durch Göttingen, ohne die Elburger Straße zu finden, wo Hugo wohnen soll. Alle zehn Minuten ruft Günther ihn an. Er sagt ihm, wo sie sich gerade befinden, Hugo versucht, sie zu sich zu führen. Doch vergeblich. Erst nach 45 Minuten finden sie die Elburger Straße. Florian versucht, ruhig zu bleiben, doch innerlich kocht er. Die Geburtstagsparty mit seinen Jungs kann er todsicher vergessen.

Endlich stehen sie vor Hugos Haus. Doch der steht noch nicht mal vor der Tür, um auf sie zu warten. Günther muss ihn rausklingeln, nach fünf Minuten stapft er gemächlich zum Wohnmobil und steigt ein. Das kann doch alles nicht wahr sein. Hat es denn hier niemand eilig? Florian muss sich auf die Zunge beißen, um nicht auszurasten. Zumal genau das eintritt, was er vorausgesehen hat. Das Wohnmobil fährt zurück auf die Autobahn und reiht sich wieder hinten in den Stau ein. Noch eine halbe Stunde vergeht, bis sie endlich wieder normal weiterfahren können.

Florian hat jetzt genug von Günther. Er schnallt sich vom Beifahrersitz ab und geht nach hinten. »Was machst du denn da?« Günther ist verwundert. »Erst fährst du an der Ausfahrt vorbei, dann irren wir fast eine Stunde durch Göttingen, weil du dein Navi nicht bedienen kannst, und schließlich stehen wir wieder im selben Stau. Sorry, aber ich hab jetzt echt keine Lust mehr auf dich.« Sprachlos starrt ihm Günther hinterher. Florian legt sich auf eine Bank im hinteren Teil des Wohnmobils. Sehr schnell pennt er ein. Wenigstens etwas.

Kurz vor Ingolstadt wacht er wieder auf. In Harburg hatte er Günther angeboten, ihn am Rasthof Ingolstadt aussteigen zu lassen. Einer seiner Kumpels könne ihn von dort problemlos abholen – und Günther muss dann nicht umständlich durch die Innenstadt kurven. Doch mittlerweile ist es zwei Uhr morgens. Florian weiß: Von seinen Kumpels auf Peters Geburtstagsparty kann jetzt keiner mehr fahren. Und Florian hat auch keine Lust mehr darauf, Günther einen Gefallen zu tun. Der hat ihm den ganzen Mist eingebrockt, jetzt soll er ihn auch nach Hause fahren. Schließlich hat er Hugo auch mitten in Göttingen abgeholt.

Doch Günther denkt gar nicht daran, den Plan zu ändern. Stattdessen hält er am Rasthof Ingolstadt an. »Ich kriege dann 30 Euro von dir«, sagt er zu Florian. Der kann es nicht fassen. Nicht nur, dass Günther ihm nicht mal angeboten hat, ihn direkt nach Hause zu fahren. Er verlangt auch noch den vollen Fahrpreis trotz der ganzen Verspätung. Denn statt der kalkulierten sieben Stunden sitzt Florian bereits dreieinhalb Stunden mehr in dem Wohnmobil. Sein ganzer Ärger flammt sofort wieder auf. Was ist dieser Günther für ein Vollidiot? Na, warte, der bekommt schon noch sein Fett weg …

Florian packt seinen Rucksack, fingert 5 Euro aus seinem Geldbeutel und drückt sie Günther in die Hand. »Hier. Sei froh, dass du überhaupt was von mir bekommst. Du hast mir den ganzen Abend versaut.« Verwirrt glotzt Günther ihn an. »Für den Stau konnte ich doch nichts ...« – »Am ersten Stau hattest du wirklich keine Schuld, aber du bist dafür verantwortlich, dass wir an der Ausfahrt vorbeigefahren sind, umdrehen mussten und dann wieder in denselben Stau gefahren sind. Und dann bist du auch noch zu blöd, ein Navi zu bedienen. Du hast mir die Party versaut. Und dann bietest du mir nicht mal an, mit dem Fahrpreis runterzugehen. Nicht mal nach Hause fährst du mich mitten in der Nacht. Sorry, da hast du nichts anderes verdient!«

Entschlossen macht Florian die Tür auf und geht. Günther mosert, doch es ist zwecklos. Von Florian kriegt er nix mehr. Wütend lässt Günther den Motor wieder an und fährt Richtung München. Derweil ruft sich Florian ein Taxi. Für acht Euro bringt es ihn nach Hause. Insgesamt hat er für die Fahrt nun 13 statt 30 Euro gezahlt. Immerhin, grinst Florian, so billig ist er von Hamburg noch nie nach Hause gekommen.

25 Ein Akt der Nächstenliebe

Die Hälfte ihres Umzugs hat Doro schon geschafft. Immerhin, Bett, Schrank und Schreibtisch stehen bereits in ihrer kleinen Studentenbude in der WG in Göttingen. Sie hat die Möbel auseinandergebaut und mit dem VW-Bus eines Freundes transportiert. Die Kisten mit Büchern und Klamotten und der Schreibtischstuhl haben nicht mehr reingepasst. Auch ihre beiden Katzenbabys mussten erst mal bei Mama in Paderborn bleiben. Egal, denkt sich Doro. Leih' ich mir den Wagen eben in zwei Wochen noch mal und schaff' dann den Rest nach Göttingen.

Doch Doro hat die Rechnung ohne ihre Mutter gemacht. Die setzt ihrer Tochter plötzlich die Pistole auf die Brust. Entweder sind Kisten, Stuhl und Katzen in zwei Tagen weg, oder sie steckt die Kätzchen ins Tierheim und wirft die Kisten auf den Müll. Doro bettelt. Nur noch zwei Wochen, dann kann sie sich den VW-Bus von Dirk ausleihen. Vorher geht's nicht, weil er gerade damit in Spanien ist. Doch ihre Mutter bleibt hart. Sie will endlich wieder Platz im Keller, schon viel zu lange hatte Doro ihren Kram dort. Schließlich stehen die Sachen schon seit einem Jahr da, als sie zu einem Erasmus-Austausch nach Rom aufbrach. Jetzt reicht's der Frau Mama.

Es ist Sonntagabend im erzkatholischen Paderborn, für

den nächsten Tag hat sie schon eine Mitfahrgelegenheit – aber nur für sich selbst, nicht für die Möbel. Und ein eigenes Auto, mit dem sie ihr Zeug und die Katzenbabys transportieren könnte, hat sie auch nicht. Morgen einen Transporter mieten? Kommt nicht in Frage. Der kostet mehrere hundert Euro, die kann sie sich nicht leisten. Hhm, hatte ihr Fahrer Jörg nicht am Telefon gesagt, dass er außer ihr keine weiteren Mitfahrer hat …?

Doro schaut auf ihr Gepäck: Vier große Umzugskisten, ein Stuhl, ein Körbchen mit ihren beiden Lieblingen und ein Katzenklo. Könnte gerade so in ein Auto reinpassen … Sie muss es einfach versuchen. Vielleicht muss sie diesen Jörg ordentlich belabern oder sogar angraben. Egal. Hauptsache, er macht ihren Umzug. Am Telefon hatte Jörg schon gesagt, dass er im Priesterseminar in Paderborn ist. Perfekt. Da wird er sie doch nicht einfach mit ihrem ganzen Zeug stehen lassen. Wo bliebe denn da die Barmherzigkeit? Und heißt es nicht schon in der Bibel: Du sollst Deinen Nächsten lieben wie Dich selbst? Na also. Sie will sich ihm als naives, schüchternes Mäuschen präsentieren. Wie die Unschuld vom Land möchte sie ihn Stück für Stück dazu bringen, ihren ganzen Krempel mitzunehmen.

Morgens um neun steht Doro vor der Haustür ihrer Eltern. Die Umzugskisten hat sie noch im Hausflur gelassen. Jörg soll nicht gleich einen Herzinfarkt kriegen, wenn er ihr ganzes Zeug sieht. Pünktlich auf die Minute kommt er an. Doch als Doro sein Auto sieht, erschrickt sie. Ein alter, kleiner Ford Fiesta.

Doro schluckt, dann atmet sie tief durch. Egal, irgendwie wird es schon funktionieren. Es muss einfach. Sie setzt ihr schönstes Lächeln auf, blinzelt Jörg immer wieder an, um dann wieder schüchtern auf den Boden zu sehen. »Du …«, fängt sie an. »Ich hab da … ein bisschen … mehr Gepäck.« Mehr Gepäck ist stark untertrieben, sie will Jörg einen Umzug andrehen. »Kein Problem. Wir sind ja nur zu zweit.«

Puh! Der erste Schritt ist geschafft. Doch jetzt muss Doro Jörg irgendwie klarmachen, dass sie kein normales Gepäck hat, sondern mehrere Umzugskisten mitnehmen will. »Es ist so … meine Mutter … die will meine Bücher … wegwerfen … wenn ich sie nicht mitnehme …« Verschämt schaut Doro ihren Fahrer an. Der nickt nur. »Bücher sind wichtig. Wo sind sie denn? Ich helfe dir beim Tragen.«

Doro grinst, das läuft ja wie am Schnürchen. Jetzt darf Jörg nur nicht erschrecken, wenn er die vier Kisten und den Schreibtischstuhl im Flur sieht. Doro öffnet die Haustür, sieht Jörg ängstlich an – doch der reagiert gar nicht. Mechanisch trägt er nacheinander alle Kisten zum Auto. Irgendwie schafft er es, zwei im Kofferraum zu verstauen und zwei auf die Rückbank zu packen. Dann schraubt er den Schreibtischstuhl auseinander und quetscht die Einzelteile dazwischen.

Mittlerweile hat Doro ihre beiden Kätzchen auf dem Arm und streichelt sie. Sie hofft, dass Jörg bei dem Anblick weich wird und sie auch noch einpackt. »Ähem … die müssten auch noch mit … irgendjemand hat sie ausgesetzt«, sagt sie und blinzelt ihn an. »Das ist ja eine richtige Gemeinheit, die armen Kätzchen«, entgegnet der Priester in spe. »Ach ja … dann hätte ich da noch das Körbchen … und das Katzenklo.« Doro lächelt ihn ängstlich an. Ohne mit der Wimper zu zucken, verfrachtet er die letzten beiden Gepäckstücke auf die Umzugskisten im Kofferraum. Unglaublich. Der Typ lässt wirklich alles mit sich machen. Der nimmt das Gebot Nächstenliebe aber verdammt ernst.

Langsam geht Doro mit den Kätzchen zum Beifahrersitz. Der Fiesta ist rappelvoll. Mann, jetzt ist ihr die ganze Sache doch richtig peinlich. Eigentlich hat sie ja nur eine

Mitfahrt für sich gebucht, aber in Wirklichkeit macht Jörg ihren ganzen Umzug. Unterwegs weiß sie nicht, was sie mit ihm reden soll, und traut sich auch nicht, ihn anzuquatschen, weil es ihr verdammt unangenehm ist, dass sie ihn so ausnutzt. Jörg scheint selbst sehr schüchtern zu sein. Er wirkt ganz nett, ist halt kreuzbrav.

Doro streichelt ihre beiden Kätzchen. Zwei Monate sind die beiden Wollknäuel alt, der eine, Tommi, ist schwarz-weiß, die andere, Mimi, hellgrau getigert. Die beiden schmiegen sich aneinander. »Die sind aber putzig«, sagt Jörg. Putzig. Wie lange hat Doro dieses Wort nicht mehr gehört? Grundschule? Egal, Hauptsache Jörg sagt was. Dann fängt Jörg an, von seinem Beruf zu reden. Er schwärmt geradezu vom lieben Gott und betont, wie viel er ihm bedeute. Das kann Doro nicht wirklich nachvollziehen, aber meine Güte, wenn es Jörg glücklich macht … Dann erzählt er ihr, dass ihm die Seelsorge so viel Freude bereite. Dass ein junger Mensch Mitte 20 das Wort »Seelsorge« in den Mund nimmt, findet Doro lustig. Der Letzte, von dem sie es gehört hat, war Pfarrer Stinz im Religionsunterricht. In der fünften Klasse …

Anderen Menschen zu helfen, das mache ihm so richtig Spaß, fährt Jörg fort. Doro nickt heftig. Genau das erlebt sie gerade in Echtzeit. Kein Wunder, dass Jörg vollkommen klaglos ihren Umzug macht. Das sieht der nicht nur als seine Pflicht als guter Christenmensch an, sondern der findet das auch noch toll. Unfassbar, und ziemlich praktisch …

Dann beschreibt Jörg das Priesterseminar. Er erzählt, wie sehr ihn das Leben mit Gott erfülle. Und wie schön die Gemeinschaft mit den anderen Brüdern sei. Doro schüttelt den Kopf. Sofort muss sie an die Nachrichten denken, überall ist davon die Rede, wie Mönche in Klöstern Schüler missbrauchen oder Pfarrer sich an Kindern vergehen. ›Die sind doch alle schwul‹, denkt sie. Aber stopp. Nur weil Jörg Priester wird, heißt das noch lange nicht, dass er schwul ist und kleinen Jungen an die Wäsche will.

Doro schämt sich, dass sie Jörg so etwas zutraut. Und kommt sich gleich noch schäbiger vor. Der Typ ist so nett und hilfsbereit. Von Hinterlist und Argwohn hat der noch nie was gehört. Sie dagegen ist so ein durchtriebenes Luder. ›Ich muss mich irgendwie bei ihm entschuldigen‹, denkt sie. Doch dann schwankt sie wieder. Der merkt gar nicht, dass ich ihn nach meiner Pfeife tanzen lasse. Er ist einfach glücklich, dass er einem armen kleinen Mädchen wie ihr helfen kann.

Und diese Hilfe braucht Doro heute genau noch ein einziges Mal. Denn ihr ganzes Zeug muss in Göttingen noch in den dritten Stock hoch. Ohne Aufzug. Alleine schafft sie das nicht. Aber Jörg … Irgendwie muss sie ihn dazu bringen, die Sachen nach oben zu tragen. ›Ich bin wirklich ein Miststück.‹ Doro überlegt, ihm mehr für die Fahrt zu zahlen. Aber nimmt ein Mann Gottes überhaupt mehr Geld? Beleidigt ihn das nicht eher?

Je näher sie ihrem Ziel kommen, desto mehr denkt Doro an den letzten Akt. Einmal muss sie ihn noch bezirzen, dann hat sie es geschafft. Der Fiesta fährt durch Göttingen, dann sind sie da. Langsam steigt die Mitfahrerin mit den beiden Kätzchen im Arm aus. Jörg lädt ihre Sachen aus. ›Wie stelle ich es am geschicktesten an?‹, überlegt sie. ›Soll ich ihn fragen, ob er oben noch was trinken will?‹ Bloß nicht, schrickt sie zurück. Nicht, dass er denkt, sie will was von ihm. ›Wenn ich einfach sage, dass ich Rückenschmerzen habe?‹ Das ist zwar gelogen, aber sauschwer sind die Kisten schon. Jedenfalls zu schwer für Doro.

»Darf ich dir helfen, die Sachen in deine Wohnung zu schaffen?«, erkundigt sich Jörg. Doro strahlt, am liebsten hätte sie ihn umarmt. Besser geht's nicht. Jetzt muss sie ihn nicht mal mehr fragen. Ohne Murren läuft Jörg ein halbes Dutzend Mal in den dritten Stock, bis alle Kisten, Stuhlteile und Katzen endlich oben sind. Völlig außer Atem kommt Jörg nach 15 Minuten mit dem Katzenklo und dem Körbchen unterm Arm oben an. »So«, keucht er. »Das müsste alles sein.«

»Vielen Dank, das ist wirklich wahnsinnig nett von dir.« Doro lächelt ihn an, Jörg freut sich. »Kein Problem. Habe ich doch gerne gemacht. Meinen Mitmenschen helfe ich doch gerne.« Es ist unglaublich, aber er meint das wirklich ernst mit der Nächstenliebe. Mehr Geld will sie ihm jetzt nicht mehr anbieten. Das würde ihn nur kränken. Dann verabschiedet sich Jörg. »Übrigens, wenn du wieder mal mitfahren willst, melde dich. Meine Nummer hast du ja. Ich freu mich.« Dann drückt er Doro die Hand.

Fassungslos schaut sie Jörg nach, als er die Treppen nach unten steigt. Der Typ hat gerade ihren Umzug gemacht, obwohl sie ihm vorher davon nichts gesagt hat. Und er ist nicht die Spur sauer. Im Gegenteil, es hat ihm solche Freude gemacht, dass er sie wieder mitnehmen würde. Das ist schier unglaublich. Doro schämt sich, weil sie ihn so schäbig ausgenutzt hat. Dann nimmt sie ihr Handy und löscht Jörgs Nummer. Sie will seine Gutmütigkeit nicht noch einmal so übel missbrauchen. Das hätte er nicht verdient – und ihr wäre es peinlich.

26 Vom Regen in die Traufe

»Das hätt'ste aber auch echt anmelden können, dass du so einen großen Rucksack hast!« Sandros Stimme klingt ernst. »Äh, sorry, aber ... der ist ja gar nicht voll ... und ... ich kann ihn notfalls auch auf den Schoß nehmen«, stammelt Michael verblüfft und legt seinen Rucksack in den Kofferraum des Kombis. Dort ist noch sehr viel Platz. ›Was ist das denn für einer?‹, denkt sich Michael. Erst bestellt er seine Mitfahrer im strömenden Regen nachts an eine einsame S-Bahn-Station nördlich von München – und zwar genau um 21 Uhr, so dass jeder Mitfahrer 20 Minuten im kalten Regen warten muss, weil die S-Bahn nur alle 40 Minuten fährt. Und dann regt er sich über meinen Rucksack auf. So ein komischer Typ, zumal der Mann mit den dünnen, schulterlangen Haaren ihn nicht ansieht, als er mit ihm spricht.

Nacheinander packen auch die anderen drei Mitfahrer ihre Sachen in den großen Kofferraum. Der Platz reicht locker. Dann gehen die Mitfahrer nach vorn, um in den Kombi einzusteigen. »Halt«, sagt der Mann namens Sandro und schaut wieder auf den Boden. »Bevor ihr einsteigt, müsst ihr alle das hier ausfüllen und unterschreiben!« Der Mittvierziger reicht den vier Mitfahrern kleine Din-A5-Blätter, auf denen geschrieben steht:

Hiermit bestätige ich, den Fahrer von jeglicher Haftung auszunehmen. Ich reise bei dieser Mitfahrgelegenheit auf absolut eigene Gefahr mit.

Datum und Unterschrift.

Konsterniert blicken sich die vier Mitfahrer an. Was sie da unterschreiben sollen, ist ein vollständiger Haftungsausschluss. Für den Fall, dass der Fahrer einen Unfall baut, können die vier Insassen ihn nicht auf Schadensersatz verklagen. Michael fährt oft mit der Mitfahrgelegenheit, aber so was ist ihm noch nie untergekommen. Auch die anderen drei Mitfahrer sind irritiert. Sie beratschlagen sich: Was soll das? Was bedeutet vollständiger Haftungsausschluss? Was machen wir? Unterschreiben wir oder nicht?

Michael geht zu seinem Fahrer und sagt: »Entschuldigung, das kann ich jetzt nicht unterschreiben.« Der schaut an ihm vorbei auf den Boden und antwortet. »Dann nehm' ich dich nicht mit.« Ein paar Sekunden später fügt er hinzu. »So jetzt, alle unterschreiben und einsteigen, ich will endlich losfahren.« Drei Mitfahrer – eine Meinung: Bei so einem will ich nicht mitfahren. Allerdings ist es neun Uhr abends an einem regnerischen Sonntagabend in einem Vorort von München. Jeder will unbedingt heute noch nach Köln.

Schweren Herzens unterschreibt jeder Mitfahrer und steigt ein. Selbst wenn man unterschreibt, kann der Fahrer nicht völlig aus dem Schneider sein, wenn er grob fahrlässig fährt. Aber sicher ist sich Michael nicht. Dann fährt der schwarze Kombi los. Im Inneren herrscht eisiges Schweigen. Jeder ist sauer auf den Fahrer und hofft, dass nichts passiert.

Der Kombi biegt auf die Autobahn und fährt Richtung Nürnberg. Sandro lenkt den Wagen auf die Überholspur und beschleunigt auf 150 km/h. Ein paar hundert Meter vor ihm biegt ein langsamer Golf auf die Überholspur. Jeder normale Fahrer würde jetzt langsam vom Gas gehen und warten, bis der Golf die Überholspur wieder verlässt. Doch der Fahrer des schwarzen Kombis scheint den Wagen vor sich überhaupt nicht wahrzunehmen. Ungebremst rast er auf den langsameren PKW zu. Erst kurz vor ihm bemerkt der Fahrer den Golf, bremst scharf und gibt wieder Gas, sobald der Volkswagen auf die mittlere Spur zurückgekehrt ist.

So spät und hektisch reagiert der Fahrer jedes Mal, wenn ein anderes Fahrzeug vor ihm auf die Überholspur fährt. Auch das noch, denkt sich Michael. Erst lässt er uns einen Haftungsausschluss unterschreiben, und dann fährt er unsicher. Der Mann hinter dem Lenkrad beginnt in seiner Hemdtasche zu nesteln, zieht eine Packung Zigaretten heraus und versucht sich eine anzuzünden. Freihändig auf der Überholspur! Alles starrt nervös auf den Fahrersitz. Schließlich schafft es Sandro. Mit der linken Hand raucht er, die rechte hat er am Lenkrad. Die Asche seiner Zigarette fällt ihm auf die Hose. Sofort nimmt er die Hand vom Lenkrad und wischt sich die Asche ab. Nach vorne auf die Straße schaut er gar nicht mehr, ist nur noch auf die Asche auf der Hose konzentriert. Der Wagen macht einen Rechtsschlenker und kommt auf die mittlere Spur. Die Nervosität bei den Mitfahrern steigt.

Plötzlich piept es. Der Fahrer hat eine SMS bekommen. Er nimmt die Zigarette in den Mund, hält das Lenkrad mit der linken Hand, legt das Handy auf seinen Schoß und beantwortet die Kurznachricht mit der rechten Hand. Ein Linksschlenker diesmal, die Leitplanke kommt bedrohlich nahe. Entsetzt starren die vier Insassen ihren Fahrer an, doch der schreibt die SMS seelenruhig zu Ende. Als er das Handy auf das Armaturenbrett zurücklegt, atmen alle auf.

Doch nicht lange. Ein paar Minuten später – er raucht gerade die nächste Kippe – klingelt sein Handy. Zigarette in der linken Hand, Handy zwischen Ohr und rechter Schulter – so vereinbart er seine nächste Mitfahrgelegenheit. Morgen will er von Köln wieder nach München fahren. Dann deutet er mit seinem rechten Zeigefinger auf seinen Beifahrer. Wieder fährt er freihändig. Der Beifahrer versteht nicht, was er will. »Hast du einen Stift und einen Zettel? Ich muss kurz was notieren«, ruft der Fahrer und spricht weiter ins Handy. Der Beifahrer zückt einen Kugelschreiber, reißt eine Seite aus seinem Filofax und reicht dem Fahrer beides. Der nimmt seine Zigarette in den Mund, hält das Lenkrad mit links, quetscht das Handy ans Ohr und presst den Zettel mit rechts auf das Lenkrad – direkt auf den Airbag. Während er sich Namen und Telefonnummer des Anrufers notiert, macht das Auto wieder einen Schlenker nach rechts auf die mittlere Spur. Die Mitfahrer halten den Atem an.

Michael sitzt in einem Auto, dessen Fahrer gleichzeitig raucht, telefoniert, sich etwas notiert und dabei mit 150 km/h auf der Überholspur fährt. Und bei dem hat er auch noch einen Haftungsausschluss unterschrieben! ›So geht's nicht weiter‹, sagt sich Michael. ›Ich muss etwas sagen.‹ Denn er merkt, wie er und die anderen Mitfahrer immer nervöser werden.

Nachdem der Fahrer zu telefonieren aufgehört hat, sagt Michael: »Es tut mir leid, aber mir ist unwohl. Du fährst mit Kippe, Telefon, notierst nebenbei noch was, fährst auf der linken Spur mit 150 km/h und überholst. Das finde ich zu krass.« Es sei kein Problem, wenn er einen Anruf bekomme, fügt Michael hinzu. Aber in diesem Fall könne er ja auf einen Rastplatz fahren oder auf die rechte Spur wechseln und nur 90 fahren. Dann könne er den Mitfahrern diktieren, wenn er etwas notieren müsse.

Der Mann mit den schulterlangen Haaren wird zornig. »Was regst du dich denn so auf? Ich bin ein sicherer Fahrer. Entspann dich mal!« Außerdem solle Michael ruhig sein. Erst bringe er zu viel Gepäck mit, dann stelle er auch noch Ansprüche. »Entschuldige bitte«, sagt Michael ganz ruhig und freundlich. »Ich wollte dich nur darum bitten, nicht alles gleichzeitig zu machen, während du fährst.« Die anderen Mitfahrer nicken. Der Student neben Michael sagt: »Das finde ich auch.« Missmutig drückt der Fahrer seine Zigarette aus und legt beide Hände an den Lenker. Er hat gemerkt, dass alle auf Michaels Seite sind. Immerhin.

Danach herrscht völlige Stille im schwarzen Kombi. Keiner unterhält sich. Doch der Fahrer mit den schulterlangen Haaren scheint seine Lektion gelernt zu haben. Er fährt deutlich konservativer, hat beide Hände am Lenkrad und telefoniert und raucht nicht mehr gleichzeitig. Ganz langsam entspannt sich die Stimmung im Auto. Auch Michael ist wieder ruhig und schläft zufrieden ein.

Doch zwischen Frankfurt und Köln bimmelt das Handy des Fahrers wieder. Wie es der Zufall will, rauchte er gerade. Er nimmt die Kippe in den Mund, klemmt das Handy zwischen Ohr und rechte Schulter und schreibt wieder etwas auf den Zettel, den er auf das Lenkrad presst. Der Wagen nähert sich der linken Leitplanke, dann macht das Auto einen Schlenker in die Mitte. Michael ist sofort hellwach. Geht das schon wieder von vorne los? Er merkt, wie die Wut in ihm aufsteigt. Dann fällt dem Fahrer der Kugelschreiber aus der Hand. Er versucht, ihn auf dem Boden unter dem Lenkrad zu finden. Währenddessen schlingert der Wagen nach rechts. Das Mädchen auf der Rückbank neben Michael beginnt zu murren. Dann gibt der Fahrer die Suche nach dem Kugelschreiber auf und sagt ins Telefon: »Sorry, ich muss jetzt aufhören. Ich hab' so unentspannte Mitfahrer dabei. Da kann ich jetzt nicht weitertelefonieren.«

Neben ihm hört Michael ein entrüstetes »Boah!«. Die junge Mitfahrerin, Anfang 20, kann nicht fassen, was der Fahrer gerade von sich gegeben hat. Michael ist stocksauer. »Wenn Sie das noch einmal machen, will ich an der nächsten Raststätte sofort aussteigen. Ich werde dann auf keinen Fall etwas bezahlen, so wie Sie fahren, das ist grob fahrlässig. Ich behalte mir vor, Sie deswegen anzuzeigen.« Michael hat sich in Rage geredet, dann beruhigt er sich und blickt den Fahrer finster an.

Im Wagen ist es totenstill. Michaels Worte haben gewirkt. Mehrmals klingelt das Telefon noch auf dem Weg nach Köln, doch er geht nicht mehr dran. Und raucht auch nicht mehr. Er fährt normal, meidet die linke Spur und überholt nur, wenn ein Lastwagen vor ihm langsam fährt. Wortlos drücken die Mitfahrer Sandro das Geld in die Hand, dann verschwindet er. Michael ist froh, dass er heil in Köln angekommen ist. Seine Drohung hat funktioniert. Wenn's um Geld geht, schmunzelt er, wird anscheinend selbst der größte Vollidiot zum rücksichtsvollen Autofahrer.

27 Neuland für den Weltenbummler

Ein Freund der geregelten Arbeit ist Georg noch nie gewesen. Das gibt er selbst zu. Gelernt hat der Mann mit den langen Dreadlocks Mechaniker in einer Kfz-Werkstatt in seinem Heimatdorf am Niederrhein. Doch schnell überwarf er sich mit seinem Chef und flog raus. Danach tingelte er durch die Welt. Ein Jahr Indien, vier Monate Australien, ein halbes Jahr Marokko. Mit Gelegenheitsjobs schlug er sich durch, meist heuerte er für ein paar Wochen in irgendeiner Werkstatt an.

Mit Ende 20 kehrte der lange, hagere Mann für ein paar Wochen nach Deutschland zurück. Dort kaufte er sich einen alten VW Bulli, Baujahr 1978. Der orangefarbene Bus ist sein Ein und Alles – in ihm wohnt, schläft, isst und reist er. Eine kleine Küche hat er sich im Fond eingerichtet, zwischen ihr und der Heckklappe hat er zwei Matratzen gepackt. Sein Bett. Vier Jahre reiste er so kreuz und quer durch Europa. Dabei reparierte er Motorräder in Kroatien, Autos in Italien oder Lastwagen in Frankreich. Immer blieb er nur ein paar Monate und zog weiter ins nächste Land.

Doch jetzt ist der Weltenbummler wieder zurück in Deutschland. Und dort will er auch bleiben. Die Jahre in der Fremde waren zwar schön, neue Kulturen, andere

Menschen und so. Dabei hat er sich auch selbst geändert, behauptet er. Er gehe viel offener und schneller auf Leute zu als früher. Aber nach fast sechs Jahren ist Schluss mit der Reiserei. Jetzt will er sich in Deutschland eine Existenz aufbauen. Ehrenwort.

Keine 20 Minuten sitzt Jakob in dem orangefarbenen Bus, schon kennt er Georgs Lebensgeschichte. Zu Wort kommt er selbst gar nicht, nur der Typ mit den Dreadlocks quatscht. Doch das stört Jakob nicht. Denn als Ethnologiestudent interessieren ihn die Erzählungen über die anderen Länder und fremden Kulturen. Er lernt sozusagen am lebenden Objekt. Einen echten Aussteiger, einen Weltenbummler, hat er noch nie kennengelernt.

Gemeinsam fahren die beiden von Duisburg nach Gießen. Dort will Georg zusammen mit einem Kumpel eine eigene Kfz-Werkstatt gründen. Sein eigener Chef sein, sich von niemandem was sagen lassen müssen – das ist es! Entschlossen trommelt er mit der rechten Faust auf das Lenkrad. Mit solchen Gesten oder Satzfetzen wie »ich schwöre« oder »Ehrenwort« macht er ganz klar, wie ernst es ihm damit ist. Oder ist er sich doch nicht ganz so sicher und will sich deshalb selber pushen?

Georg greift auf das Armaturenbrett zu seinem Tabak. Mit einer Hand schafft er es, ihn auf dem Paper zu verteilen. Während er dreht, lenkt er kurze Zeit mit seinen beiden Oberschenkeln. Das macht er sicher nicht zum ersten Mal, davon ist Jakob überzeugt. Die Technik hat er sich bestimmt bei seiner Europareise angeeignet. Schließlich drückt Georg auf den Zigarettenanzünder und fängt an zu rauchen. Ein bisschen enttäuscht ist Jakob schon. Bei einem Typ mit solchen Dreadlocks hätte er schon einen Joint erwartet.

Auch Georgs Bulli wirkt wie die reinste Kifferhöhle. Im ganzen Bus stinkt es nach Räucherstäbchen. Aus den Boxen quillt tranceartige Musik, mal ist sie ruhiger, dann rappiger. Für Leute, die gerade gekifft haben, wäre sie sehr chillig, denkt Jakob. Irgendwie scheint das Lied auf Endlosschleife zu laufen. Eine hölzerne Buddhastatue hat Georg über dem Autoradio auf das Armaturenbrett geklebt. Darunter ist ein Bild einer indischen Gottheit. Ist das Vishnu oder Shiva? Keine Ahnung.

Georg grinst, weil er merkt, wie Jakob die Holzstatue anstarrt. »Das ist Brahma, der Gott der Schöpfung ... War schon echt krass in Indien.« Er erzählt von den Drogenräuschen in Goa, aber auch der Armut in den Slums von Kalkutta. Er schwärmt von der Bergwelt in Kaschmir und der pulsierenden Metropole Mumbai. »Weißte, Indien ist halt echt voll vielseitig«, erzählt er. Deshalb blieb er dort auch ein Jahr.

»Willste 'nen Kaffee?« Jakob nickt. Er hat viel Zeit, deshalb macht es ihm gar nichts aus, dass Georg an der nächsten Raststätte rausfährt. Doch der denkt gar nicht daran. Stattdessen deutet er auf eine kleine Dose mit Kaffee-Pads. »Nimm dir eins raus und pack es in die Kaffeemaschine, die steht hinter meinem Sitz.« Wow, einen selbstgemachten Kaffee während der Autofahrt hatte Jakob auch noch nie. Er klettert vom Beifahrersitz in den Fond des Busses. Neben einer Bank ist hier eine kleine Küche mit zwei Herdplatten zu sehen. Daneben steht ein flacher Schrank mit Tassen und Tellern. Darauf die Kaffeemaschine, in die Jakob das Pad legt. »So, jetzt musst du nur noch eine Tasse drunterstellen und auf das Knöpfchen drücken«, brüllt Georg von vorne.

Jakob ist beeindruckt. Von außen sieht der Bulli aus, als würde er gleich auseinanderfallen. Jede noch so kleine Steigung auf der Autobahn ist für ihn fast zu viel. Mühsam quält er sich mit 40, 50 km/h nach oben. Doch innen hat er nicht nur eine ganz Küche, sondern offenbar auch richtigen Strom. Jedenfalls blinkt sofort ein rotes Lämpchen auf, als Jakob auf den Knopf an der Kaffeemaschine drückt. Strom in einem 30 Jahre alten Auto? Wie geht das denn?

Erstaunt glotzt Jakob die Kaffeemaschine an, Georg grinst breit in den Rückspiegel. »Geil, oder? In meinem Auto fließen 220 Volt. Und das alles ganz für lau.« Mächtig stolz erzählt er, dass der Strom von einer 60-mal-20-Zentimeter-Solarzelle auf dem Dach stammt. Die hat er eigenhändig montiert. Mithilfe eines Wandlers hat der Bulli sein eigenes Stromnetz. Damit kann Georg nicht nur während der Fahrt Kaffee kochen, sondern auch ein richtiges Menü zubereiten. Manchmal schließt er dort auch eine Musikanlage an und initiiert eine Spontanparty, wenn er sich abends mit seinem Auto auf einen Parkplatz stellt.

Jakob ist beeindruckt. So was hat er noch nie erlebt: einen Weltenbummler mit verfilzten Haaren in einem klapprigen VW-Bus mit Solarzelle aufm Dach, um autark leben zu können ... Und der Kaffee ist erste Sahne. Mit der Tasse bewaffnet, klettert er wieder zurück auf den Beifahrersitz.

Dann leuchtet die Tankanzeige auf. Einen Nachteil hat der alte Bus schon: Er schluckt verdammt viel Sprit. Auf hundert Kilometer verbraucht er 15 Liter – gerade wenn es immer wieder bergauf geht. Deshalb steuert Georg die nächste Tankstelle an. Sobald sie anhalten, kommt ein Mann mit langen, roten Haaren und rotem Klodeckelbart auf den VW-Bus zu. Er trägt ein abgewetztes weißes T-Shirt und zerschlissene Jeans. Exakt so stellt sich Jakob Georgs Freunde vor.

»Excuse me«, fragt der Rothaarige in gutem Englisch. Er ist Holländer, so viel hört man an seinem Akzent. »Can you help me?« Er deutet auf den Parkplatz. »Klaro«, sagt Georg. Er tankt, zahlt und fährt langsam auf den Parkplatz. Direkt hinter der Tankstelle winkt der rothaarige Holländer mit beiden Armen. Hinter ihm steht ein

Wagen, gegen den der 30 Jahre alte Bulli wie ein Neuwagen wirkt: ein uralter, weißer Lieferwagen von Ford. Ob an den Türen, den Kanten und der Motorhaube, überall sieht man kupferrote Rostflecken. Die Karre hat kein normales Dach mehr, stattdessen hat der Holländer ihr ein weißes Campingdach übergestülpt. Doch besonders ordentlich hat er die Arbeit nicht gemacht, denn überall hat es kleine Löcher. Niemand würde bei dem mitfahren. Und definitiv nicht bei Regen.

Der rothaarige Holländer bittet Georg, direkt neben seinem Wagen zu parken. Aus dem Beifahrerfenster glotzt eine große, schwarze Dogge. Sonst bewegt sie sich keinen Zentimeter. Der Holländer hat die Motorhaube aufgeklappt. Der Wagen springt nicht mehr von selbst an, er braucht Hilfe. Neben dem Auto liegen bereits ein schwarzes und ein rotes Starterkabel. Der Holländer ist bestens vorbereitet. Die Karre verreckt ihm sicher nicht zum ersten Mal.

Georg öffnet die Motorhaube seines Bullis. Zielstrebig befestigt er die Greifzangen des roten Kabels am Pluspol der Batterie, der Holländer macht das Gleiche bei seinem Auto. Dann befestigt Georg das schwarze Kabel am Minuspol, während der Mann mit den roten Haaren das andere Ende am Motorblock befestigt. Gelernt ist gelernt. Beide wissen genau, was sie tun müssen. Haben ja auch reichlich Erfahrung. Georg ist Mechaniker, und der Wagen des Holländers scheint oft stehen zu bleiben.

Dann setzt sich Georg hinters Steuer, startet den Bulli und lässt den Motor laufen. Nach ein paar Sekunden zeigt er dem Holländer mit der Hand an, seinen Wagen zu starten. Es dauert ein paar Sekunden, dann springt auch der klapprige Ford an. Der Holländer gibt immer wieder kurz Gas und lässt den Wagen ein paar Minuten laufen. Die Batterie soll sich aufladen. Nicht, dass der Motor gleich wieder ausgeht.

Routiniert entfernen Georg und der Holländer die Starterkabel. Der Mann mit den roten Haaren bedankt sich. »Passiert dir öfter, oder?«, fragt Georg auf Englisch. Der Holländer lacht. »Guter Witz«, antwortet er. »Mein Auto springt nie von selbst an. Jedes Mal, wenn ich losfahren will, brauche ich Hilfe.« Georg starrt ihn an. Was für ein Stress, nur um das Auto zum Laufen zu kriegen. Jedes Mal muss er einen fremden Autofahrer anquatschen! Dieses Mal musste der Holländer tanken – und dafür natürlich den Motor ausmachen. Danach hat er den Ford auf den Parkplatz geschoben und gehofft, dass ihm jemand hilft.

Schmunzelnd geht Georg zurück zum Bulli. Da hat er selber einen alten, klapprigen Bus. Nie im Leben hätte er damit gerechnet, mit dem Ding einer noch rostigeren Kiste Starthilfe leisten zu müssen. Georg schwingt sich auf den Fahrersitz, dreht sich eine Kippe und fährt los. »Also«, sagt er und dreht sich zu Jakob um. »Ich hab ja schon wirklich viel erlebt – und auch schon viel Mist gemacht. Aber dass man ein Auto fährt, das jedes Mal nur mit fremder Hilfe anspringt, ist selbst mir zu krass.«

28 Und der nächste Streich folgt sogleich

Angst vor Simon hat Susanne nicht. Gut, der Typ mit den dunklen Augenbrauen sieht ziemlich finster aus und ist riesengroß. Aber Susanne hat vorgesorgt: Schon beim Einsteigen hat sie sich das Autokennzeichen eingeprägt und es per SMS an ihren Mann geschickt, wie jedes Mal, wenn sie eine Mitfahrgelegenheit nutzt. Dann hat er die Nummer und kann die Polizei verständigen, falls sie nicht rechtzeitig zu Hause auftaucht. Mit diesem Trick fühlt sie sich sicherer. Zudem sieht sie Simons Namen und seine Adresse auf einem Briefumschlag auf dem Armaturenbrett. Sein Name stimmt schon mal.

Doch als das nette Mädel, mit dem sie die Fahrt am Telefon vereinbart hat, schon in Charlottenburg wieder aussteigt, ist sie schon enttäuscht. Sie klang so sympathisch, dass Susanne die Fahrt unbedingt mit ihr machen wollte. Ihr Freund Simon sollte sie nur zu einer Freundin kutschieren, nach Nürnberg fährt er mit Susanne allein. Das nette Mädel hatte die Fahrt mit Susanne nur organisiert.

Jetzt sitzt sie also im Bus mit einem irgendwie komischen Kerl, der kein Wort sagt. Wird dann wohl eine öde Fahrt. Zum Glück hat die erfahrene Mitfahrerin für den Notfall ein Buch dabei ... Susanne zieht es aus ihrer Tasche und beginnt zu lesen.

Plötzlich spricht Simon: »Reifen sind kaputt ... kann nicht so schnell fahren«, sagt er. Mehr bekommt sie von ihm nicht zu hören. Das ist jetzt aber mal eine echte Überraschung, denkt Susanne. Der Bus ist mindestens 15 Jahre alt und rostet an allen Ecken und Enden, den könnte er selbst mit nigelnagelneuen Reifen nicht schneller fahren. Außerdem ist er vollgepackt mit jeder Menge nutzlosem Zeug – von noch älteren Reifen über Ziegelsteine bis zu einem alten Auspuff. Das ganze Gerümpel würde Susanne sofort wegschmeißen. Keine Ahnung, warum Simon damit durch die Gegend fährt. Vielleicht ist er ja ein Messie.

Kurz vor Leipzig meldet sich Simon wieder zu Wort. »Ist das okay? ... wir fahren in Leipzig raus ... muss bei 'nem Haus den Zählerstand kontrollieren.« Erstaunt schaut sie ihn an. Der Typ kommt aus Berlin. Wieso um alles in der Welt muss der in Leipzig den Stromzähler in irgendeinem Haus checken? Seltsam. Aber eigentlich kann es ihr egal sein. Hauptsache, es dauert nicht lange. Susanne will schnell heim nach Nürnberg.

Doch ihre Hoffnung wird enttäuscht. Eine halbe Stunde kurvt Simon durch Leipzig, dann sind sie endlich da. Das Haus ist die reinste Bruchbude. Und da will er den Zählerstand ablesen? Das Gebäude sieht so heruntergekommen aus, als ob es dort nie Strom gegeben hätte. Nach fünf Minuten kommt er wieder aus dem Haus, und sie fahren weiter. Unterwegs erklärt er ihr, dass er alte Häuser auflöst und entrümpelt. Und dabei meldet er den letzten Zählerstand an die Stadtwerke. ›Aha, das ergibt natürlich Sinn‹, denkt sich Susanne. Daher auch das ganze alte Zeug in seiner Karre.

Trotzdem – eine Dreiviertelstunde hat sie der Abstecher nach Leipzig gekostet. Susanne ist genervt, zumal ihr Simon kurz darauf die nächste Überraschung bereitet. An einem Rastplatz fährt er einfach von der Autobahn ab, ohne ein Wort zu sagen. Überrascht schaut Susanne von ihrem Buch auf. Mensch, der kann doch wenigstens mal einen Ton sagen, dass er eine Pause machen will. Was für ein komischer Typ.

Langsam fährt der Bus über den Rastplatz, dann hält er zielsicher neben einem Opel Corsa. Warum hält der Typ ausgerechnet neben dem einzigen Auto auf dem gesamten Rastplatz? Er hätte ja sonst wo parken können. Simon springt aus dem Bus und öffnet die Heckklappe. Der Typ aus dem Corsa kommt auf ihn zu. Susannes Fahrer kramt in seinem Chaos und zieht schließlich einen alten Mofamotor heraus. Erfreut nickt der andere Mann, sie reden miteinander, doch Susanne versteht die Sprache nicht. Bulgarisch? Russisch? Keine Ahnung. Jedenfalls drückt der Mann aus dem Corsa Simon ein paar Scheine in die Hand und packt den Mofamotor in sein Auto, Simon steigt ein und fährt weiter.

Jetzt vertickt er tatsächlich auf irgendwelchen verlassenen Parkplätzen alte Mofamotoren ... Langsam wird ihr der Kerl doch irgendwie unheimlich. Der hat wohl überall seine Finger drin. Ein Geschäft hier, ein anderer Deal da. Ob das alles mit rechten Dingen zugeht? Susanne möchte es lieber gar nicht wissen. Der abgelegene Treffpunkt ist jedenfalls schon irgendwie verdächtig ...

Es dauert lange, bis sich Susanne wieder auf ihr Buch konzentrieren kann. In ihre Besorgnis mischt sich zudem Ärger. Durch die Aktion sind sie noch später dran. Es ist schon halb acht, dreieinhalb Stunden sind sie schon unterwegs. Weiter als südlich von Leipzig haben sie es aber noch nicht geschafft. So eine Scheiße. Aber soll sie sich deshalb bei Simon beschweren? Den wird das kaum kratzen. Also behält sie ihren Ärger für sich.

Leicht fällt das Susanne allerdings nicht. Denn die nächste Überraschung folgt sogleich. Kurz vor Hof steuert Simon erneut einen Parkplatz an. Selbstverständlich hat er wieder keinen Ton gesagt. Das ist doch eine Unverschämtheit. ›Der macht, was er will. Vor Leipzig hat er wenigstens noch gefragt. So ein Idiot.‹

Langsam fährt Simon Richtung Toilettenhäuschen. Mal sehen, was er jetzt wieder vertickt. Das müssen irgendwelche krummen Geschäfte sein. Wer würde denn einen legalen Deal an so einem düsteren Ort machen? Außer einem schwachen Licht von der Toilette sieht Susanne hier gar nichts. Es ist gespenstisch. Und dann das Klo! Es sieht schon von außen so siffig aus, dass sie es nie im Leben benutzen würde. Doch Simon läuft direkt drauf zu und verschwindet darin. Boah, wie ekelhaft.

Susanne schaut sich um. Außer dem Bus ist hier weit und breit kein Fahrzeug zu sehen, der Parkplatz ist menschenleer. Hoffentlich fahren sie ganz schnell wieder von hier weg. Doch Simon kommt einfach nicht zurück. Schon zehn Minuten sitzt er auf dem Klo. Es ist doch nicht möglich, dass der so lange braucht, selbst wenn er einen Granatendurchfall hätte! Wie kann man nur mehr als zehn Minuten auf diesem assligen Klo verbringen? Irgendetwas stimmt hier nicht. Der wird doch nicht abgehauen sein …

Und was fängt sie hier ganz allein mit diesem schrottigen Bus an? Soll sie weiterfahren? Den Schlüssel hat Simon nämlich einfach stecken lassen. Susanne schreibt eine SMS an ihren Mann. Sie fragt ihn um Rat, doch der antwortet nicht. So ein Mist, jetzt läuft alles schief. Susanne fröstelt, langsam wird es kühl und ungemütlich in dem alten Bus. Von Simon auch nach 15 Minuten keine Spur. Was soll die Scheiße?

Da ist er endlich. Langsam trottet Simon aus der Toilette. Der war tatsächlich 20 Minuten aufm Klo. Unfassbar. Er öffnet die Fahrertür und schwingt sich mit einem Satz auf den Sitz. Am ganzen Körper zittert er und kaut ununterbrochen Kaugummi – fast schon manisch.

Susanne glotzt ihn an. Der hat gerade irgendwelche Drogen genommen, das ist ihr sofort klar. Ihr fällt ein alter Schulfreund ein, der auf Speed genauso reagierte. Der hat dann auch noch fürchterlich viel gelabert …

»Was machst du … in Nürnberg?«, will Simon plötzlich wissen. Was soll denn das jetzt? Vorher kriegt er den Mund nicht auf, und jetzt will er sich plötzlich unterhalten. Aber vielleicht vergeht dann die Zeit schneller. Susanne erzählt ihm, dass sie dort mit ihrem Mann lebt. Doch Simon lässt sie kaum zu Ende sprechen, denn ab jetzt redet nur er. Von seiner Freundin Maja, seinen Geschäften mit gebrauchten Motoren. Susanne kommt nicht mehr zu Wort. Mittlerweile ist sie todsicher: Speed. Simon hat einen ordentlichen Laberflash.

Er ist so darauf konzentriert, Susanne zuzutexten, dass er kaum mehr auf die Straße achtet. Zum Glück fährt er keine Schlangenlinien. ›Das fehlt mir gerade noch‹, denkt sich Susanne. Dafür fährt er wesentlich langsamer als vorher. Mit Tempo 70 schleichen sie in Richtung Nürnberg. Knapp 100 Kilometer muss sie sein Gelaber noch ertragen. Verdammt lang – und verdammt anstrengend. Denn je mehr Simon redet, desto mehr nuschelt er. Mehr als »Ich … Motor … eBay« oder »Berlin … Maja … sehen« hört sie irgendwann nicht mehr heraus …

90 Minuten später ist sie endlich erlöst, Simon hält am Nürnberger Hauptbahnhof. Mittlerweile ist es kurz vor elf Uhr nachts, vor sieben Stunden sind sie losgefahren. Normal sind für die Strecke Berlin-Nürnberg viereinhalb Stunden. Dass sie viel länger gebraucht haben, ist kein Wunder bei den vielen komischen Stopps … Am Bahnhof drückt Susanne ihrem Fahrer schnell das Geld in die Hand und springt aus dem Bus. Bloß raus hier. Sonst bereitet ihr Simon noch eine weitere Überraschung. Wer weiß, was bei dem Typ als Nächstes kommt …

29 Mädchenphantasien

Der Tag in Frankfurt war ein voller Erfolg. Alina, Magdalena und Franziska haben mehrere Tüten voller Klamotten in ihren Händen. Ganz früh am Morgen sind die drei Schülerinnen von Düsseldorf aufgebrochen, um in Frankfurt ordentlich shoppen zu gehen. Jetzt kann der Sommer für die drei 16-Jährigen kommen. Zufrieden sitzen sie bei ihrer Mitfahrgelegenheit: nach Hause. Shopping macht happy.

Vergnügt blödeln die drei im Auto herum. Magdalena, die neben dem Fahrer sitzt, dreht sich ständig nach hinten und quatscht mit ihren Freundinnen. Erst schwärmen sie von Timo, einem Jungen aus ihrer Klasse, dann probieren sie Alinas neuen Lippenstift aus. Schließlich lästern sie über die dicke Steffi. Ihren Fahrer Dieter beachten sie dabei kaum.

Das ist aber auch ein komischer Kauz. Wie der schon aussieht. Auf Ende 30 schätzen ihn die drei. Er trägt eine alte, abgewetzte Cordhose und ein Holzfällerhemd, das vor 15 Jahren modern war. Dazu hat er eine dicke Hornbrille auf. Muss ein Freak sein. Aber eigentlich ist er ihnen egal, denn bei ihnen dreht sich sowieso alles nur um ihre neuesten Eroberungen.

Dieter dreht das Radio an. Nachrichten. Ein junges

Mädchen ist ermordet aufgefunden worden. Die 16-Jährige wurde entführt, vergewaltigt und erwürgt. Der Täter versteckte sie in einem Wald, wo man sie erst zwei Wochen nach der Tat fand. Die Polizei versucht nun fieberhaft, den Mann zu finden, hatte aber bislang keinen Erfolg.

Plötzlich ist es in dem Auto ganz still. Keine der drei Freundinnen spricht mehr, seit sie von dem Mord an dem Mädchen gehört haben. ›Das könnte auch ich gewesen sein‹, denkt jede für sich. Das tote Mädchen war genauso alt wie sie – und hatte überhaupt keine Chance. Betreten schweigen sie, das Herumalbern ist ihnen gründlich vergangen.

»Habt ihr gerade von dem Mord im Radio gehört«, fragt Dieter und schaut in den Rückspiegel. Die Mädchen nicken. »Schrecklich, oder?« Dieter hat natürlich recht, aber wieso quatscht er sie jetzt plötzlich an? Bis jetzt war er doch auch so ruhig. Magdalena hat überhaupt keine Lust, mit diesem Freak zu reden. Der soll sich lieber aufs Fahren konzentrieren, damit sie so schnell wie möglich in Düsseldorf sind.

»Das Mädchen war in eurem Alter.« Die drei Mädchen zucken zusammen. Woher weiß der Typ das, sieht man ihnen das an? Der soll bloß mit dem blöden Gelaber aufhören. Was bezweckt er damit? Will er ihnen Angst machen? Ist er ein Irrer, der junge Mädchen ärgern will? Oder möchte er sich einfach nur mit ihnen unterhalten? Vielleicht hat er die ganze Zeit schon krampfhaft nach einem Thema gesucht, das auch die drei Mädels interessiert. Magdalena ist sich unsicher. Tut sie ihrem Fahrer unrecht? Könnte eigentlich auch ein lieber Kerl sein, er sieht halt total albern aus. Wahrscheinlich wohnt er noch zu Hause und lässt sich von Mami bekochen und einkleiden. Ahnung von Mode hat er jedenfalls definitiv nicht.

Dieter blickt in den Rückspiegel. Erst schaut er Alina, dann Franziska an, schließlich dreht er sich zu Magdalena auf dem Beifahrersitz. »Habt ihr eigentlich einen Freund?« Magdalena errötet, einen Freund hat sie nicht, aber Timo findet sie schon toll. ›Aber was zum Teufel hat den Freak neben mir zu interessieren, ob ich einen Freund habe oder nicht? Ist doch meine Sache, das geht den gar nichts an.‹ Magdalena ist nicht mehr rot, sondern wütend. »Ne, habe ich nicht«, antwortet plötzlich Alina von hinten. Ihr scheint diese peinliche Frage überhaupt nichts auszumachen. »Die meisten Jungs in unserem Alter sind so unreif.«

Da hat Alina recht, fast alle gleichaltrigen Kerle interessieren sich nur für Fußball, Mädchen gegenüber sind sie total verklemmt. Aber verdammt, muss sie das diesem doofen Dieter auf die Nase binden? Der sieht das doch als willkommene Einladung, sie anzugraben. Magdalena ist sauer auf Alina. »Dann stehst du eher auf ältere Typen, oder?« Dieter mustert Alina im Rückspiegel. »Die sind aber besonders gefährlich.« Das ist doch echt die Höhe, wie ungeniert der ihre Freundin anmacht, regt sich Magdalena auf. Der ist doch mindestens zwanzig Jahre älter als sie!

Auch Alina ist erschrocken. Was will der Typ bloß? Ihre Antwort ist ihr plötzlich peinlich, vor allem seit er sie permanent im Rückspiegel anstarrt. Ist der krank? Langsam wird er auch ihr unheimlich. Doch Dieter lässt nicht locker. »Nehmt ihr eigentlich die Pille?« Die Mädchen sind blass vor Schreck, jetzt antwortet keine mehr. Will der Typ sie verführen? Oder sie vergewaltigen? Was ist, wenn er an einem einsamen Parkplatz anhält? Dann haben sie keine Chance – genauso wie das arme tote Mädchen in den Nachrichten.

Die Angst lähmt die drei Freundinnen, sie rutschen immer tiefer in ihre Sitze. Sie hoffen, dass Dieter sie dann nicht mehr im Rückspiegel anstarren kann. Es ist wieder vollkommen still im Wagen. Bei jedem Schild, das einen Parkplatz ankündigt, zucken die drei zusammen. ›Bitte, nicht abbiegen‹, beten sie. Je länger sie diese unheimliche Situation ertragen müssen, desto sicherer sind sie: Dieter ist der Vergewaltiger und Mörder aus den Nachrichten.

Jedes Mal wenn sie an einem Parkplatz vorbei sind, atmen die Mädchen wieder kurz durch. Doch zehn Kilometer weiter wiederholt sich im schweigenden Wagen dasselbe Spielchen. ›Scheiße, wie viele solcher Parkplätze gibt's denn noch auf dieser Strecke‹, fragt sich Magdalena panisch. Hoffentlich sind sie bald in Düsseldorf. Endlich. Dieter fährt von der Autobahn in Richtung Düsseldorfer Innenstadt. »Wo wohnt ihr denn? Ich kann euch gerne nach Hause fahren.«

Kommt gar nicht in Frage! Dann weiß er, wo sie wohnen. Irgendwann lauert er ihnen auf, vergewaltigt und tötet sie. »Lass uns am besten an der Kö raus«, sagt Magdalena hastig. »Wir sind da mit vier Freunden verabredet. Die kommen gerade vom Kickbox-Training.« ›Guter Einfall, Süße‹, grinst Magdalena stolz. Dieter soll ruhig meinen, dass sie sich mit starken Jungs treffen. Wenn er sie dann an der Königsallee absetzt, verdrücken sie sich schnell in die U-Bahn und fahren nach Hause. So wird Dieter nie erfahren, wo sie wohnen.

Den Fahrer scheint Magdalenas Antwort beeindruckt zu haben, jedenfalls fährt er still weiter in Richtung Königsallee. Er hat Schiss vor den Kickboxern, freut sich Magdalena. Kaum hält er an, springen die Mädchen auch schon aus dem Auto und holen ihre Einkaufstüten aus dem Kofferraum. Nichts wie weg hier. Hastig drückt Magdalena Dieter das Geld für die Fahrt in die Hand. Dann verabschiedet sie sich und dreht sich schnell um.

»Warte mal«, ruft ihr Dieter zu. ›Oh nein, warum immer

ich‹, denkt sich Magdalena und bleibt stehen. Ihre beiden Freundinnen sind viel weiter weg. »Ihr seid noch minderjährig. Es passiert so schnell, dass ihr schwanger werdet oder euch mit HIV ansteckt. Ihr müsst unbedingt Kondome nehmen!« Was soll denn das jetzt werden? Kann Dieter sie nicht endlich in Frieden lassen? »Und wenn ihr wirklich mal in ernsten Problemen seid, meldet euch ruhig bei mir«, sagt Dieter, drückt Magdalena eine Visitenkarte in die Hand und steigt in sein Auto.

Verdutzt schaut sie auf die Karte: Dort steht, dass Dieter beim Roten Kreuz in der Schwangerschaftsberatung arbeitet und speziell für junge Menschen zuständig ist. ›Ach, du Scheiße‹, durchzuckt es Magdalena. Der Typ ist gar kein Vergewaltiger und Mörder! Er sieht zwar wie ein Freak aus, aber er wollte mit uns einfach nur vernünftig über Verhütung reden. Magdalena läuft rot an und schämt sich. ›Mann, haben wir dem Typen unrecht getan‹, denkt sie sich. Sie schwört sich: Wenn sie zum ersten Mal Sex hat, wird es definitiv mit Kondom sein. Das ist sie nicht nur sich selbst, sondern irgendwie auch ihrem schlechten Gewissen schuldig.

30

Der Flieger-Horst

Ein Besuch bei seinen Eltern ist mal wieder überfällig. Dummerweise hat Horst aber nur am kommenden Wochenende dafür Zeit. Und ausgerechnet dann beginnen die Schulferien in Bayern und Baden-Württemberg. Alle Autobahnen werden verstopft sein, weil jeder in den Sommerurlaub aufbrechen will. Mit dem Auto von München bis zu seinen Eltern nach Aschaffenburg wird er fünf bis sechs Stunden brauchen – wie ätzend. Weder will er sich so lange selbst ans Steuer setzen noch als Mitfahrer auf dem Beifahrersitz schmoren. Der Effekt bleibt nämlich der gleiche: stundenlanger Stau.

Eine günstige Alternative muss her. Der Zug ist ihm zu teuer, schon die einfache Fahrt kostet fast 80 Euro. Fliegen wäre super, da könnte Horst in einer Stunde in Frankfurt und eine halbe Stunde später zu Hause sein. Aber zwei Tage vorher noch einen Billigflug finden? Unmöglich. Oder vielleicht doch … denn plötzlich fällt ihm die Geschichte eines Freundes ein. Der hat ihm neulich von einer Mitfluggelegenheit bei der so genannten Mitflugbörse erzählt. Ein Internetportal, in dem Privatpiloten ihre Flüge inserieren und Plätze zum Mitfliegen anbieten. Eine Mitfahrzentrale mit Flügeln sozusagen. Das wär' doch was …

Schnell findet Horst im Internet die Seite www.mitflug-boerse.de – und traut seinen Augen kaum. Da bietet doch glatt jemand einen Flug nach Aschaffenburg an! Den kleinen Flugplatz in Aschaffenburg kennt Horst sehr gut, der ist nur vier Kilometer von seinem Elternhaus entfernt. Und dann fliegt der Typ nicht nur am Freitag hin, sondern auch am Sonntag wieder zurück. Perfekt!

Siggi, der Pilot, klingt am Telefon total sympathisch. Er ist Familienvater und möchte mit Frau und Kind ein Wochenende bei seiner Verwandtschaft in Aschaffenburg verbringen. Und dann noch der Preis. Er will pro Flug nur 40 Euro, halb so viel wie die Bahn. Horst sagt sofort zu.

»Bist du Horst?«, ruft ein junger Mann zwei Tage später. Mit Frau und Säugling steht er vor dem Hangar. Horst nickt erstaunt. Er hatte Siggi auf Anfang 40 geschätzt, doch der Typ hier ist höchstens Mitte 20. Das soll sein Pilot sein? Hoffentlich kann der junge Hüpfer die weiße Cessna C172 mit vier Sitzen überhaupt fliegen. Aber er wischt den Gedanken beiseite: Warum macht er sich überhaupt Sorgen? Siggi würde doch keinen Flug ins Internet stellen, wenn er nicht fliegen könnte. Er kann ja nicht so einfach auf einen Flugplatz spazieren, sich eine Cessna nehmen und abheben.

Einigermaßen beruhigt stellt Horst seine Tasche in den hinteren Teil der Maschine. Dorthin setzt sich auch Siggis Frau Andrea mit dem Säugling. Der kleine Erik ist ein halbes Jahr alt. Siggi bietet Horst den Platz vorne neben sich an. ›Ist ja klasse‹, denkt er sich. Er selbst hat nämlich gerade eine Ausbildung für Ultraleichtflugzeuge angefangen, hat allerdings erst zwei Flugstunden in den kleineren Zweisitzern hinter sich. In so einer größeren Cessna ist er noch nicht gesessen – und dann gleich im Cockpit.

Beim Anschnallen erzählt Siggi, dass er gerade eine Berufspilotenausbildung an einer Flugschule macht.

»Eigentlich fehlen mir noch fünf Probelandungen mit der Maschine. So ein Einziehfahrwerk kenn ich noch gar nicht«, lacht Siggi. »Aber das kriegen wir schon hin.« Horst erschrickt. Die Probelandungen hätte Siggi eigentlich mit seinem Fluglehrer machen müssen, aber jetzt sitzt er alleine hinterm Steuerhorn. Und das Fahrwerk kennt er auch nicht ... Was, wenn er die Reifen bei der Landung nicht rechtzeitig ausfährt und sie auf die Landebahn krachen? Horst wird mulmig ... Aber: Wenn Siggi seine Frau und das kleine Kind mitnimmt, wird er schon landen können.

»Ist schon was anderes als in einem Ultraleichtflugzeug«, sagt Horst, als er auf die vielen Schalter am Cockpit schaut. »Hey, du kennst dich mit Flugzeugen aus? Das ist ja klasse«, freut sich Siggi. Horst erzählt ihm von seinen zwei Flugstunden. Das passt Siggi perfekt in den Kram. »Toll, dann erkläre ich dich hiermit zu meinem Copiloten.« Mit großen Augen starrt Horst seinen neuen »Vorgesetzten« an. Das geht ihm jetzt aber doch ein bisschen zu schnell. Bevor er sich gegen die Beförderung wehren kann, legt ihm Siggi auch schon das Betriebshandbuch der Maschine, Karten und Checklisten auf den Schoss. Dann erklärt er ihm die ganzen Instrumente. Siggi macht das so fix, dass sich Horst total konzentrieren muss, um bloß nichts zu vergessen.

Gemeinsam machen sie den kompletten Abflugcheck. Sie überprüfen, ob alle Knöpfe, Instrumente und Messgeräte im Cockpit funktionieren. Dann rollt die Cessna vom Hangar weg. Zunächst ruckelt sie langsam über den Zubringer zur Startbahn. Siggi bekommt die Startfreigabe vom kleinen Tower und beschleunigt. Die Cessna brettert immer schneller über die Bahn, dann zieht der Pilot die Maschine nach oben. Sofort gewinnen sie an Höhe, nach einer Minute sieht der Flugplatz aus wie ein Lego-Terminal. Respekt, gekonnt und ganz sauber hat er die Cessna in die Luft geholt – so souverän, dass Horst überhaupt kein mulmiges Gefühl mehr bekam.

»Kannst du bitte mal die Frequenzen vom Fluginformationsdienst und von den Funkfeuern aus der Sichtkarte raussuchen?« Horst ist verdattert. Siggi meint das todernst mit dem Copilot. ›Äh … und wo … finde ich die Sichtkarte?‹, fragt Horst stotternd. Planlos wühlt er in den Unterlagen, die auf seinem Schoss liegen. Endlich fällt ihm die Karte in die Hände. Ganz ruhig beobachtet ihn Siggi und sagt dann: »So und jetzt stellst du die Frequenzen bitte ein.« Äh, wie bitte? Wo soll er die einstellen, bei den ganzen Knöpfen im Cockpit. Siggi grinst, weil er merkt, dass Horst überfordert ist. »Da«, sagt er und deutet auf ein Gerät, an dem rote Ziffern leuchten. Das ist das kombinierte Funk- und Navigationsgerät. ›Ah ja, richtig‹, fällt es Horst wieder ein. Im Theorieunterricht hat er von diesem Gerät irgendwann schon mal gehört. Er dreht an den beiden Rädchen, bis die zwei Frequenzen stimmen.

Es dauert, bis sich Horst an seine neue Funktion als Copilot gewöhnt, aber mit der Zeit und Siggis Hilfe schafft er es dann doch. Mittlerweile hat die Cessna die Reiseflughöhe erreicht. Sofort kramt Siggi einen Flammkuchen aus dem Rucksack hinter dem Pilotensitz. »Du fliegst jetzt weiter, ich muss endlich mittagessen!«, sagt Siggi und beginnt zu essen. Horst ist vollkommen perplex. ›Ich soll fliegen!‹ Gerade eben hatte er noch Probleme, überhaupt die richtigen Knöpfe zu finden …! Mit ganzen zwei Flugstunden Erfahrung mit einem ausgebildeten Fluglehrer in einer viel kleineren Maschine? Der spinnt, der Siggi.

Aber irgendwie imponiert Siggi Horst schon. Der Mann hat echt Gottvertrauen. Vorsichtig nimmt Horst das Steuerhorn in die Hand und zieht es ein wenig nach unten. Sofort sackt das Flugzeug ab. Wahnsinn. Für Horst ist es ein irres

Gefühl, das Flugzeug selbst zu steuern. Das Steuerhorn sieht zwar aus wie das Lenkrad beim Auto, aber es fühlt sich tausendmal besser an, ein Flugzeug durch die Wolken zu lenken als ein Auto durch die Münchner Innenstadt.

Genüsslich verputzt Siggi seinen Flammkuchen. Er merkt Horst sofort an, wie fasziniert der von seinem neuen Job als Chefpilot ist. »Schau einfach, dass du maximal auf 4500 Fuß kommst, und dann hältst du Kurs.« Horst nickt eifrig. Er versucht, das Steuerhorn ruhig zu halten, und schaut nach vorne. Es ist bewölkt. Schade, bei Sonne würde er noch viel mehr sehen. Doch Horst ist auch so ganz happy. Eigentlich wollte er nur zu seinen Eltern ... Was für ein Tag!

»Horst, tust du mir einen Gefallen?«, sagt Siggi und schluckt einen Bissen Flammkuchen herunter. »Kannst du bitte das Gewitter da vorne umfliegen? Danke.« Gewitter? Jetzt? Umfliegen? Die Gedanken schwirren Horst nur so durch den Kopf. Vor fünf Minuten ist er erst Pilot geworden und jetzt schon so eine Bewährungsprobe! ›Warum denn ich? Kann nicht Siggi übernehmen?‹, fragt sich Horst. Doch der macht überhaupt keine Anstalten. Stattdessen kaut er seelenruhig an seinem Flammkuchen. ›Halt das Ding einfach so ruhig wie möglich‹, feuert er sich an. Nur keine hektischen Lenkbewegungen. Nicht, dass er dann die Kontrolle über die Cessna verliert und sie alle abstürzen.

Vor Horst werden die Wolken dunkel, er sieht Blitze zucken. Möglichst sanft versucht er, das Steuerhorn nach rechts zu ziehen. Hauptsache, irgendwie am Gewitter vorbei. Das Flugzeug biegt tatsächlich nach rechts. Puh. Die Maschine macht wenigstens, was er will. Doch dann wackelt sie bedenklich. Der Jungpilot versucht, sie gerade zu halten, aber das wird immer schwieriger. Der Wind bläst so stark unter die Tragflächen, dass das Flugzeug schaukelt.

Immerhin, Blitze sieht Horst jetzt keine mehr, aber die Wolken sind rabenschwarz. Dem Zentrum des Gewitters ist Horst durch sein Manöver wohl entkommen, aber die Ausläufer bekommen jetzt alle voll zu spüren. Die Cessna wackelt wieder, dann sackt sie plötzlich ab. Schnell fängt Horst sie ab und versucht, die Maschine gerade zu halten. Okay, das nennt man dann wohl Turbulenzen! Die verursachen in einem Großraumflugzeug schon ein Magengrummeln, aber in der kleinen Maschinen spürt man sie noch viel heftiger. Horst kann nichts dagegen tun – nur sich darauf konzentrieren, die Cessna auf Höhe zu halten. Die Schweißperlen sammeln sich auf Horsts Gesicht.

Währenddessen wischt sich Siggi seelenruhig die Finger mit einem Taschentuch ab. Das Mittagessen ist zu Ende. Der hat wirklich die Ruhe weg. Horst dagegen klammert sich krampfhaft am Steuerhorn fest und versucht, nicht an Höhe zu verlieren.

Endlich wird die Wolkendecke wieder heller, der Wind lässt nach. Ein wenig schaukelt die Maschine noch, dann fliegt sie wieder ruhig. Geschafft. Erleichtert atmet Horst tief durch. »Alle Achtung, hast dich tapfer geschlagen«, sagt Siggi, verschränkt entspannt die Arme hinter dem Kopf und grinst. »War dein erstes Gewitter, oder?« Horst nickt mitgenommen. »Ich würde sagen, Härtetest absolut bestanden«, sagt Siggi und klopft Horst auf die Schulter. Der ist glücklich, dass er das Schlimmste hinter sich hat. Gleichzeitig ist er aber auch verdammt stolz. »Ich finde, du hast eine Belohnung verdient. Wenn du willst, kannst du bis kurz vor der Landung fliegen.«

Wie geil ist das denn! Horst ist aus dem Häuschen. Mit dem letzten Schaukeln ist endgültig jede Angst vorm Fliegen verschwunden, ab jetzt genießt er wieder jede Sekunde. Er grinst bis über beide Ohren. Fliegen ist echt der Hammer. Wenn er nicht schon Lehrer wäre, würde er am liebsten Profi-Pilot werden. Für die Landung übernimmt dann wieder Siggi. Ganz sachte setzt er die Cessna auf. Dass er ein solches Fahrwerk noch nie geflogen hat, merkt man überhaupt nicht.

Die Cessna rollt langsam über den Aschaffenburger Flugplatz. Nur eine Stunde haben sie gebraucht. Horst freut sich: Selbst eine Cessna fliegen, statt stundenlang im Stau stehen – das hat sich echt gelohnt. Zehn Minuten später ist Horst zu Hause bei seinen Eltern. Doch er kann es kaum erwarten, am Sonntag wieder zu Siggi in das Flugzeug zu steigen. Vielleicht lässt er ihn dann wieder fliegen. Eines ist Horst aber jetzt schon klar. Cessnas sind sein Ding. Die Ultraleichtfliegerei lässt er gleich wieder bleiben, er schult um auf richtige Maschinen. Gesagt, getan. Seitdem macht er in seiner Freizeit den Pilotenschein. Sobald er damit fertig ist, nimmt er selbst Mitflieger mit.

31

Solang' man Träume noch leben kann

Wer auf seinen Fahrer wartet, schaut sich nicht nur alle ankommenden Autos genau an. Man studiert auch die Menschen in der Umgebung aufmerksam. Hat jemand einen Rucksack dabei und beobachtet die ankommenden Wagen, dann fährt er garantiert selbst wo mit – vielleicht sogar im selben Auto. Schnell wird der andere taxiert. Ist er eher ein Langweiler oder kann man sich mit ihm an Bord unterhalten? Freut man sich auf ihn, oder hofft man, dass er bitte woanders einsteigt? Nicht selten stimmen die eigenen Prognosen …

Vor dem Kölner Hauptbahnhof stehen viele potenzielle Mitfahrer, doch eine sticht Marco sofort ins Auge. Sie ist 1,70 Meter groß und hat schulterlanges, hellbraunes Haar, trägt einen schmal geschnittenen schwarzen Cordmantel und eine enge beige Hose. Über ihr hübsches, leicht braun gebranntes Gesicht huscht ein Lächeln. Marco schätzt sie auf Anfang 20. Mein Gott, ist die hübsch, denkt er sich. Normalerweise dreht er sich nicht nach Frauen um, aber als die schöne Brünette mit ihrem Rollkoffer an ihm vorbeigeht, kann er nicht anders. Mit offenem Mund glotzt er dem Mädchen hinterher. Eine absolute Traumfrau. Marco schießt nur ein Gedanke durch den Kopf: Hoffentlich fährt sie im selben Auto mit.

Ein dunkelblauer Golf mit Remscheider Kennzeichen biegt auf den Parkplatz ein. Das muss Nils sein, der Fahrer. Marco schüttelt ihm die Hand und packt seine Tasche in den Kofferraum, dann setzt er sich auf die Rückbank. Vorne sitzt schon Nils' Freundin Katja. Dann öffnet sich die rechte hintere Tür. »Aló«, sagt eine Frau mit einer sehr sanften Stimme und steigt ein. Marco dreht sich zu ihr um und ist baff: Die hübsche Brünette! Der Wahnsinn wird Wirklichkeit. Und dann dieser süße, säuselnde Akzent. Eine Französin ist sie auch noch! Heute fallen Weihnachten und Ostern auf einen Tag. Marco verschlägt es die Sprache, nur sehr mühsam stammelt er ein leises »Ha…llo«.

Marco traut sich gar nicht, die Französin richtig anzuschauen, weil er Schiss hat, sie regelrecht anzustarren. Doch irgendwann muss er sie ansehen, schließlich will er die hübsche Frau kennenlernen. Dumm nur, dass Marco hundemüde ist. Die letzten drei Nächte hat er kaum gepennt, weil er durchgearbeitet hat. Eigentlich wollte er jetzt die Autofahrt nutzen, um Schlaf nachzuholen. Aber jetzt nicht, die Französin hat höchste Priorität. So eine Gelegenheit kriegt Marco vielleicht nie wieder.

Fieberhaft überlegt er, wie er sie am besten anspricht. Es soll nicht zu plump sein, aber auch nicht gezwungen witzig. Spontan und lustig will er rüberkommen. Blöderweise ist er jedes Mal alles andere als kreativ, wenn er müde ist. Ihm will nichts einfallen. Wie ärgerlich, die Umstände sind doch perfekt! Bis der Wagen in Freiburg ankommt, wird die junge Frau ein paar Stunden neben ihm sitzen. Sie muss dort bleiben, selbst wenn er den Einstieg ins Gespräch vermasselt. Angst braucht er auch keine haben, dass Nils ihm bei der Französin in die Quere kommt. Denn erstens sitzt seine Freundin Katja neben ihm auf dem Beifahrersitz, und zweitens unterhalten sich die beiden die ganze Zeit. Sie würden gar nicht mitkriegen, was Marco und die Französin reden. Umso besser. Blamiert er sich wenigstens nicht …

Aus dem Augenwinkel sieht Marco, wie die hübsche Französin ihn immer wieder anlächelt. ›Oh mein Gott, heute ist mein Glückstag‹, denkt er sich. Sie will mich auch – und zwar so sehr, dass sie selbst die Initiative übernimmt. Davon ist er überzeugt, denn ständig strahlt sie ihn an. Was ist er doch für ein verklemmter Typ! Er ist echt zu blöd, sie anzusprechen. »Aló. Isch 'eiße Françoise. Und du?«, fragt die Französin mit einem Lächeln, dann wirft sie ihr Haar mit einer kleinen Kopfbewegung nach hinten. Das Eis ist gebrochen, sie hat genug vom Warten.

Marco sieht sie mit großen Augen an. Jetzt bloß schnell und witzig antworten. »Äh, ich bin der Marco.« Haha. Lustig war das nicht gerade. »Und was machst du in Köln?« Marco ist erleichtert. Wieder hat sie übernommen. Er lächelt Françoise an. Sie sieht nicht nur super aus, sie hört sich auch noch unheimlich süß an mit ihrem französisch gefärbten Deutsch. Wenn sie den Mund aufmacht, denkt Marco sofort an die zart französelnde Sprecherin des Werbespots für das Bier, »die so prickelt in meine Bauchnabel«.

Selig lächelt er Françoise an. Adrenalin schießt durch seine Adern, seine Müdigkeit ist plötzlich wie weggeblasen. Jetzt hat er keine Scheu mehr, mit Françoise zu sprechen. Er erzählt ihr, dass er in Köln Volkswirtschaftslehre studiert hat und das Wochenende bei seinen Eltern in Freiburg verbringen wird. Dann erklärt er ihr, was der Unterschied zwischen BWL und VWL ist. Schließlich lässt er sie wissen, dass er mittlerweile Software entwickelt. Dann fragt er sie, was sie denn beruflich macht. Françoise lächelt ihn an. Dieses Lächeln, ein Traum. Marco ist hin und weg. Aber sie druckst ein bisschen herum, bis sie antwortet. Sie besuche eine Schule, an der sie mehrere Fächer ein bisschen studiere. Ein wenig Politik, etwas Jura und ein Schuss Wirtschaft. Kein Fach lerne sie so richtig, sagt sie bescheiden.

Marco will wissen, wie die Schule heißt. »In Deutschland wird sie kaum einer kennen«, antwortet Françoise. »Sie heißt ENA und ist in Straßburg.« Mit großen Augen starrt Marco sie an. Selbstverständlich hat er von dieser Schule schon mal gehört. Die École nationale d'administration – das ist die Kaderschmiede für die Eliten Frankreichs! Viele Präsidenten, Premierminister und Spitzenpolitiker wurden dort ausgebildet, darunter Jacques Chirac, Valéry Giscard d'Estaing und Dominique Strauss-Kahn. Und dieses hübsche Mädel! Das ist ja unglaublich. Sie ist nicht nur schön, sondern auch noch blitzgescheit. Mit ihr wäre Marco ein gemachter Mann. So wie der Mann Angela Merkels. Marco fängt an zu träumen. Er sieht sich schon auf Staatsbesuchen das Ehrenspalier der Soldaten auf dem roten Teppich abschreiten. Dann hat sie sich in einem atemberaubenden, kurzen und geschlitzten schwarzen Abendkleid bei ihm untergehakt, während ihm Monarchen und Staatschefs auf dem Ball neidische Blicke zuwerfen.

»Du kennst meine Schule?«, fragt Françoise erstaunt. Sie hat gemerkt, wie weit Marco seine Augen aufgerissen hat, als er das Wort »ENA« hörte. »Öh«, stottert er. Es dauert einen Moment, bis die Traumbilder verschwunden sind. »Jaja, ich habe davon gehört ... das ist ja toll, dass du dort studierst ... war sicher nicht leicht, dort einen Platz zu bekommen?« Die hübsche Französin nickt und wirft wieder ihr Haar nach hinten. Völlig verzaubert sieht Marco ihrem Haar hinterher. ›Das ist kein Traum‹, sagt er sich. ›Das ist kein Traum‹. »Ich habe Glück gehabt, dass ich aufgenommen wurde«, sagt Françoise bescheiden. Nein, nein, das Glück liegt ganz auf Marcos Seite: Seine Traumfrau sitzt neben ihm. Und sie mag ihn.

Die beiden lächeln sich unentwegt an. Jetzt ist es Zeit

für Komplimente, Marco will schließlich bei der hübschen Dame vorankommen. »Woher kannst du eigentlich so gut Deutsch?« Sie spricht die Sprache tatsächlich nicht schlecht. Zwar verwechselt sie oft das Geschlecht von Substantiven, aber Marco schmilzt umso mehr dahin, wenn Françoise von »die Auto« oder »die Job« spricht. »Oh, findest du wirklich? Das ist sehr lieb von dir«, sagt Françoise. Erst vor zwei Monaten hat sie beschlossen, Deutsch zu lernen. Also kaufte sie sich ein Übungsbuch und brachte sich die Sprache selbst bei. Seit zwei Wochen macht sie ein Praktikum beim Goethe-Institut in Köln, wo sie die ganze Zeit Deutsch sprechen muss. Das hilft, schnell Fortschritte zu machen.

Marco ist schwer begeistert. Sie bringt sich Deutsch selbst bei! Und nach nur zwei Monaten kann sie die Sprache schon so gut. Sie ist wirklich sehr begabt. Und so süß. Die Frau muss er haben. »Ich liebe die deutsche Literatur«, sagt Françoise. »Thomas Mann und Günter Grass und natürlich Goethe.« In der Schule hätte Marco all diese Autoren lesen müssen, aber das hat er nicht gemacht. Jetzt gäbe er ein Vermögen dafür, über ihre Werke mit Françoise philosophieren zu können. »Am besten gefällt mir die Lyrik von Goethe«, sagt sie. »Vor allem die Liebesgedichte, die sind so poetisch.«

Die braunen Augen von Françoise funkeln, als sie von Goethe spricht. Marco merkt, wie sehr sie den Schriftsteller verehrt. Und Marco verehrt Françoise. Mehr und mehr. Er kann seinen Blick nicht von ihr lassen, er ist ihr verfallen. »Ich möchte dir gerne ein Gedicht vorlesen. Es ist mein Lieblingsgedicht.« Die hübsche Französin hätte Marco jetzt alles vorlesen können. »Es handelt von der Liebe und heißt: ›Nähe des Geliebten‹.«

Ein Liebesgedicht. Von ihr. Für mich. Marcos Herz hüpft vor Freude. Sie liebt mich! Wem würde sie denn sonst ein Liebesgedicht vorlesen? Verliebt blinzelt er

Françoise an, die lächelt zurück und holt einen Gedichtband von Goethe aus der Tasche. Dann räuspert sie sich: »Nähe des Geliebten. Von Jo'ann Wolfgang von Goethe.«

Wie zärtlich sie »Jo'ann« ohne das »h« haucht. Marco könnte sterben vor Glück. »Ich denke dein, wenn mir der Sonne Schimmer vom Meer erstrahlt.« Sie denkt an mich, sie denkt an mich, gluckst Marco. »Ich denke dein, wenn sich des Mondes Flimmer in Quellen malt.« Und dieses französische Säuseln. Am liebsten würde Marco Françoise jetzt zu sich rüberziehen und küssen, aber sie sind nicht allein im Auto. »Ich sehe dich, wenn auf dem fernen Wege der Staub sich hebt ...« ›Ich sehe dich auch‹, sagt sich Marco. Nur dich. Diese seidenen Haare, dieses hübsche Gesicht. Verzaubert verdreht er die Augen.

»Ich bin bei dir, du seist auch noch so ferne, du bist mir nah!« Du mir auch. Er sieht Françoise neben sich vor dem Traualtar stehen. In einer kleinen Kapelle. Sie sieht umwerfend aus. »Die Sonne sinkt, bald leuchten mir die Sterne. O wärst du da!« ›Ich bin da, mein Schatz‹, murmelt Marco vor sich hin. Er hat die Augen geschlossen. In seinem Traum sieht er jetzt Françoise und sich mit zwei Kindern in einem neu gebauten Haus mit Garten. Eine Familie mit Françoise ...

Dann bleibt das Auto plötzlich stehen. Marco wird langsam wach. Françoise lächelt ihn an. Er hat gar nicht bemerkt, dass das Gedicht zu Ende war. Er hat einfach weitergeträumt. »Warum halten wir?«, fragt Marco und blinzelt, dann öffnet er die Augen. »Wir sind in Freiburg«, antwortet die hübsche Französin. Das ging aber schnell. Marco schüttelt sich, er will hellwach sein. Sobald Nils und Katja abgefahren sind, möchte er Françoise fragen, ob sie noch einen Kaffee trinken gehen. Dann werden sie weiterreden, sich anlächeln, und irgendwann werden sie sich küssen und ein Paar werden und glücklich sein ...

Marco springt aus dem Wagen und reicht ihr den Rollkoffer. Er will ihr Gentleman sein. »Hier, dein Koffer …«, sagt er. Doch Françoise ist nicht mit zum Kofferraum gekommen. Sie steht neben dem Auto und umarmt einen großen Mann mit Barbourjacke. Versteinert starrt Marco die beiden an. Das kann doch nicht wahr sein. Aber er muss zugeben: Der Kerl sieht verdammt gut aus. Dann küsst sie ihn. Marco ist fassungslos. ›Das kann doch nicht sein. Sie gehört doch mir, sie liebt mich doch auch.‹ Doch Françoise hat keine Augen mehr für ihn, sondern hört nicht auf, den Typen zu küssen. Marco kämpft mit den Tränen. Hat er sich denn alles nur eingebildet?

Dann löst sich Françoise von dem Mann, nimmt ihn an der Hand und kommt auf Marco zu. »Das ist mein Verlobter Benoit. Ich bin so glücklich, ihn zu sehen. Nächstes Jahr heiraten wir.« Mit offenem Mund starrt Marco sie an. Dieser Mann heiratet meine Frau! Wie vorhin in seinem Traum wird Françoise bald vor dem Altar stehen, aber nicht mit ihm, sondern mit diesem blöden Benoit. Marco bringt kein Wort hervor. Françoise streckt ihm die Hand entgegen. »Hat mich sehr gefreut, dich kennenzulernen.« Mechanisch schüttelt er ihre Hand, doch er bleibt stumm. Dann wirft die hübsche Französin ihre Haare noch einmal verführerisch hinter sich und geht – Arm in Arm mit ihrem Verlobten.

Traurig starrt Marco den beiden nach. An Benoits Stelle hätte er sein sollen, stattdessen steht er jetzt ganz alleine am Bahnhof in Freiburg. Dann schüttelt er den Kopf und lacht. Immerhin, denkt er sich, ein so wunderschönes Gedicht von Goethe auf Deutsch mit zartem französischem Akzent – das bekommt selbst Benoit von ihr nicht vorgetragen.

32 Wer ist hier der Boss?

Eine typischere Mitfahrerkonstellation gibt es wohl kaum: Vor dem Büro der Mitfahrzentrale in Frankfurt warten ein älterer türkischer Herr, zwei Südamerikanerinnen Anfang 30 und eine deutsche Studentin. Eine solche Mischung von Fahrgästen hat Franz fast immer, wenn er freitags zu Frau und Kindern nach Münster aufbricht. Viele Migranten und ein paar Studenten. Heute, also gut zehn Jahre später, hat sich das Verhältnis umgedreht. Jetzt sind Studenten eindeutig die häufigsten Mitfahrer.

Franz hilft seinen Fahrgästen, die Taschen im Kofferraum zu verstauen. Dann eilt er zurück ans Steuer. Bloß keine Zeit verlieren, er will so schnell wie möglich heim zu seiner Familie. Wer wo sitzt, ist ihm vollkommen egal. Hauptsache, sie können sofort los. Dass die Studentin neben ihm auf dem Beifahrersitz Platz nimmt, interessiert ihn kaum. Wird ein bisschen von ihrem Studium erzählen und gleich einschlafen, schätzt er. Auch gut, dann hat er wenigstens schnell seine Ruhe …

Kaum sitzen die beiden Südamerikanerinnen auf der Rückbank, ist es mit der Ruhe vorbei. »Du bist voll gemein«, ruft eine von ihnen. »Ich wollte vorne sitzen.« Hä? Meint die mich? Fragend schaut Franz in den Rückspiegel. Ist ihm doch völlig egal, wer wo sitzt. »Hey, dich mein ich«, sagt das Mädel mit dem schwarzen Pferdeschwanz und dem cappuccinofarbenem Teint. Keine Reaktion. Dann packt sie die Studentin an der Schulter. »Bist du immer so egoistisch?« »Lass' das«, sagt die Beifahrerin. Sonst nichts.

›Meine Güte, wie im Kindergarten‹, schießt es Franz durch den Kopf. Wie zwei bockige Sechsjährige streiten sich zwei erwachsene Frauen, wer vorne sitzen darf. ›Schlimmer als meine drei Kinder‹, denkt sich Franz. Darauf hat er jetzt echt keinen Bock. Hoffentlich halten die bald die Schnauze. Streit ist das Letzte, was er gebrauchen kann. Er will seine Ruhe – und möglichst schnell zu Hause sein. »Das ist ganz schön mies von dir. Ich wollte vorne sitzen.« Verächtlich schüttelt die Frau auf der Rückbank ihren Kopf. »Du kriegst doch eh keinen Mann ab.« Doch die Studentin bleibt ruhig. Aussitzen scheint ihre Devise zu sein.

Doch Franz gehen die Sticheleien mächtig auf die Nerven. Er hat eine lange Woche mit viel Arbeit hinter sich. Streitende Mitfahrer passen ihm gar nicht. »Ich finde es eine Frechheit, dass die da vorne sitzen darf. Ich wollte nach vorne.« Die Dame hinten kommt nicht zur Ruhe. Jetzt ist Franz mitten drin im Streit. Er hat keine Ahnung, was vorher passiert ist. Hat die Studentin der anderen den Beifahrersitz überlassen, ihr Versprechen aber dann gebrochen? Oder sind die beiden wie bei der Reise nach Jerusalem auf die Beifahrertür zugerannt, und die Studentin war schneller? Die Tussi wird sich ja nicht umsonst so aufregen. Also versucht er, die verärgerte Mitfahrerin zu beruhigen. »Hey, egal, was vorher war. Wir sitzen jetzt so. Wir sind alle in einem Boot, wollen schnell nach Münster. Aber wir machen auf der Hälfte der Strecke eine Pause, ab dann kannst du vorne sitzen.«

Mit dem Kompromiss ist hoffentlich Ruhe. Aber Franz irrt sich. Keine drei Minuten später geht das Theater von vorne los. »So ein selbstsüchtiges Stück habe ich noch nie gesehen. Die klaut mir meinen Platz. Das ist Diebstahl.« Doch wieder steckt die Studentin die Beleidigung einfach so weg. Die Südamerikanerin kann das nicht fassen. Wäre ihr jemand so blöd gekommen, sie hätten schon längst richtig zurückgekeilt. Wieso bleibt die so ruhig? Das macht die Frau mit dem schwarzen Pferdeschwanz erst richtig wütend. »Du bleibst ein Leben lang allein, so egoistisch, wie du bist!« Wieder keine Reaktion.

Doch Franz reicht es jetzt. »Hör mal, wir können gerne mal tauschen. Aber wenn du jetzt nicht aufhörst, dann bleibst du hier in Frankfurt.« Das hat gesessen. Es ist Freitagabend, ohne ihn kommt die Südamerikanerin heute nicht mehr nach Münster. Also wird sie sich jetzt am Riemen reißen.

Falsch gedacht, denn die Frau ist jetzt so richtig in Fahrt. »Es ist unverschämt, dass so ein dreister Diebstahl in Deutschland überhaupt möglich ist.« Das ist Franz zu viel. Bis hierhin und nicht weiter. »Ich drehe jetzt um und bring dich zurück zur Mitfahrzentrale. Da steigst du sofort aus.« Franz ist laut geworden, aber so eine Mitfahrerin hat er auch noch nie erlebt. An der nächsten Ampel macht er einen U-Turn und fährt zurück zur Mitfahrzentrale. Es ist ihm todernst. 20 Minuten sind sie schon durch Frankfurt gefahren, beinahe wären sie schon auf der Autobahn nach Köln. Er wird viel später bei Frau und Kindern sein – aber egal. Franz hat ein für alle Mal genug von der Mitfahrerin. Die muss raus aus seinem Auto, und zwar sofort.

Doch die Südamerikanerin hat den Ernst ihrer Lage immer noch nicht begriffen. »Ich finde es krass, dass ich hier um meinen Platz betrogen werde und der Fahrer das auch noch duldet.« Wütend schnaubt Franz vor sich hin. Jetzt nur nicht ausflippen. Am liebsten würde er die Frau auf der Stelle rausschmeißen, aber unterwegs kann er das nicht bringen. Allerdings kann er zurück zur Mitfahrzentrale fahren und sie dort vor die Tür setzen. Die wird sich noch wundern.

In Franz' Auto brodelt es weiter. Die wütende Frau hat gemerkt, dass es ihrem Fahrer ernst ist. Aber gerade das bringt sie so richtig auf die Palme. »Was soll der Scheiß? Wieso drehst du um? Ich will sofort nach Münster.« Franz ist stinksauer. Was bildet sich diese Tussi eigentlich ein? »Ich fahre dich zurück, da steigst du aus, und ich möchte dich nie mehr sehen. Verstanden?« Nur raus mit ihr.

Langsam realisiert die Frau mit dem schwarzen Pferdeschwanz, was passiert. Sie kapiert, dass sie jetzt ganz ruhig sein muss, sonst kommt sie heute nicht mehr nach München. Nur nicht den Fahrer weiter provozieren. Doch ihre Einsicht kommt zu spät, Franz ist wild entschlossen: Die Frau muss raus. Koste es, was es wolle.

Direkt vor dem Büro der Mitfahrzentrale stellt Franz sein Auto ab. »Sofort raus. Ich will dich hier nicht mehr sehen.« Doch die Südamerikanerin bleibt sitzen, als ob sie festgewachsen ist. Franz öffnet die Tür. »Raus!« Die Frau reagiert nicht. Franz ist stinksauer. Die soll jetzt endlich verschwinden, aber freiwillig scheint sie das nicht zu machen. Anfassen wird er sie nicht, das ist gegen seine Prinzipien. Außerdem könnte sie ihn dann anzeigen, weil er sie angeblich begrapscht hat oder so was.

Trotzdem muss er sie irgendwie aus seinem Auto kriegen. Er rennt ins Büro der Mitfahrzentrale und erzählt einem Angestellten die Geschichte. »Ich werde sie nicht mitnehmen, die soll sofort aussteigen.« Der Mann versucht, Franz zu beruhigen. Er könne doch die arme Frau nicht einfach aus dem Auto werfen. Sie habe vielleicht einen Fehler gemacht, aber jetzt werde sie absolut ruhig sein, das könne er versprechen. Doch bei Franz ist der Ofen aus, mit der Frau will er nichts mehr zu tun haben.

»Ich hole die Polizei ... die fährt keinen Meter mehr mit ... ich bin der Fahrer, ich kann doch selbst entscheiden, wer mitfährt ...«. Franz ist nicht zu bremsen, er ist auf 180. Eine andere Mitarbeiterin der Mitfahrzentrale spricht mit der Südamerikanerin. Franz kann nicht hören, was sie quatschen. Das ist ihm aber auch egal. Hauptsache, die Tussi verzieht sich.

Dann kommt die Dame von der Mitfahrzentrale und drückt ihm 30 Mark in die Hand. Ohne nachzudenken, nimmt Franz das Geld. Erst im nächsten Moment realisiert er, was für eine Dummheit er begangen hat. Die Kohle kommt von der Südamerikanerin. Die möchte ihm das Geld für die Fahrt nach Münster schon vorher geben, um sich ihr Mitfahrrecht zu erkaufen. Und Franz fällt drauf rein. »So ein Mist«, flucht er, »und ich Idiot nehm' das Geld einfach an.« So kriegt er die Frau nie mehr aus seinem Auto. In Franz steigt wieder der Ärger – aber dieses Mal über sich selbst.

Das kann doch alles nicht wahr sein. Es ist sein Auto, doch er bringt diese fremde Frau einfach nicht aus seinem Auto! Wer ist hier eigentlich der Boss? Bleibt nur noch die Polizei. Aber für die ist seine Geschichte eine Lappalie. Dabei will Franz doch nur so schnell wie möglich nach Hause, und warten will er nicht mehr.

›Verfluchte Scheiße.‹ Seit einer Viertelstunde stehen sie hier, aber Franz wird immer klarer: Er hat keine andere Chance, er muss diese dumme Tussi mitnehmen. Erst hört die nicht auf zu provozieren und bleibt dann eiskalt in seinem Auto sitzen. Frechheit. Aber Franz' Lage ist aussichtslos. Er kriegt diese Frau nicht aus dem Auto. ›Also reg' dich ab und fahr' heim‹, sagt er sich.

Langsam beruhigt sich Franz. »Okay, wir fahren nach Münster.« Er gibt auf, obwohl es ihm wahnsinnig schwerfällt. »Wenn ich noch einen Ton von dir höre, schmeiße ich dich eigenhändig mitten auf der Autobahn raus!«

Kleinlaut nickt die Mitfahrerin. Jetzt ist klar, dass sie sich nichts mehr erlauben darf. »Und du bleibst hinten, wo du warst. Ist das klar!« Wieder nickt sie. Wenigstens etwas, denkt sich Franz. Auf ganzer Linie hat die Tussi nicht gesiegt.

Die hat ohnehin Angst, dass sie doch noch rausfliegt. Entsprechend ruhig ist es ihm Auto. Lediglich kurz vor Münster traut sie sich, leise mit ihrer Freundin zu sprechen. Auf Spanisch. Dumm nur, dass ihr Fahrer Spanisch in der Schule gelernt hat. Er versteht jedes Wort. Die Frau mit dem schwarzen Pferdeschwanz schwört ihrer Freundin, dass das ihre letzte Fahrt mit der Mitfahrgelegenheit sein wird. Sie habe es nicht nötig, sich mit solch dahergelaufenen Idioten wie ihrem Fahrer herumschlagen zu müssen.

Natürlich könnte Franz sich jetzt wieder aufregen und die Südamerikanerin wirklich rauswerfen. Doch selbst darauf hat er jetzt keinen Bock mehr. Für ihn ist die Frau mittlerweile Luft, er beachtet sie nicht mehr. Die ist es nicht wert, dass man sich über sie aufregt. In Münster lässt er die beiden an einem großen Häuserblock raus. Wortlos stellt er ihre Koffer neben das Auto und geht zur Fahrertür zurück. Die beiden Frauen würdigt er keines Blickes. Doch die beiden bedanken sich. ›Was soll denn die Scheiße jetzt?‹, denkt sich Franz. Plötzlich sind sie nett. Na warte …

Franz steigt ein, lässt den Motor an und kurbelt die Fensterscheibe runter. Dann sagt er laut in bestem Spanisch: »Mädel, du musst noch viel lernen. Wenn du schon lästern musst, dann mach's wenigstens in einer Sprache, die niemand versteht.« Die Südamerikanerin läuft rot an, es ist ihr unfassbar peinlich. Zufrieden grinst Franz und braust davon.